ALLES ODER NICHTS

DIE AFFÄRE BLACKSTONE - BAND 2

RAINE MILLER

Aus dem Englischen von Franziska Popp

Aus dem Englischen von Franziska Popp
~*~
Covergestaltung: Jena Brignola

WIDMUNG

Für dich, Brynne, denn Du hast es möglich gemacht.

„... und Verloren hab' ich. Kühnheit, sei mein Freund! Frechheit,
bewaffne mich von Kopf bis Fuß!"

WILLIAM SHAKESPEARE; CYMBELINE, 1609

DANKSAGUNGEN

Die *Affäre Blackstone* hat sich in den ersten Wochen nach der Veröffentlichung irgendwie verselbständigt. Eines Abends habe ich mich hingesetzt, um über ein amerikanisches Aktmodell und einen Engländer zu schreiben, der ihr Foto kauft. Diese kleine Geschichte hat mein Leben auf den Kopf gestellt und meine Zukunft in eine andere Richtung gelenkt.

Ich weiß, wem ich das alles zu verdanken habe.

Den Fans, die das Buch gekauft und nicht mehr aufhören konnten, auf ihren Blogs und in Buchclubs darüber zu reden. Meinen Fans, die es mit Kollegen, Freunden, Geschwistern, Müttern, Großmüttern und sogar ein paar Ehemännern geteilt haben. Euch allen bin ich unendlich dankbar. Nur durch euch ist die Serie zu dem geworden, was sie heute ist. Dafür kann ich euch nicht genug danken.

Der zweite Teil in der Serie hat mich vor neue Herausforderungen gestellt. ***Alles oder nichts*** ist Ethans Geschichte. Die Sichtweise eines britischen Mannes. Genau das hatte ich für dieses Buch gewollt. Allerdings hatte ich nicht geahnt, was das für meinen Schreibprozess bedeuten würde. Das habe ich erst später herausgefunden. Aber ratet mal? Ich habe schnell dazugelernt.

Verpasst nicht das Zusatzmaterial einer guten Freundin von mir, die euch am Ende des Buches einen kleinen Einblick in die Gedanken von Simba gibt; es könnte sich lohnen *zwinker, zwinker*

Nach diesem Teil wird es mit dem dritten Band, **Ich sehe dich**, weitergehen. Wer kann schon sagen, wo es die beiden auf ihrer Reise hinführen wird. Aber das ist die Magie des geschriebenen Wortes.

♥ *Raine*

PROLOG

Juni, London

Ich lasse Ethan am Fahrstuhl zurück. Er hat mich angefleht, ihn nicht zu verlassen. Noch nie ist mir etwas schwerer gefallen. Nichtsdestotrotz: ich habe es geschafft. Ich habe Ethan mein Herz geöffnet und er hat darauf herumgetrampelt. Ich habe gehört, als er mir sagte, dass er mich liebt. Auch habe ich gehört, als er meinte, dass er mich nur vor den Erinnerungen meiner Vergangenheit beschützen will. Ich habe ihn laut und deutlich verstanden. Aber das ändert nichts daran, dass ich von ihm weg muss.

Es gibt nur eine schreckliche Tatsache, die mir immer und immer wieder durch den Kopf geht.

Er weiß es.

Aber die Dinge sind nicht immer so, wie sie scheinen. Eindrücke werden gewonnen, ohne alle Informationen parat zu haben. Ideen formen sich durch Emotionen –

1

manchmal sogar ohne die nötigen Fakten zu kennen. So ist es auch bei Ethan und mir. Das fand ich natürlich erst später heraus. Und nachdem ich von den Ereignissen, die mich geformt haben, Abstand gewinnen konnte, war es mir möglich, die Dinge differenzierter wahrzunehmen.

Mit Ethan ist alles schnell, intensiv… explodierend gewesen. Von Anfang an hat er mich Dinge wissen lassen. Er hat mir gesagt, dass er mich will. Und ja, er hat mir sogar gesagt, dass er mich liebt. Er hatte kein Problem damit, mir mitzuteilen, was er von mir will oder was er für mich empfindet. Und ich meine nicht nur den Sex. Das war ein wichtiger Aspekt in unserer Beziehung; aber mit Ethan ging es um mehr. Es fiel ihm leicht, seine Gefühle mit mir zu teilen. Das ist seine Art – allerdings nicht meine.

Manchmal habe ich das Gefühl, dass Ethan mich in Besitz nehmen wollte. Vom ersten Moment an hat er mich überwältigt. Er ist ein fordernder Liebhaber. Aber eine Sache ist mir später klar geworden: ich habe immer gewollt, was er mir gegeben hat.

All das kam mir in den Sinn, nachdem ich ihn verlassen habe.

Ethan hat mir den Frieden und die Sicherheit gegeben, die ich zuvor nicht erfahren habe. Schon gar nicht in Bezug auf meine Sexualität. So ist er eben, und ich denke, dass ich ihn jetzt besser verstehe. Er ist nicht fordernd und kontrollierend, weil er mich dominieren will. Das ist er, weil er weiß, dass *ich* das von ihm brauche. Ethan hat versucht, mir etwas zu geben, damit das zwischen uns funktionieren konnte.

Obwohl mich die Tage ohne ihn fast um den Verstand gebracht hätten, war die Erkenntnis aus dieser

Zeit genau das, was ich gebraucht habe. Unser leidenschaftliches Feuer hatte lichterloh gebrannt, und wir haben uns bei jedem Zusammentreffen an der funkensprühenden Hitze verbrannt. Ich weiß, dass ich die Zeit zum Heilen gebraucht habe, aber das bedeutet nicht, dass es weniger schmerzvoll war.

Mir kam wieder der Gedanke, den ich bereits hatte, als ich herausfand, was er getan hat.

Ethan weiß, was mir passiert ist. Die Schlussfolgerung ist noch immer dieselbe: Auf keinen Fall könnte er mich jetzt noch lieben.

KAPITEL 1

Meine Hand pulsierte im Rhythmus meines Herzschlages. Ich beobachtete, wie sich die verschlossenen Türen des Fahrstuhls durch meinen Atem beschlugen, als er mir das Wichtigste in meinem Leben entriss.

Ich sollte kurz nachdenken.

Ihr hinterherzurennen, würde nichts bringen, also verließ ich die Lobby und ging in den Pausenraum. Dort fand ich Elaina, die sich gerade einen Kaffee holte. Ihre Augen waren auf den Boden gerichtet, während sie so tat, als wäre ich nicht im Raum. Kluge Frau. Ich hoffte, dass sich jeder Idiot auf diesem Stockwerk ein Beispiel daran nahm. Ansonsten würden sich ein paar von ihnen vielleicht bald nach einem neuen Job umsehen müssen.

Ich warf Eiswürfel in einen Plastikbeutel und schob meine Hand hinein. Scheiße, das brannte! Ich konnte Blut an meinen Fingerknöcheln sehen und ich war mir fast sicher, dass auch die Wand neben dem Fahrstuhl Blutspuren aufwies. Ich ging in die Richtung meines Büros, mit der Hand noch immer im Beutel, und teilte Frances auf dem Weg mit, dass sie den Hausmeister anrufen sollte, damit er die blutige Delle in der Wand reparieren konnte.

Frances nickte und sah auf den Beutel, der am Ende meines Armes zu finden war. „Brauchst du einen Arzt, damit er sich das ansehen kann?", fragte sie – ihr Gesichtsausdruck kam der einer Mutter gleich. Jedenfalls meiner Vorstellung einer Mutter. An meine erinnerte ich mich kaum. Das war wahrscheinlich der Grund, warum ich mein Bild einer Mutter auf sie projizierte.

„Nein." *Ich brauche keinen verdammten Arzt, ich brauche mein Mädchen zurück!*

Ich ging direkt in mein Büro und machte die Tür hinter mir zu. Ich holte eine Flasche Van Gogh aus der Minibar und öffnete sie. Dann suchte ich in der Schreibtischschublade nach meinen Djarum Blacks und dem Feuerzeug, das ich auch dort aufbewahrte. Seit ich Brynne kennengelernt hatte, stellte ich keinen Rekord mehr auf, wenn es um den Verbrauch an Zigaretten ging. Allerdings müsste ich mir heute notieren, meinen Vorrat aufzustocken.

Jetzt brauchte ich noch ein Glas für den Wodka, oder vielleicht auch nicht. Die Flasche würde ausreichen. Mit der Flasche in meiner verletzten Hand nahm ich einen Schluck und hieß den Schmerz willkommen.

Scheiß auf die Hand; mein Herz war gebrochen.

Ich starrte ihr Bild an, das ich von ihr gemacht hatte, als ich mit ihr bei der Arbeit war und sie mir das Gemälde mit dem Buch gezeigt hatte. Ich erinnerte mich, wie ich mein Handy benutzt hatte, um ein Foto zu machen und ich mehr als überrascht gewesen war, als ich erkannte, wie gut es geworden war. So gut sogar, dass ich es heruntergeladen und einen Abzug für mein Büro ausgedruckt hatte. Es spielte keine Rolle, dass das Foto durch ein Handy entstanden war, denn Brynne sah durch jedes Kameraobjektiv perfekt aus. Vor allem aber, wenn ich sie mit dem bloßen Auge betrachtete. Manchmal schmerzte es, sie anzusehen.

Ich erinnerte mich an diesen bestimmten Morgen mit ihr. Ich konnte sie mir vor meinem inneren Auge vorstellen. Als ich das Foto von ihr gemacht hatte, schenkte sie dem alten Gemälde gerade ihr Lächeln. Sie war so glücklich gewesen…

ICH parkte auf dem Parkplatz der Rothvale Galerie und machte den Motor aus. Es war ein trister Tag, verregnet und kühl, aber nicht in meinem Auto. Brynne saß neben mir. Sie war für die Arbeit gekleidet und lächelte mich an. Sie sah wunderschön und sexy aus. Ihr Anblick schürte ein Feuer in mir. Und was wir heute Morgen miteinander geteilt hatten, war die verdammte Kirsche auf der Torte gewesen. Und ich meinte nicht den Sex. Mir in Erinnerung zu rufen, was wir in der Dusche getan hatten, würde mir durch den Tag helfen – gerade so. Heute Abend würde ich sie wiedersehen und Zeit mit ihr verbringen. Ich wusste, dass sie mir gehörte und dass ich sie jederzeit nehmen könnte, wenn sie im Bett neben mir lag. Dieses Wissen löste ein unbeschreibliches Glücksgefühl in mir aus. Aber es waren auch die Gespräche, die wir miteinander teilten. Die Schutzmauer, die sie um sich errichtet hatte, schien endlich zu bröckeln. Ich war mir fast *sicher, dass sie mich ebenso mochte wie ich sie. Es wurde höchste Zeit, dass wir über eine gemeinsame Zukunft sprachen. Ich wollte so viel mehr mit ihr.*

„Habe ich dir schon einmal gesagt, wie sehr ich es mag, wenn du mich anlächelst, Ethan?"

„Nein", antwortete ich. Mein Lächeln verschwand und ich wurde ernst. „Sag es mir jetzt."

Sie schüttelte ihren Kopf, sah aus dem Fenster und beobachtete den Regen, als sie erkannte, was ich vorhatte. „Immer wenn du lächelst, fühle ich mich wie jemand Besonderes, weil ich denke, dass du das in der Öffentlichkeit nicht sehr häufig machst. Ich würde dich als reserviert bezeichnen. Wenn du mich dann aber anlächelst, raubt mir das den Atem."

„Sieh mich an." Ich wartete, dass sie auf meine Worte reagierte, denn ich wusste, dass sie das tun würde. Das war eine andere Sache, die wir diskutieren mussten, auch wenn es für mich schon immer offensichtlich gewesen war. Brynne verhielt sich mir gegenüber unterwürfig. Sie akzeptierte, was ich ihr geben wollte. Der Dom in mir hatte seine Muse gefunden. Nur ein weiterer Beweis dafür, dass wir perfekt füreinander waren.

Ich raube dir also den Atem, huh?

Sie sah mich mit ihren braun/grün/grauen Augen an und wartete, während mein Schwanz in meiner Hose pochte. Ich könnte sie hier und jetzt nehmen, in diesem Auto, und trotzdem würde ich mich bereits wenige Sekunden später wieder nach ihr verzehren. So sehr war ich ihr verfallen.

„Meine Güte, wie schön du bist, wenn du das machst."

„Wenn ich was mache, Ethan?"

Ich strich eine Strähne ihres samtweichen Haares hinter ein Ohr und schenkte ihr wieder ein Lächeln. „Nicht so wichtig. Du machst mich einfach nur glücklich, das ist alles. Ich liebe es, dich zur Arbeit zu fahren, nachdem ich dich die ganze Nacht in meinem Bett hatte."

Sie wurde rot, und wieder verspürte ich den Drang, sie zu ficken.

Nein, das stimmte nicht ganz. Ich wollte Liebe mit ihr machen…langsam. Ich stellte mir ihren Körper vor, ausgebreitet und nackt, nur um sie auf jede erdenkliche Art und Weise zu befriedigen. Alles mein. Brynne ließ mich jedes Gefühl wahrnehmen…

"Würdest du gerne mit reinkommen und dir ansehen, an was ich gerade arbeite? Hast du Zeit dafür?"

Ich hob ihre Hand an meine Lippen und nahm den Duft ihrer Haut in mich auf. "Ich dachte schon, dass du mich das nie fragen würdest. Weise die Richtung, Professor Bennett."

Sie lachte. "Irgendwann vielleicht. Dann werde ich diese schwarze Robe tragen und eine Brille und meine Haare in einer Hochsteckfrisur. Ich werde Seminare geben, um die richtige Konservierungstechnik weiterzugeben, und du kannst in der letzten Reihe sitzen und mich mit unangebrachten Zwischenrufen und Blicken ablenken."

"Ah ja. Und du wirst mich in dein Büro zitieren, um mich zurechtzuweisen? Wirst du mir eine Lektion erteilen, Professor Bennett? Ich bin mir sicher, dass wir zu einer Einigung gelangen können, um mein respektloses Verhalten wieder gutzumachen." Ich legte meine Hand auf ihren Schenkel.

"Du bist verrückt", teilte sie mir kichernd mit, als sie mich von sich schob. "Lass uns reingehen."

Zusammen rannten wir durch den Regen, mein Regenschirm schützend über uns, ihre schlanke Form an mich gepresst. Sie duftete nach Blumen und Sonnenschein, und ich hatte das Gefühl, der glücklichste Mann auf Erden zu sein.

Sie machte mich mit dem Sicherheitsmann bekannt, der eindeutig in sie verliebt war, und führte mich dann in das hintere Studio. Breite Tische und Hocker befanden sich darin, mit gutem

Licht und viel Platz. An der Hand zog sie mich zu einem alten Ölgemälde, das eine dunkelhaarige, ehrwürdige Dame mit durchdringend blauen Augen zeigte, die ein Buch in den Händen hielt.

„Ethan, sag Hallo zu Lady Percival. Lady Percival, mein Freund, Ethan Blackstone." Brynne lächelte das Gemälde an, als wären sie die besten Freunde.

Ich verbeugte mich und sagte: „My Lady."

„Ist sie nicht einfach umwerfend?", fragte Brynne.

Ich sah mir das Bild aufmerksam an. „Na ja, sie ist auf jeden Fall eine faszinierende Persönlichkeit. Man hat das Gefühl, dass sich hinter diesen blauen Augen eine Geschichte verbirgt." Ich studierte das Buch genauer, bei dem die Vorderseite dem Betrachter zugewandt war. Es war recht schwer, die Worte auszumachen, aber als ich realisierte, dass es Französisch war, wurde es einfacher.

„Im Moment konzentriere ich mich vor allem auf den Bereich mit dem Buch", sagte sie. „Sie war vor Jahrzehnten einem Feuer ausgesetzt und hat dadurch Schäden davongetragen, und es hat sich als Herausforderung erwiesen, das geschmolzene und angetrocknete Öl von dem Buch zu bekommen. Es muss sich etwas Besonderes dahinter verbergen; das kann ich fühlen."

Wieder sah ich auf das Gemälde und dieses Mal konnte ich das Wort Chrétien *ausmachen. „Es ist Französisch. Dort steht der Name Christian." Ich zeigte auf die Stelle.*

Ihre Augen weiteten sich und ich konnte die Aufregung in ihrer Stimme hören. „Wirklich?"

„Ja. Und ich bin mir sicher, dass hier Le Conte du Graal *steht. Die Geschichte des Gral?" Ich sah Brynne an und zuckte mit den Schultern. „Die Frau in dem Gemälde wird doch Lady Percival genannt, richtig? Hieß nicht der Ritter Perceval, der in König Artus' Legende den Heiligen Gral gefunden hat?"*

„Mein Gott, Ethan!" Aus der Aufregung heraus packte sie

meinen Arm. „Natürlich! Percival… das ist ihre Geschichte. Du hast es herausgefunden! Lady Percival hält ein wirklich sehr seltenes Buch in ihren Händen. Ich wusste doch, dass es etwas Besonderes sein musste! Eine der ersten Geschichten über König Artus, die jemals geschrieben wurde; damals im zwölften Jahrhundert. Das Buch von Chrétien de Troyes: Perceval, oder die Geschichte des Heiligen Gral." Sie wandte sich wieder dem Gemälde zu, ihr Gesicht strahlte vor Freude, und ich suchte nach meinem Handy und machte ein Foto von ihr. Ein atemberaubendes Bild im Profil, während Brynne Lady Percival anlächelte.

„Ich bin froh, dass ich dir helfen konnte, Baby."

Sie rannte auf mich zu, wickelte ihre Arme um meinen Körper und küsste mich auf die Lippen. Das wundervollste Gefühl auf Erden.

„Das hast du! Du weißt gar nicht, wie sehr du mir geholfen hast. Ich werde noch heute die Mallerton Society anrufen, um ihnen mitzuteilen, was du entdeckt hast. Das wird sie mit Sicherheit interessieren. Nächsten Monat wird es zu Ehren seines Geburtstages eine Ausstellung geben… Ich frage mich, ob sie das Gemälde unter diesen Umständen vielleicht sogar mit berücksichtigen…"

Brynne erzählte mir alles, was es über seltene Bücher, seltene Bücher in Gemälden und die Konservierung von seltenen Büchern in Gemälden zu wissen gab. Sie war so aufgeregt, dass sie mit dem Reden gar nicht mehr aufhörte. Ihr Gesicht war errötet; sie war freudig erregt, das Geheimnis gelöst zu haben. Dieses Lächeln und ein Kuss von ihr waren mit Gold nicht aufzuwiegen.

…ICH öffnete meine Augen und versuchte, mich wieder unter Kontrolle zu bekommen. Mein Kopf fühlte sich an, als wäre ich gegen eine Wand gerannt. Eine halb leere

Flasche Van Gogh starrte mich an. Zigarettenstummel lagen auf meinem Schreibtisch verteilt, auf dem meine Wange festklebte. Meine Nase nahm den Geruch von Zigarettenrauch und Tabak wahr. Ich schälte mich von dem Holz und stützte meinen Kopf mit den Händen ab.

Derselbe Schreibtisch, auf dem ich sie vor wenigen Stunden ausgebreitet und gefickt hatte. Oh ja, gefickt. Das war ein echter Fick gewesen, für den man sich nicht entschuldigen musste, und er war so gut gewesen, dass meine Augen bei der bloßen Erinnerung mit unvergossenen Tränen brannten. Mein Handy leuchtete. Ich drehte es um, damit ich es nicht ansehen müsste. Ich wusste, dass keiner dieser Anrufe von ihr sein würde.

Brynne würde mich nicht anrufen. In diesem Punkt war ich mir sicher. Die einzige Frage, die sich stellte, war, wie lange es dauern würde, bis ich *sie* anrief.

Es war jetzt mitten in der Nacht. Draußen war es dunkel. Wo war sie? Hatte ich ihr sehr wehgetan, ihr das Herz gebrochen? Weinte sie? Wurde sie gerade von Freunden getröstet? Hasste sie mich? Wahrscheinlich traf alles davon zu, und ich konnte nicht zu ihr gehen und es wieder gutmachen. *Sie will dich nicht.*

So fühlte sich das also an, wenn man verliebt war. Es war an der Zeit, dass ich mich in Bezug auf Brynne, und was ich ihr angetan hatte, ein paar Wahrheiten stellte. Also blieb ich in meinem Büro und stellte mich den Tatsachen. Ich konnte nicht nach Hause gehen. In meiner Wohnung befand sich bereits zu viel von ihr, und ihre Sachen sehen zu müssen, würde mich vollkommen aus der Bahn werfen. Ich würde heute Nacht hier bleiben und auf den Laken schlafen, die nicht ihren Duft trugen. In denen sie nicht gelegen hatte. Panik ergriff von mir Besitz und mir war klar, dass ich etwas unternehmen musste.

Mit Schwierigkeiten erhob ich mich vom Stuhl und richtete mich auf. Zu meinen Füßen fiel mir etwas Pinkfarbenes ins Auge und ich wusste sofort, um was es sich dabei handelte. Das Spitzenhöschen, das ich ihr beim Sex auf dem Schreibtisch ausgezogen hatte.

Scheiße! Als ich daran dachte, wo ich gewesen war, als die Nachricht von ihrem Vater abgespielt wurde. In ihr vergraben. Es war unerträglich, etwas anzufassen, das noch vor kurzem ihre Haut berührt hatte. Ich ließ den Stoff durch meine Finger gleiten und schob das Höschen dann in meine Jacketttasche. Die Dusche rief meinen Namen.

Ich ging durch die andere Tür, die zu einer Suite mit einem Bett, Badezimmer, Fernseher sowie einer kleinen Küche führte – die Qualität war sichtbar. Das perfekte Apartment für einen ledigen Geschäftsmann, der bis spät in die Nacht arbeitete und keinen Sinn darin sah, nach getaner Arbeit noch nach Hause zu fahren.

Man könnte es auch Fick-Apartment nennen. Schließlich brachte ich Frauen her, die ich ficken wollte. Natürlich nach dem Feierabend und nie blieb eine die gesamte Nacht. Ich sorgte dafür, dass ich meine „Dates" lange vor dem Sonnenaufgang wieder loswurde. Aber das gehörte der Vergangenheit an, zu meiner Zeit, bevor ich Brynne begegnet war. Niemals hatte ich sie an diesen Ort bringen wollen. Von Beginn an war sie anders gewesen. Besonders. *Mein wunderschönes, amerikanisches Mädchen.*

Brynne wusste nicht einmal etwas von dieser Suite. Sie hätte sofort erkannt, was es war und mich dafür gehasst, sie hierher gebracht zu haben. Ich rieb mir über die Brust und versuchte, den Schmerz wegzuwischen, der mich innerlich verbrannte. Ich machte die Dusche an und zog mich aus.

Als das heiße Wasser gegen meinen Körper prallte, lehnte ich mich gegen die Fliesen und stellte mich der aktuellen Situation. *Du bist nicht bei ihr! Du hast alles versaut, und sie will dich nicht mehr.*

Meine Brynne hatte mich ein zweites Mal verlassen. Das erste Mal geschah dies unter dem Schleier der Nacht, weil sie in ihren Träumen terrorisiert wurde. Dieses Mal hatte sie sich einfach abgewandt und war davongerannt. Ich hatte es in ihrem Gesicht sehen können, und es war nicht die Angst, die sie zur Flucht getrieben hatte. Der Verrat hatte sie vollkommen niedergeschmettert; denn sie hatte herausfinden müssen, dass ich die Wahrheit vor ihr verborgen hatte. Ich hatte ihr Vertrauen missbraucht. Ich hatte zu viel riskiert und alles verloren.

Ich hatte den überwältigenden Drang verspürt, sie zurückzuholen und zu zwingen, bei mir zu bleiben. Aus lauter Frustration hatte ich meine Hand zu einer Faust geballt und damit gegen die Wand geschlagen. Und in dem Versuch, nicht meine Hand nach ihr auszustrecken, hatte ich mir wahrscheinlich auch noch etwas gebrochen. Sie hatte mir zu verstehen gegeben, dass ich sie nie wieder kontaktieren sollte.

Ich machte die Dusche aus und trat aus der Kabine. Das tropfende Wasser, das sich bereits einen Weg in den Abfluss bahnte, spiegelte die Leere in meinem Herzen wieder. Mit jedem hallenden Laut zog sich die Faust noch fester um mein Herz zusammen. Ich zerrte ein Handtuch herunter und trocknete damit meine Haare. Ich starrte mein Spiegelbild an. Nackt, nass und armselig. Allein. Ich erkannte eine weitere Wahrheit, als ich den Bastard im Spiegel betrachtete.

Nie wieder war eine sehr lange Zeit. Es wäre mir vielleicht möglich, ihr ein oder zwei Tage zu geben, aber *nie wieder* stellte keine Option dar.

Die Tatsache, dass sie noch immer vor einer Bedrohung beschützt werden musste, die sich als gefährlich herausstellen könnte, hatte sich schließlich nicht in Luft aufgelöst. Ich könnte es einfach nicht zulassen, dass der Frau, die ich liebte, etwas passierte. *Nie*mals.

Ich lächelte mein Spiegelbild an; denn sogar in diesem bemitleidenswerten Zustand amüsierte mich mein Scharfsinn, da ich gerade die perfekte Verwendung für das Wort *nie* gefunden hatte.

KAPITEL 2

Ich hatte den zweiten Tag meines Exils von Brynne erreicht und es war furchtbar. Ich versuchte, mich zu beschäftigen, aber nichts fühlte sich richtig an. Wie lange müsste ich mich mit dieser Situation abfinden? Sollte ich sie anrufen? Wenn ich zu lange darüber nachdachte, würde ich mich noch grauenhafter fühlen, also ließ ich es bleiben. Ich musste sie in Ruhe lassen. Das Loch in meinem Herzen verlangte, dass ich etwas unternahm. Aber ich wusste, dass es noch zu früh war. Sie brauchte Zeit. Ich hatte sie schon einmal zu früh unter Druck gesetzt und wollte den Fehler nicht ein zweites Mal begehen. Ich wollte kein weiteres Mal als egoistischer Arsch dastehen.

Ich parkte vor dem Haus, in dem ich aufgewachsen war. Der Rasen war sauber, das Tor ohne Makel und die Hecke wie immer gestutzt. Dad würde dieses Haus niemals verlassen. Nicht das Heim, in dem er mit meiner Mutter gelebt hatte. Mein Vater gab dem Ausdruck *dickköpfiger, alter Mann* eine neue Bedeutung. Wahrscheinlich würde er auch irgendwann hier sterben.

Ich nahm die kalten Bierflaschen vom Sitz und ging durch das Tor. Eine schwarze Katze überholte mich und wartete dann vor der Eingangstür auf mich. Kein Kätzchen mehr, aber auch noch keine ausgewachsene Katze. Eine Katze im Teenageralter. Sie setzte sich genau vor die Eingangstür, bevor sie sich umdrehte, um mich anzusehen. Leuchtend grüne Augen blinzelten mich an, als würde sie mir zu verstehen geben wollen, dass ich meinen langsamen Arsch in Bewegung setzen und sie ins Haus lassen sollte. Wann hatte sich Dad bitte eine Katze angeschafft?

Ich klingelte, öffnete gleich darauf die Tür und steckte meinen Kopf durch den Spalt. „Dad?" Blitzschnell schlängelte sich die Katze ins Haus. Ich konnte kaum glauben, was ich sah. „Du hast eine Katze?", rief ich auf dem Weg in die Küche. Ich stellte das Bier in den Kühlschrank und machte es mir dann auf der Couch bequem.

Mit der Fernbedienung stellte ich den schwarzen Kasten an. Fußball. Perfekt. Auf Fußball könnte ich mich für ein paar Stunden konzentrieren. Um mein Mädchen für eine Weile zu vergessen, würde ich nicht nur vier von den sechs Flaschen Bier trinken, sondern auch meinem Vater etwas vorheulen.

Ich ließ meinen Kopf gegen die Lehne fallen und schloss meine Augen. Etwas Weiches mit Fell kletterte in meinen Schoß. Die Katze war zurück.

„Ahh, da bist du ja, und wie ich sehe, hat sich Soot bereits vorgestellt." Mein Dad kam von hinten auf mich zu.

„Warum hast du dir eine Katze angeschafft?" Ich konnte seine Antwort kaum abwarten. In meiner Kindheit hatten wir nie eine Katze gehabt.

Mein Dad schnaufte und setzte sich auf seinen Sessel. „Das habe ich nicht. Man könnte sagen, dass er sich mich angeschafft hat."

„Kann ich mir vorstellen." Ich strich über Soots samtweiches Fell. „In der Sekunde als ich die Tür öffnete, stolzierte er ins Haus, als würde es ihm gehören."

„Meine Nachbarin hat mich gebeten, ihn zu füttern, während sie sich um ihre schwerkranke Mutter kümmert. Und jetzt ist sie ins Haus ihrer Mutter gezogen und ich habe mir dadurch eine Katze angelacht. Wir haben eine Abmachung."

„Du und die Nachbarin oder du und der Kater?"

Mein Vater sah mich nachdenklich und mit zusammengekniffenen Augen an. Jonathan Blackstone war ein äußerst scharfsinniger Mann. Ich konnte nichts vor ihm verbergen. Er hatte es immer genau gewusst, wenn ich betrunken nach Hause kam, ich das Rauchen nicht lassen konnte oder Ärger am Hals hatte. Ich nahm an, dass das normal war, da er uns die meiste Zeit Vater und Mutter sein musste. Obwohl meine Schwester Hannah und ich unsere Mutter früh verloren hatten, waren wir niemals vernachlässigt worden. Seine Sinne hatten sich geschärft und er konnte Probleme wie ein Bluthund wittern. Das tat er auch jetzt.

„Was zur Hölle ist mit dir passiert, Sohn?"

Brynne ist passiert.

„So schlimm, huh?" Der Kater fing an auf meinem Schoß zu schnurren.

„Ich kenne mein eigenes Kind und ich weiß genau, wenn mit dir etwas nicht stimmt." Mein Vater verließ für eine Minute das Zimmer. Er kam mit zwei offenen Bierflaschen zurück und gab mir eins davon. „Mexikanisches Bier?" Er zog eine Augenbraue hoch, und ich fragte mich, ob ich genauso aussah, wenn ich das tat. Brynne hatte mich mehr als einmal auf meine Augenbrauen-Akrobatik hingewiesen.

„Wenn man eine Limettenecke in den Flaschenhals schiebt, schmeckt es wirklich gut." Ich nahm einen großzügigen Schluck und streichelte meinen neuen ebenholzfarbenen Freund. „Es geht um eine Frau. Brynne. Ich habe sie kennengelernt, mich in sie verliebt und jetzt hat sie mich verlassen." Kurz und bündig. Was könnte ich sonst noch zu meinem eigenen Vater sagen? Alles andere spielte keine Rolle und mir fiel auch nichts anderes mehr ein. Es verlangte mir nach ihr und sie hatte mich verlassen.

„Ah, das macht schon mehr Sinn." Dad schwieg für eine Minute, als würde er sich die Sache durch den Kopf gehen lassen. Ich war mir sicher, dass er von meinen Worten überrascht worden war. „Mein Junge, ich weiß, dass ich dir das schon mehr als einmal gesagt habe – also ist das nichts Neues für dich: du hast dein gutes Aussehen von deiner Mutter. Gott hab sie selig. Von mir hast du nur den Namen und vielleicht deine Größe. Und dass du mit diesem Adonis-Körper gesegnet wurdest, hat dir bei den Ladys den Weg geebnet."

„Ich habe noch nie einer Frau nachjagen müssen, Dad."

„Das habe ich auch nicht gesagt. Was ich meinte, ist, dass du das niemals *musstest*. Sie haben dich gejagt." Er schüttelte seinen Kopf, als er in Erinnerungen schwelgte.

„Mein Gott, die Damen haben sich immer lautstark um dich gerissen. Ich habe immer gedacht, dass dich lange vor deiner Zeit eine einfangen würde, um mich so zu einem Großvater zu machen." Er warf mir einen Blick zu, der mir sagen sollte, dass er sich viel mehr Sorgen gemacht hatte, als er das wollte. „Aber das ist nie passiert..." Dad verstummte und hatte plötzlich einen recht traurigen Ausdruck auf dem Gesicht. Nach der Schule bin ich gleich zum Militär und hatte mein Zuhause hinter mir gelassen. *Und wäre beinahe nicht zurückgekehrt...*

Dad tätschelte mein Knie, bevor er einen Schluck von seiner Flasche nahm.

„Noch nie habe ich eine Frau so sehr gewollt wie sie." Ich verfiel in Schweigen und konzentrierte mich auf mein Bier. Eine Mannschaft schoss ein Tor und ich zwang mich dazu, dem Spiel im Fernseher zu folgen und die Katze zu streicheln.

Dad geduldete sich für einen Moment, aber schließlich musste er seine Frage wohl loswerden. „Was hast du angestellt, dass sie dich verlassen hat?"

Es schmerzte bereits, die Frage zu hören. „Ich hab sie angelogen. Ich liebe sie und wollte ihr nicht wehtun, indem ich sie an schmerzhafte Dinge aus der Vergangenheit erinnere."

„Du hast dich also verliebt." Er nickte wissend und bedachte mich genau. „Na ja, du weist alle Anzeichen dafür auf. Bereits als du aufgetaucht bist, hätte ich bemerken müssen, dass du aussiehst, als hättest du die Nacht unter einer Brücke geschlafen."

„Sie hat mich verlassen, Dad." Ich startete mein drittes Bier und zog die Katze zurück auf meinen Schoß.

„Das hast du bereits erwähnt", sagte mein Vater

trocken. Er bedachte mich, als wäre ich nicht sein Sohn, sondern ein Alien, der sich als sein Sohn ausgab. „Warum hast du also die Frau, die du liebst, angelogen? Sprich es einfach aus, Ethan."

Er war mein Dad und ich vertraute ihm mit meinem Leben. Ich war mir sicher, dass es niemand anderen gab, dem ich es anvertrauen könnte. Abgesehen vielleicht von meiner Schwester. Ich atmete tief ein und erzählte es ihm.

„Ich habe Brynnes Vater, Tom Bennett, vor einigen Jahren in Las Vegas bei einem Poker-Turnier kennengelernt. Wir haben uns gleich gut verstanden und er hatte es wirklich drauf. Er war nicht so gut wie ich, aber wir haben uns angefreundet. Vor kurzem hat er mich kontaktiert und mich um einen Gefallen gebeten. Ich wollte es eigentlich nicht machen. Weil, na ja, sieh dir nur an, was ich zurzeit bei der Arbeit zu tun habe. Ich kann doch keiner amerikanischen Kunststudentin Schrägstrich Model Schutz bieten, wenn ich für mein Klientel einen Sicherheitsplan für die verdammten Olympischen Spiele vorbereiten muss!"

Die Katze zuckte zusammen. Mein Vater zog lediglich eine Augenbraue hoch und machte es sich auf seinem Sessel bequem. „Trotzdem hast du es getan", sagte er.

„Das habe ich. Ich habe einen Blick auf das Foto geworfen, das er mir geschickt hat und meine Neugierde war sofort geweckt. Brynne modelt nebenbei und sie ist einfach… wunderschön." Ich wünschte, dass sich ihr Bild bereits in meiner Wohnung befinden würde. Aber die Voraussetzung für den Kauf war gewesen, dass es noch weitere sechs Monate in der Anderson Galerie verbleiben müsste.

Mein Dad sah mich einfach nur an und wartete.

„Sobald ich in der Galerie ankam und das Kunstwerk in voller Größe sehen konnte, musste ich es einfach kaufen. Ich habe mich wie ein schleimiger Poet aufgeführt! Als ich sie dann mit meinen eigenen Augen gesehen habe, war ich bereit, einen Leibwächter einzusetzen, um sie vor jeglicher Gefahr zu bewahren." Ich schüttelte meinen Kopf. „Was zur Hölle ist nur mit mir los, Dad?"

„Deine Mutter hat die verschiedensten Poeten verehrt. Keats, Shelley, Byron." Er lächelte wehmütig. „So ist es manchmal. Du findest die Eine für dich und dann gibt es nichts Wichtigeres mehr. Männer verlieben sich schon seit Anbeginn der Zeit, Sohn. Du hast die Spitze der Warteschlange erreicht." Dad trank erneut von seinem Bier. „Warum braucht…Brynne jemanden, der sie beschützt?"

„Der US Abgeordnete, der in einem Flugzeugabsturz ums Leben gekommen ist, wurde ersetzt. Von Senator Oakley aus Kalifornien. Na ja, und dieser Senator hat einen Sohn, Lance Oakley, der vor ein paar Jahren mit Brynne ausgegangen ist. Es gab einige Probleme… und ein Sex-Tape –" Ich hielt inne und realisierte, wie das für meinen Vater klingen musste. „Aber sie war noch sehr jung – erst siebzehn – und dieser Verrat hat sie furchtbar verletzt. Oakley hat sich ihr gegenüber wie ein totales Arschloch verhalten. Sie geht zu einem Therapeuten…" Ich schwieg für einen Moment und fragte mich, was mein Vater von dieser Geschichte hielt. Ich trank mehr Bier, bevor ich ihm den letzten Teil erzählte. „Der Sohn wurde nach Irak verschifft und Brynne kam nach England, um an der University of London zu studieren. Sie studiert Kunst und konserviert Gemälde, und sie ist großartig."

Mein Vater überraschte mich, in dem er kein einziges Wort über die schrecklichen Dinge verlor, die ich ihm gerade erzählt hatte. „Ich nehme an, der Senator hat kein besonders großes Interesse daran, dass die Informationen über seinen ungezogenen Sohn an die Öffentlichkeit treten." Er sah genervt aus. Mein Vater hasste Politiker, egal welcher Nationalität sie angehörten.

„Der Senator und die mächtige Partei, die hinter ihm steht. Etwas dieser Art könnte ihnen die Wahl kosten."

„Was ist mit der Opposition? Die werden genauso aufmerksam nach Informationen Ausschau halten wie Oakleys Leute diese vergraben wollen", sagte mein Dad.

Ich schüttelte ungläubig den Kopf, während mich nur eine Frage beschäftigte. „Warum arbeitest du eigentlich nicht für mich, Dad? Du verstehst es. Du kannst das Gesamtbild erkennen. Allerdings bräuchte ich zehn von deiner Sorte", sagte ich trocken.

„Ha! Ich würde mich freuen, dir bei einem Problem helfen zu können, aber für Geld werde ich es nicht machen."

„Ja, das ist mir bewusst", sagte ich. Ich versuchte schon seit einer geraumen Zeit, meinen Vater dazu zu bringen, für mich zu arbeiten. Mittlerweile war dieses Thema eine Art Running Gag zwischen uns. Er würde mein Geld niemals akzeptieren – der dickköpfige, alte Mann.

„Ist irgendetwas passiert, das darauf schließen lässt, dass deine Brynne in Gefahr sein könnte? Klingt nach Panikmache. Warum hat dich ihr Vater um Hilfe gebeten?"

„Der Sohn des Senators schafft es noch immer, sich Probleme einzuhandeln. Während er auf Heimaturlaub war, ist ein Freund von ihm in einer Schlägerei ums Leben gekommen. Noch mehr Gerede, das die Politiker hassen. Aus gutem Grund. Schließlich führt es dazu, dass an Stellen gegraben wird, von denen die Öffentlichkeit nichts erfahren soll. Könnte ein Einzelfall sein, aber dieser Freund wusste von dem Video. Brynnes Vater war sofort alarmiert. In seinen Worten: ‚Wenn die Leute, die über das Video Bescheid wissen, plötzlich tot aufgefunden werden, muss ich meine Tochter beschützen.'" Ich zuckte mit den Achseln. „Er hat mich um Hilfe gebeten. Zuerst habe ich *Nein* gesagt und ihn an eine andere Firma verwiesen, woraufhin er mir ein Foto von ihr geschickt hat."

„Und nachdem du ihr Bild gesehen hast, konntest du nicht mehr nein sagen." Dad formulierte seine Worte als Aussage. In dem Moment war mir klar, dass er wusste, was ich für Brynne empfand.

„Nein, das konnte ich nicht." Ich schüttelte meinen Kopf. „Ich war wie gebannt. Ich bin zu dieser Ausstellung gegangen und habe das Foto von ihr gekauft. Und als sie in den Raum kam, Dad, konnte ich meinen Blick nicht von ihr abwenden. Sie hatte vor, in der Dunkelheit zur Tube zu laufen, also habe ich mich vorgestellt und sie davon überzeugt, dass ich sie in meinem Auto nach Hause fahren könnte. Danach habe ich versucht, sie in Ruhe zu lassen. Das hatte ich wirklich vor…"

Wieder lächelte er. „Du bist schon immer jemand gewesen, der sich um die Sicherheit anderer gesorgt hat."

„Aber daraus hat sich mehr entwickelt. Sie ist nicht nur ein Job für mich. Ich will eine Beziehung mit Brynne…" Ich sah zu meinem Vater, der mir aufmerksam zuhörte, sein Körper noch immer gut in Form, obwohl er bereits dreiundsechzig Jahre alt war. Ich wusste, dass er mich verstand. Ich musste meine Motivation nicht weiter ausführen und das erleichterte mich.

„Allerdings hat sie herausgefunden, dass dich ihr Vater angeheuert hat, um sie zu beschützen?"

„Richtig. Sie hat in meinem Büro einen hereinkommenden Anruf mitgehört. Ihr Vater ist explodiert, als er herausgefunden hat, dass wir uns auch privat sehen und hat es mir vorgehalten." Jetzt konnte ich meinem Vater schließlich auch die ganze Katastrophe wiedergeben.

„Ich kann mir vorstellen, dass sie sich verraten und entblößt gefühlt hat, wenn du über ihre Vergangenheit mit dem Sohn des Senators Bescheid weißt, ihr aber nicht gesagt hast, dass du es weißt." Dad schüttelte seinen Kopf. „Was hast du dir dabei gedacht? Außerdem sollte ihr jemand von dem Tod dieses Typen erzählen – über die Möglichkeit, dass sie in Gefahr sein könnte. Und dass du sie liebst. Dass du vorhast, sie zu beschützen. Eine Frau muss die Wahrheit hören, Sohn. Du musst ihr alles erzählen, wenn du willst, dass sie dir wieder vertraut."

„Ich habe es ihr erzählt." Ich entließ einen langen Seufzer, lehnte meinen Kopf gegen die Couch und sah an die Decke. Soot suchte auf meinem Schoß nach einer bequemeren Position.

„Na ja, dann musst du dir eben mehr Mühe geben. Fang mit der Wahrheit an und schau dann, wie es sich entwickelt. Entweder wird sie dich akzeptieren oder eben nicht. Aber du kannst nicht einfach aufgeben. Versuch es weiter."

Ich holte mein Handy heraus, suchte nach dem Foto, auf dem Brynne zu sehen war, als sie ihr Gemälde anlächelte, und zeigte es meinem Vater. Er lächelte, als er sich das Bild durch seine Brille ansah. Der Blick in seinen

Augen verriet mir, dass er gerade an meine Mutter denken musste. Einen Moment später gab er mir das Handy wieder zurück.

„Sie sieht bezaubernd aus, Ethan. Ich hoffe, dass ich die Chance bekomme, sie eines Tages kennenzulernen." Dad sah mir direkt in die Augen und sagte mir, was los war. Kein Mitleid, einfach nur die nackte Wahrheit. „Du musst der Stimme deines Herzens folgen, Sohn… das kann dir niemand abnehmen."

AM späten Nachmittag verließ ich das Haus meines Vaters, fuhr heim und powerte mich für drei Stunden in meinem Fitnessraum aus. Ich brachte mich an die Grenzen, bis ich nur noch eine bebende Masse aus schmerzenden Muskeln und Schweiß war. Das Schaumbad danach fühlte sich gut an. Und die Zigaretten. Ich rauchte im Moment zu viel. Das war nicht gut für mich und ich würde es reduzieren müssen. Aber verdammte Scheiße nochmal, der Drang war groß. Wenn Brynne bei mir war, fühlte ich mich gelassener. Dann sehnte ich mich nicht so sehr danach, eine zu rauchen. Aber jetzt, wo sie mich verlassen hatte, war ich wieder ein Kettenraucher, der gut zu dem Serienmörder-Thema passte, über das wir in unserer ersten Unterhaltung Witze gemacht hatten.

Die Djarum hing von meinen Lippen und ich starrte auf den Schaum in der Wanne.

Brynne liebte es zu baden. Sie hatte in ihrer Wohnung keine Badewanne und hatte mir gesagt, dass sie es vermisste. Ich liebte die Vorstellung, sie nackt in meiner Badewanne zu haben. *Brynne nackt…* Das war etwas, über das ich nicht nachdenken sollte, und trotzdem verbrachte ich sehr viele Stunden mit diesem Gedanken. Und wenn ich es genau betrachtete, war das auch das Fundament von all dem, was zwischen uns passiert war. *Brynne nackt…* Das Foto, was mir Tom Bennett geschickt hatte, zeigte Brynne in derselben Pose wie das, was ich bei der Ausstellung gekauft hatte. Wenn man die Sache pragmatisch anging, dann war es nur das Bildnis eines wunderschönen, nackten Körpers, den jeder bewundern würde, Mann und Frau gleichermaßen. Nachdem mir Tom die nötigen Informationen mitgeteilt hatte, wusste ich, dass ich sie in die Sicherheit meines Autos bekommen musste. Zusammen mit dem Foto, das ihre ganze Verwundbarkeit, ihren Reiz und ihre unbeschreibliche Schönheit zeigte, war mir klargeworden, dass ich den Gedanken nicht ertragen könnte, wenn ihr jemand etwas antun würde. Ich hatte einfach nicht in die andere Richtung laufen können, ohne dass sich mein schlechtes Gewissen gemeldet hätte. Und sobald wir uns gegenübergestanden hatten, spielte mein Verstand verrückt und erlaubte sich die irrsinnigsten Fantasien. Während unseres Gesprächs hatte ich nur an eine Sache denken können… *Brynne nackt.*

Nach einer Stunde wurde mein Wasser langsam kalt, womit die Sache auch ihren Reiz verlor. Also stieg ich aus der Wanne, zog mich an und suchte dann nach einem bestimmten Buch. *Briefe an Fanny Brawn* von John Keats.

Etwas, das mein Vater gesagt hatte, erinnerte mich an das Buch. Er hatte erwähnt, dass es meine Mutter geliebt hatte, die großen Dichter zu lesen. Ich wusste, dass Brynne Keats mochte. Ich fand das Buch auf dem Sofa, wo sie es gelesen und ich sie darüber ausgefragt hatte. Brynne hatte ihre Liebe zu Keats offenbart und wollte wissen, warum dieses Buch in meinem Besitz war. Mein Vater hatte mir Bücher gegeben, die von seinen Fahrgästen im Taxi zurückgelassen worden waren. Er hasste es, sie wegzuwerfen. Er hatte sie immer nach Hause gebracht, wenn er ein anständiges fand. Als ich in diese Wohnung gezogen war, hatte er Kisten randvoll mit Büchern vorbeigebracht. Es waren sehr viele Bücher gewesen. Ich hatte Brynne wahrheitsgemäß gesagt, dass ich noch nie etwas von Keats gelesen hatte.

Jetzt las ich.

Es war beeindruckend, wie Keats mit Worten umging. Für einen bereits mit fünfundzwanzig verstorbenen Mann, hatte es Keats wie kein Zweiter verstanden, Emotionen in die Briefe an seine Freundin einfließen zu lassen. Ich konnte seinen Schmerz fühlen, als wäre er mein eigener. Es *war* mein Schmerz.

Ich entschied mich dazu, Brynne einen Brief zu schreiben. Mit Papier und einem Füller. Ich fand wunderschönes Briefpapier in meinem Büro und nahm das Buch mit. Mit seinen Flossen flatterte mir Simba vom Aquarium zu, als ich näherkam. Wie immer erwartete er ein Leckerli von mir. Ich konnte Tieren, die mich anbettelten, einfach nicht widerstehen. Ich ließ ein gefrorenes Krill ins Wasser fallen und beobachtete, wie er es verspeiste.

„Sie liebt dich, Simba. Vielleicht kommt sie ja zurück, wenn ich ihr sage, dass du dich nach ihr sehnst und keinen Appetit mehr hast."

Brynne,

„Ich weiß nicht, wie elastisch mein Geist sein könnte, was für ein Vergnügen ich finden könnte, wenn ich an dieser

schönen Küste lebte, atmete und frei wie ein Hirsch herumstriche, falls die Erinnerung an Dich nicht so schwer auf mir läge. [...] Frag dich selbst, Liebste, ob es von Dir nicht sehr grausam ist, mich so gefesselt, meine Freiheit so zerstört zu haben." 1. Juli, 1819

„Ich bemerke, daß alle meine Gedanken, meine unglücklichsten Tage und Nächte mich durchaus nicht von meiner Liebe zur Schönheit geheilt, sondern sie so gesteigert haben, daß ich unglücklich bin, weil Du nicht bei mir bist. [...] Ich kann mir als Beginn einer Liebe, wie ich sie für dich empfinde, nur Schönheit vorstellen." 8. Juli, 1819

Ich weiß, dass du die Worte von Keats erkennen wirst. Ich habe angefangen, das Buch zu lesen, das du so sehr magst. Jetzt verstehe ich, dass der Mann versucht hat, Miss Brawne verständlich zu machen, dass sie sein Herz eingefangen hat.

So wie du mein Herz eingefangen hast, Brynne.

Ich vermisse dich. Meine Gedanken drehen sich immer um dich, und wenn ich dir das erneut sagen könnte, nur um dich von der Wahrheit zu überzeugen, dann würde mir das helfen. Ich kann nur versuchen, dir klarzumachen, was ich für dich empfinde.

Es tut mir so wahnsinnig leid, dir nicht erzählt zu haben, dass ich über deine Vergangenheit Bescheid wusste. Aber eine Sache musst du wissen, denn es ist die Wahrheit: Zuerst wollte ich den Job nicht annehmen. Ich wollte deinem Vater den Namen eines anderen Sicherheitsunternehmens geben. Aber nachdem ich dich kennengelernt habe, brachte ich das nicht mehr fertig. An dem Abend auf der Straße wollte ich dir von dem Vorhaben deines Vaters erzählen. Aber als ich gesehen habe, wie du mich ansiehst, Brynne, habe ich etwas gefühlt – eine Verbindung mit dir. An diesem Abend hat sich etwas in mir verschoben und seinen Platz gefunden. Das fehlende Puzzleteil? Ich weiß nicht, was es war; ich weiß nur, dass es in der Nacht passiert ist, in der wir uns zum ersten Mal in die Augen gesehen haben. Ich habe versucht, den Abstand zu wahren und dich in dein Leben zurückzulassen, aber das konnte ich einfach nicht. Vom ersten Moment an habe ich mich zu dir hingezogen gefühlt. Ich musste dich einfach kennenlernen und Zeit mit dir verbringen. Ich wollte, dass du deinen Blick auf mich richtest, damit du mich wirklich siehst. Jetzt weiß ich, dass ich mich genau in dem Moment in dich verliebt habe. Ich habe mich in ein wunderschönes, amerikanisches Mädchen verliebt. In dich, Brynne.

Es gab viele Momente, in denen ich dir sagen wollte, wieso ich an diesem Abend in der Galerie war. Aber jedes Mal hielt ich mich zurück, weil ich Angst hatte, dich zu verletzen. Ich konnte sehen, wie sehr du von etwas aus deiner Vergangenheit heimgesucht wirst, als du in der ersten Nacht aus dem Albtraum aufgewacht bist. Den Grund konnte ich nur erraten. Aber ich wusste, dass ich alles tun würde, um dir Leid zu ersparen. Mir war klar, dass es dir fürchterliche Angst machen würde, wenn ich dir erzählt hätte, dass dein Dad Sicherheitsleute angeheuert hat, um dich vor machthungrigen Leuten zu bewahren. Es macht mir Angst, wenn ich daran denke, dass dich jemand verletzen möchte, egal auf welche Art und Weise. Ich weiß, du hast gesagt, dass ich gefeuert bin, aber falls etwas passieren oder dir jemand Angst einflößen sollte, dann will ich, dass du mich anrufst. Ich würde keine Zeit verlieren und sofort zu dir kommen. Ich meine das todernst. Ruf mich an.

Du bist etwas Besonderes, Brynne. Wenn ich mit dir zusammen bin, fühle ich Dinge. Du lässt mich auf eine Zukunft hoffen. Du löst Emotionen in mir aus, die mich an einen Ort führen, von dem ich nie gedacht hätte, ihn mit einer

anderen Person zu erreichen. Aber auch ich habe Dämonen.
Ich habe schreckliche Angst, mich meiner Vergangenheit stellen
zu müssen und dich diesen Erinnerungen auszusetzen. Die
meiste Zeit habe ich keine Ahnung, was ich eigentlich tue, aber
ich weiß ganz genau, was ich für dich empfinde. Ich liebe dich,
auch wenn du mich für das hasst, was ich getan habe. Ich liebe
dich, auch wenn du mich im Moment nicht sehen möchtest. Ich
liebe dich, weil du mir gehörst. Du bist mein, Brynne. In
meinem Herzen bist du das, und niemand kann mir das
wegnehmen. Nicht einmal du.

E

Eine Woche verging, bevor ich Brynne meinen Brief schickte. Die längste Woche meines verdammten Lebens.

Vielleicht nicht ganz. Aber ich hatte genug Djarum-Zigaretten geraucht, um mich in den Ruin zu treiben oder mir Krebs einzuhandeln. Ich sagte dem Florist, dass ich violettfarbene Blumen wollte und er einen Brief hinzufügen sollte. Es war an einem Sonntagnachmittag, als ich den Auftrag erteilte und dieser mir sagte, dass sie am Montag ausgeliefert werden würden. Ich hatte sie an ihren Arbeitsplatz liefern lassen, nicht zu ihrer Wohnung. Ich wusste, dass sie mit der Uni beschäftigt sein würde und ich wollte warten, bis sie mit ihren Abschlussprüfungen fertig war.

Brynne und ich waren allerdings weit davon entfernt, miteinander fertig zu sein. Das war das Mantra, das ich mir in diesen Tagen immer wieder vorsagte, weil es die einzige Option war, die ich akzeptieren würde.

KAPITEL 3

S ie ließen dich Dinge glauben, die nicht wahr waren. Sie sagten es dir so oft, dass das Gesagte einfach wahr sein *musste* und keine Lüge sein konnte. Du leidest, weil du dachtest, es wäre die Wahrheit. Die effektivste Folter war nicht die körperliche, sondern die seelische. Der Verstand konnte sich die grauenvollsten Qualen vorstellen. Und genauso war es ihm möglich, Schmerzen auszublenden, wenn sie die Grenzen des Erträglichen übertraten.

Die Nerven in meinem Rücken schrien auf, als wäre Säure über das zerstörte Fleisch gekippt worden. Der Schmerz war so intensiv, dass er mir den Atem raubte. Ich fragte mich, wie lange es dauern würde, bis ich ohnmächtig werde, und falls das passieren sollte: würde ich dann wieder in diesem Leben aufwachen? Auch bezweifelte ich, dass ich mehr als ein paar Schritte schaffen würde. Schließlich konnte ich durch das Blut in meinen Augen und die Schläge gegen meinen Kopf kaum etwas sehen. Ich würde in diesem

Höllenloch sterben und wahrscheinlich schon sehr bald. Ich hoffte, dass es bald passieren würde. Ich wollte nicht, dass mich mein Dad oder Hannah so sahen. Ich hoffte, dass sie niemals herausfinden würden, wie ich mein Ende gefunden hatte. Bitte, Gott, kein Video –

Reine Glückssache. Ich hatte kein Glück, als sie unser Team in den Hinterhalt gelockt hatten. Kein Glück, als meine Waffe blockierte. Kein Glück bei dem Versuch zu sterben, um einer Gefangennahme zu entgehen. Diese Wichser hatten ihre Technik von den Russen gelernt. Sie liebten es, sich Gefangene aus dem Westen zu sichern. Und dann auch noch von den britischen SF? Für die war ich wie die verdammten Kronjuwelen. Und mein Land sah mich als austauschbar an. Reine Glückssache. Ein Opfer für das Allgemeinwohl, für die Demokratie, den freien Willen.

Scheiß auf den freien Willen. Ich hatte keinen.

Mein grausamer Folterer liebte es zu reden. Er hörte niemals auf, über sie zu reden. Ich wünschte wirklich, dass er sein dreckiges Maul halten würde. Keiner von denen wusste, wo sie sich aufhielt… die Arschlöcher wussten nicht, wo sie zu finden war… sie wussten nicht einmal ihren Namen. Ich versuchte, mir diese Tatsachen immer wieder klarzumachen, weil das alles war, was ich noch hatte.

Die Ohrfeige brachte mich ins Bewusstsein zurück. Und eine weitere führte dazu, dass ich mir auch wieder der Situation bewusst wurde, in der ich mich befand.

„Wir werden dich zusehen lassen, wenn wir sie nehmen. Sie wird schreien, wie die Hure, die sie nun mal ist. Eine amerikanische Hure, die sich nackt fotografieren lässt." Er spuckte mir ins Gesicht und riss meinen Kopf an den Haaren nach hinten. „Eure Weiber sind abartig… sie verdienen es, wie dreckige Huren benutzt zu werden." Er lachte.

Ich starrte ihn an und prägte mir sein Gesicht ein. Ich würde es niemals vergessen. Sobald sich eine Situation ergab, würde ich zuerst seine Zunge abschneiden und ihn dann umbringen. Auch wenn sich das Töten nur in meinem Kopf abspielte, mochte er meine Reaktion nicht. Im Inneren ließ mich die Angst erstarren. Wie konnte ich sie davor bewahren, missbraucht zu werden? Ich wollte betteln, aber tat es nicht. Ich starrte vor mich hin und fühlte das Pochen meines Herzens, das mir bestätigte, dass ich noch immer am Leben war. Noch.

„Jeder einzelne von uns wird sich zwischen ihren Schenkeln austoben dürfen. Und wenn die Lust nachlässt, werden wir ihr vielleicht gestatten zuzusehen, wenn wir dich köpfen. Du weißt, dass du auf diese Weise dein Ende finden wirst, oder nicht?" Mit meinem Kopf noch immer im Nacken fuhr er mit seinem Finger über meine Kehle. „Du wirst um Gnade winseln, wie ein Schwein kurz vor der Schlachtung. Dann wirst du nicht mehr so stolz sein." Er lachte, sein Gesicht nur wenige Millimeter von meinem entfernt, seine gelben Zähne hinter dem Bart sichtbar. „Und dann werden wir deine amerikanische Hure auf die gleiche Weise umbringen –"

Panisch schreckte ich in meinem Bett hoch, keuchend und schweißgebadet, die Hand um meinen Schwanz. Ich lehnte mich gegen das Kopfende und nahm wahr, wo ich mich gerade befand… und wo ich zum Glück nicht wahr. *Dort bist du nicht mehr. Es war nur ein Traum. Das ist bereits vor langer Zeit passiert.*

Mein Albtraum gehörte zu der Sorte, der die ganze Scheiße nahm, die einem im Leben passiert war und miteinander vermischte, um ein fruchtbares Gebräu zu kreieren, in dem man sich baden musste. Erleichtert schloss ich meine Augen. Brynne war bei dem Horror in Afghanistan nicht dabei gewesen. Sie gehörte zu meiner Gegenwart. Brynne lebte in London, arbeitete und machte ihren Uniabschluss. Es war lediglich *dein Unterbewusstsein, das alles Schlechte zusammengebracht* hatte. *Brynne ist in Sicherheit.*

Allerdings war sie nicht mehr bei mir.

Ich sah auf meinen Schwanz herunter, heiß und hart, meine Faust um die steinharte Länge gewickelt. Ich schloss meine Augen und ließ meine Hand auf und ab gleiten. Vielleicht könnte ich mich auf diese Weise an den Tag im Büro zurückerinnern. Im Moment brauchte ich diese Erlösung dringend. Ich musste kommen, damit ich das verfluchte Zittern loswurde, das mich wegen des verdammten Albtraumes heimsuchte. Es müsste einfach funktionieren. Es würde nur kurz helfen, aber es wäre besser als nichts.

Ich erinnerte mich an das erste Mal, als sie mich im Büro besucht hatte. Sie hatte rote Cowboy-Stiefel und einen schwarzen Rock getragen. Ich hatte ihr gesagt, sich auf meinen Schoß zu setzen. Dann hatte ich sie mit meinen Fingern in ihrer Pussy zum Orgasmus geführt. Es hatte mich erregt, als sie in meinem Büro aufgetaucht war. Durch meine Berührungen und die Empfindungen, die ich in ihr auslöste, hatte sie in meinen Armen die Kontrolle verloren, und dabei hatte sie einfach wunderschön ausgesehen.

Brynne hatte versucht, von meinem Schoß zu rutschen und ich hatte sie nicht gelassen. Ich erinnerte mich, dass sie ihre ganze Kraft einsetzen musste, um sich aus meinen Armen zu befreien. Als sie sich aber auf ihre Knie herunterließ und mich durch meine Hose hindurch berührte, verstand ich ihre Motivation. Sie hatte mir gesagt, dass sie mir einen blasen wollte. In diesem Moment erkannte ich, dass ich mich in sie verliebt hatte. Ich wusste das, weil sie ehrlich und großzügig war, ohne etwas zu erwarten. Sie war echt und perfekt und gehörte mir.

Falsch, im Moment tut sie das nicht. Sie hat dich verlassen.

Meine Augen blieben geschlossen. Ich erinnerte mich daran, als sie ihre wunderschönen Lippen um die Spitze meines Schwanzes legte und mich in ihr aufnahm. Wie feucht und warm und erlesen sich ihr Mund bei diesem ersten Kontakt angefühlt hatte. Wie wunderschön der Moment war, als sie geschluckt und mich mit diesem mysteriösen Ausdruck in ihren Augen angesehen hatte. Ich wusste nie, was ihr gerade durch den Kopf ging. Sie war eben eine Frau.

Ich erinnerte mich an alles. Die Laute, die sie von sich gegeben hatte. Ihre langen Haare, die ihr ins Gesicht gefallen waren. Ihre feuchten Lippen an meinem Schwanz. Der Griff um meinen Schaft, als sie mich bearbeitete und mich tief in ihrem Mund aufnahm.

Ich erinnerte mich an diesen besonderen Moment mit Brynne, als ich mir allein und erbärmlich, wie ich nun einmal war, einen runterholte. Ich hatte mich daran erinnern müssen, weil ich sonst keine Erlösung gefunden hätte. Ich brüllte, als das Sperma in einem schmerzlichen Strom aus der Spitze meines Schwanzes schoss und sich auf dem Bettlaken verteilte, glänzendes Weiß auf Schwarz. *Das hätte sie sein sollen!* Ich schnappte nach Luft, noch immer gegen das Kopfende gelehnt, während der Höhepunkt durch meinen Körper strömte. Ich war wütend, dass ich mir gerade zu Bildern von ihr einen runtergeholt hatte. Als wäre ich ein verzweifelter Freak.

Dass ich alles eingesaut hatte, war mir egal. Bettlaken konnten gereinigt werden. Mein Verstand allerdings nicht.

Ich konnte mich an jedes einzelne Mal erinnern, bei dem ich in ihr gewesen war.

Die Leere, die von mir Besitz nahm, war grausam,

und dieser Orgasmus war definitiv nicht mit der Wirklichkeit vergleichbar. Ich fühlte mich leer und nutzlos. *Auf keinen Fall, Benny! Er ist viel zu umwerfend, um für einen Orgasmus auf seine Hand zurückgreifen zu müssen.*

Von wegen. Ich stand auf und ging ins Badezimmer, um zu duschen. Nichts würde sie jemals ersetzen können.

AN diesem Nachmittag rief sie mich auf meinem Handy an. Ich hatte ihren Anruf wegen eines scheiß Meetings verpasst. Ich wollte die Idioten zusammenschlagen, die mir meine Zeit gestohlen hatten. Stattdessen hörte ich die Mailbox ab.

„Ethan, i-ich habe deinen Brief erhalten." Ihre Stimme klang schwach und der Drang, zu ihr zu gehen, war so überwältigend, dass ich nicht wusste, wie ich mich noch länger von ihr fernhalten sollte. „Danke, dass du ihn geschickt hast. Die Blumen sind auch wunderschön. I-ich wollte dich wissen lassen, dass ich mit meinem Vater gesprochen habe und er hat mir ein paar Dinge erzählt –"

In dem Moment verlor sie ihre Beherrschung. Ich konnte hören, dass sie weinte. Ich wusste es einfach, und es brach mir das Herz. „Ich muss los… vielleicht können wir später reden." Sie flüsterte den letzten Teil. „Bye, Ethan." Dann legte sie auf.

Ich dachte schon, dass ich den Bildschirm meines Handys zerbrechen würde, als ich die notwendigen Knöpfe drückte, um sie zurückzurufen. Ich hoffte, dass sie abheben und sich mit mir unterhalten würde. Die Zeit zog sich in die Länge, als es klingelte. Einmal, zweimal, dreimal. Mein Herz pochte und das Bedürfnis nach

Sauerstoff wurde unerträglich.

„Hi." Nur dieses kleine Wort. Aber es war ihre Stimme, und sie hatte dieses Wort an mich gerichtet. Im Hintergrund konnte ich Stimmen und die Geräusche des Straßenverkehrs hören.

„Brynne, wie geht's dir? Du hast in der Nachricht traurig geklungen. Ich war in einem Meeting, als du –" Ich beendete den Satz nicht, weil ich bemerkte, dass ich zu schwafeln anfing. Ich presste meine Lippen aufeinander und sehnte mich verzweifelt nach einer Nelkenzigarette.

Ihre Atmung ging schwer. „Ethan, du hast gesagt, dass ich dich anrufen soll, wenn irgendetwas Komisches passieren sollte."

„Was ist passiert? Geht es dir gut? Wo bist du im Moment?" Mir gefror das Blut zu Eis, als ich ihre Worte und den Ton in ihrer Stimme hörte. „Bist du draußen?"

„Ich befinde mich auf meiner Joggingrunde. Ich musste meinen Kopf freibekommen und einfach nur eine Pause einlegen."

„Ich komme zu dir. Sag mir, wo du bist."

Sie wurde ruhig. Ich konnte die Autos hören, die an ihr vorbeifuhren und ich hasste es, da ich keine Ahnung hatte, wo sie sich gerade befand. Allein auf der Straße. Verletzlich. Wehrlos.

„Sagst du es mir bitte? Ich muss dich einfach sehen – wir müssen reden. Und ich will von dir hören, was dich so sehr besorgt hat, dass du entschieden hast, mich anzurufen und eine Nachricht zu hinterlassen." Mehr Schweigen. „Baby, ich kann dir nicht helfen, wenn du mich nicht reinlässt."

„Hast du es gesehen?" Ihre Stimme veränderte sich, klang schroffer.

„Was soll ich gesehen haben?" Ich wollte einfach nur zu ihr gehen und sie in meine Arme schließen. Zuerst wusste ich nicht, was sie meinte. Allerdings half mir die Stille am anderen Ende der Leitung dabei, den Hintergrund zu verstehen.

„Hast du es dir angesehen, Ethan? Beantworte die Frage."

„Das Sex-Tape von dir und Oakley?"

Sie ließ einen gequälten Laut hören.

„Verdammte Scheiße, nein! Brynne…" Dass sie diese Frage überhaupt stellte, machte mich so wütend. „Warum sollte ich das tun –"

„Es ist ja wohl kaum ein Sex-Tape!", schrie sie mir ins Ohr. Mein Herz schmerzte, als hätte jemand ein Messer durch meine Brust gejagt.

„Es ist nicht meine Schuld, dass ich das denke. Schließlich hat mir dein Vater gesagt, dass es das ist!", schrie ich zurück. Ihre Befragung irritierte mich und ich wusste nicht mehr, was ich noch von dieser Unterhaltung halten sollte. Wenn ich von Angesicht zu Angesicht mit ihr sprechen, ihr nah sein, sie dazu bekommen könnte, mir in die Augen zu sehen und mir zuzuhören, dann hätte ich vielleicht eine Chance. Aber dieses Gespräch führte lediglich in die Leere. Ich versuchte es erneut, und dieses Mal in einem vernünftigeren Ton. „Brynne, erlaube mir bitte, zu dir zu kommen."

Sie weinte wieder. Ich konnte sie hören, während der Verkehr im Hintergrund an ihr vorbeizog. Es gefiel mir nicht, dass sie alleine joggen ging. Dass Autos an ihr vorbeirasten, Männer sie ansahen, Bettler nach Geld fragten.

„Was zur Hölle hat er dir denn erzählt, Ethan? Was

hat dir mein Vater über mich erzählt?"

„Ich will das nicht am Telefon besprechen."

„Sag. Es. Mir." Dann war wieder Stille von ihrer Seite zu hören.

Verzweifelt schloss ich meine Augen, denn ich wusste, dass sie nur die Wahrheit akzeptieren würde, und ich hasste es, dass ich es war, der ihr diese Antwort geben musste. Aber ich hatte keine andere Wahl. Wo sollte ich anfangen? Ich hatte keine andere Möglichkeit, als ins kalte Wasser zu springen. Ich richtete ein leises Gebet an meine Mom und hoffte, dass sie mir die nötige Stärke senden würde.

„Er hat mir erzählt, dass du und Oakley während der Schulzeit etwas am Laufen hattet. Als du siebzehn warst, hat Oakley ohne dein Wissen ein Sex-Tape gemacht und es an die Öffentlichkeit gebracht. Du hast die Schule verlassen und hast danach so einige Probleme gehabt. Der Senator hat seinen Sohn in den Irak verschifft und du bist nach London gekommen, um zu studieren und dein altes Leben hinter dir zu lassen. Und im Moment versucht der Senator als Vizepräsident aufgestellt zu werden, weshalb er sicherstellen will, dass niemand dieses Video zu Gesicht bekommt... oder überhaupt davon hört. Dein Vater hat mir gesagt, dass einer von Oakleys Freunden unter merkwürdigen Umständen seinen Tod gefunden hat. Deswegen macht er sich nun Sorgen, dass Leute, die von dem Video wissen, in Gefahr sein könnten... du eingeschlossen. Er war deshalb so besorgt, dass er mich kontaktiert hat, um mich um einen Gefallen zu bitten – dass ich mich um dich kümmere und beobachte, wer sich in deiner Nähe aufhält."

Im Moment würde ich so ziemlich alles für eine

Zigarette machen. Die Stille, die mich von der anderen Seite begrüßte, war nur schwer zu ertragen. Nach ein paar endlosen Momenten hörte ich die Worte, nach denen ich mich gesehnt hatte. Worte, mit denen ich etwas anfangen konnte. Etwas, das ich verstand und gegen das ich etwas unternehmen konnte. „Das macht mir Angst."

Eine Welle der Erleichterung schwappte über mich hinweg. Nicht, weil sie Angst hatte, sondern weil sie so klang, als würde sie mich brauchen. Als würde sie mich wieder reinlassen. „Ich würde niemals zulassen, dass dir etwas passiert oder dass dir jemand wehtut, Baby."

„Vor zwei Tagen hatte ich eine merkwürdige Nachricht auf meinem Handy. Von einem Mann. Von irgendeiner Zeitung. Ich wusste nicht, was ich tun sollte, und als ich heute deinen Brief bekommen habe… Ich habe den Teil gelesen, als du gesagt hast, dass ich dich anrufen soll, wenn mir etwas komisch vorkommt."

Sofort löste sich das Gefühl der Erleichterung in nichts auf. „Es reicht mir jetzt, Brynne! Wo bist du im Moment? Ich werde zu dir kommen!" Ich wäre durch das verdammte Handy gekrochen, wenn das physikalisch möglich wäre. Ich musste zu ihr. Das war eine Tatsache. Alles andere war Nebensache. Zur Hölle mit dem verdammten Gejammer. Ich musste Brynne einfach neben mir wissen, damit ich mit meinen Händen sicherstellen konnte, dass es ihr gut ging.

„Ich bin auf der südlichen Seite der Waterloo Bridge."

Natürlich bist du das. Ich rollte mit meinen Augen. Allein das Wort *Waterloo* nervte mich bereits. „Ich mache mich auf den Weg. Kannst du zum Victoria Embankment kommen und dort auf mich warten? Dort kann ich dich schneller finden."

„Okay. Ich warte bei der Sphinx." Sie klang jetzt besser. Nicht mehr so verängstigt, und das wirkte sich im Besonderen auf meinen Stresslevel aus. Ich würde mir mein Mädchen zurückholen. Das war ihr vielleicht noch nicht klar, aber es würde passieren.

„Okay. Falls jemand auf dich zukommen sollte, dann halt dich an die weitflächigen Plätze, wo es viele Leute gibt." Ich legte nicht auf, als sie sich zu Fuß auf den Weg zu Cleopatra's Needle machte, während ich wie ein Wahnsinniger fuhr und damit an der Elite Londons vorbeiraste.

„Ich bin da", sagte sie.

„Sind andere Leute in deiner Nähe?"

„Ja. Nicht weit von mir ist eine Touristengruppe, und ich sehe Pärchen und Leute mit Hunden."

„Gut. Ich parke jetzt. Ich werde dich finden." Wir beendeten den Anruf.

Mein Herz schlug wie wild, als ich nach einem Parkplatz suchte und dann am Fluss entlanglief, um sie zu finden. Wie würde das ausgehen? Würde sie mir widerstehen? Ich wollte nicht in unseren Wunden herumstochern, aber verdammt nochmal, ich würde diesen Zustand keinen Tag länger erlauben. Die Sache würde heute zu einem Ende finden. Ich würde tun, was auch immer nötig war, um diesen Mist aus der Welt zu schaffen. Hier und jetzt.

Die Sonne ging gerade unter, als ich sie mit meinen Augen fand. Ihre Shorts schmiegten sich wie eine zweite Haut an ihre Kurven. Mir war ihr Rücken zugewandt. Sie lehnte sich über das Geländer, um die Aussicht über den Fluss zu genießen. Ihr Pferdeschwanz wehte ihm Wind, während sie ein Bein auf eine Metallstange gehoben hatte und ihre Arme auf dem Geländer ruhen ließ.

Meine Schritte verlangsamten sich, weil ich schlicht und einfach ihre Erscheinung in mich aufsaugen wollte. Nachdem ich mich eine Woche nach ihr gesehnt hatte, war sie endlich wieder in meiner Reichweite. Genau vor mir. *Brynne.*

Ich musste sie berühren. Meine Hände kribbelten, so sehr wollte ich sie an meinen Körper ziehen und sie berühren. Aber sie sah anders aus – dünner. Je näher ich kam, desto offensichtlicher wurde diese Tatsache. Verdammt, hatte sie in der letzten Woche überhaupt etwas zu sich genommen? Sie musste um die vier Kilo abgenommen haben. Ich hielt an und beobachtete sie, während sich bei mir Wut und Sorge vermischten. In diesem Moment wurde mir auch klar, dass ihre Vergangenheit eine größere Rolle spielen musste, als ich das zuerst gedacht hatte. *Wie toll für uns; jetzt können wir zusammen verkorkst sein.*

Sie drehte sich um und sah mir in die Augen. Unsere Blicke verschmolzen und durch die Brise wurde etwas Mächtiges zwischen uns übertragen. Brynne wusste, was ich für sie empfand. Sie sollte es wissen. Ich hatte es ihr oft genug gesagt. Allerdings hatte sie die Worte nie erwidert, und ich wartete noch darauf, sie endlich zu hören. *Ich liebe dich.*

Sie sagte meinen Namen. Ich konnte es auf ihren Lippen ablesen. Allerdings verhinderte der Wind, dass ich ihre Stimme hörte. Aber ich konnte sehen, dass sie meinen Namen ausgesprochen hatte. Sie sah ebenso erleichtert aus wie ich mich fühlte, als ich sie nur wenige Schritte von mir entfernt und in einem Stück erblickte. Sie war unbeschreiblich schön. Daran würde sich für mich auch niemals etwas ändern.

Ich blieb stehen. Wenn Brynne mich wollte, dann müsste sie zu mir kommen. Sie müsste mir zeigen, was sie für mich empfand. Es würde mich umbringen, wenn sie das nicht würde, aber mein Dad hatte recht. Jeder musste der Stimme seines Herzens folgen. Ich war meiner gefolgt. Jetzt war Brynne an der Reihe.

Sie stieß sich vom Geländer ab. Sie bewegte sich nicht. Ein Teil von mir fiel in sich zusammen. Es hatte den Anschein, als würde sie auf ein Zeichen von mir warten. Sie wollte, dass ich zu *ihr* kam. Nein, Baby. Ich lächelte nicht, genauso wenig wie sie, aber wir hatten Kontakt aufgenommen.

Sie hatte ein türkisfarbenes Sporttop an, das sich an ihre Brüste schmiegte. Der Anblick rief Erinnerung in mir wach: ihr nackter Körper unter mir, um von meinen Händen und meinem Mund in Besitz genommen zu werden. Ich wollte sie so sehr, dass es schmerzte. Ich nahm an, dass das passieren musste, wenn man sich verliebte – dieses Gefühl führte zu der Art von Schmerz, für die es nur ein Heilmittel gab. Brynne war mein Heilmittel. Ich stellte mir vor, wie ich mit ihr Liebe machte. Die Bilder schossen durch meinen Kopf, als ich auf sie wartete. Die Szenen meiner Begierde suchten mich unaufhörlich mit einer Sehnsucht heim, die mich von innen heraus verbrannte. Mein inneres Feuer *brannte* für Brynne. Mr. Keats hatte genau gewusst, von was er in seinen Gedichten sprach.

Ich streckte meine Hand nach ihr aus, als mein Blick ihre Augen gefangen nahm; aber meine Füße bewegten sich keinen Millimeter vom Fleck. Dann sah ich die

Veränderung. Ihre Augen blitzten auf. Sie verstand, was ich von ihr wollte. Sie verstand es. Und wieder wurde ich daran erinnert, wie gut wir zusammenpassten. Brynne verstand mich, und das führte dazu, dass ich mich noch verzweifelter nach ihr verzehrte.

Sie kam näher, bis sich langsam ihr Arm hob. Näher und immer näher, bis sich unsere Finger berührten. Ihre kleinere, elegant geformte Hand ruhte in meiner viel größeren. Ich umschloss ihr Handgelenk und ihre Handfläche in einem festen Griff, und überwand den restlichen Abstand, in dem ich sie an mich zog. Gegen meine Brust, Körper an Körper. Ich schlang meine Arme um sie und vergrub mein Gesicht in ihren Haaren. Ein mir vertrauter Duft bahnte sich einen Weg in meine Nase und in meinen Verstand. Ich hatte mich verzweifelt nach ihr gesehnt. Und jetzt hatte ich sie zurück. Brynne befand sich wieder in meinen Armen.

Ich lehnte mich zurück und nahm ihr Gesicht in meine Hände. Ich hielt sie in dieser Position, damit es mir möglich war, sie anzusehen. Sie wandte ihren Blick nicht ein einziges Mal ab. Mein Mädchen war mutig. Manchmal war das Leben eben scheiße, aber sie hielt durch und ließ sich nicht unterkriegen. Ich sah auf ihre Lippen und wusste, dass ich sie küssen würde, ob sie das nun wollte oder nicht. Ich hoffte, dass sie den Kuss wollte.

Ihre lieblichen Lippen waren noch genauso weich und süß wie in meiner Erinnerung. Vielleicht sogar noch süßer, weil ich solange auf sie verzichten musste. Es fühlte sich himmlisch an, meinen Mund auf ihrem zu spüren. Ich verlor mich im Moment und vergaß, dass wir uns in der Öffentlichkeit befanden. Sobald sie den Kuss erwiderte, konnte ich nur noch an Brynne denken.

Sie küsste mich, und es fühlte sich so gut an, ihre Zunge an meiner zu spüren, dass ich in ihren Mund stöhnte. Ich wusste, was ich tun wollte, und ich würde nicht viel dafür brauchen. Privatsphäre. Brynne nackt. Wenn es nur so einfach wäre. Ich erinnerte mich wieder daran, dass wir am Victoria Embankment, mitten in einer Menschenmenge standen, was man nicht gerade als privat bezeichnen konnte.

Ich ließ von ihrem Mund ab und rieb mit meinem Daumen über ihre Unterlippe. „Du wirst mit mir kommen. Jetzt sofort."

Sie nickte, ihre Wangen rieben gegen meine Handflächen, und ich konnte nicht anders; ich küsste sie erneut. Ein Kuss der Dankbarkeit.

Wir liefen stillschweigend zum Auto, hielten aber Händchen. Ich würde sie erst loslassen, um sie ins Auto zu setzen. Als sie im Beifahrersitz saß, ging ich ums Auto, setzte mich hinters Steuer und machte die Tür hinter mir zu. Schließlich wandte ich mich ihr zu und betrachtete sie aufmerksam. Sie sah halb verhungert aus und das machte mich wütend. Ich erinnerte mich an die Nacht unseres Kennenlernens. Ich hatte ihr einen Energieriegel und Wasser gekauft.

„Wohin fahren wir?", fragte sie.

„Zuerst besorgen wir dir etwas zu essen." Die Worte kamen ein wenig schroffer über meine Lippen, als ich das gewollt hatte.

Sie nickte und sah dann aus dem Fenster.

„Wenn wir mit dem Essen fertig sind, besorgen wir dir ein neues Handy inklusive neuer Nummer. Ich will dein altes Handy, damit ich jeden aufspüren kann, der dich kontaktiert. Okay?"

Sie senkte ihren Blick auf den Schoß und wieder nickte sie. Fast hätte ich sie in meine Arme gezogen und ihr gesagt, dass alles in Ordnung kommt. Aber ich hielt mich zurück.

„Dann werde ich dich heimbringen. Zu mir – in unser *Zuhause*."

„Ethan, das ist wirklich keine gute Idee", flüsterte sie, während sie noch immer auf ihren Schoß starrte.

„Scheiß auf gute Ideen", explodierte ich. „Würdest du mich wenigstens ansehen?" Sie hob ihren Kopf und fand meinen Blick. Sie funkelte mich an, rotes Feuer glühte in ihrem Blick auf, was das Braun in ihren Augen zum Strahlen brachte. Ich wollte sie zu mir ziehen und sie schütteln, ihr verständlich machen, dass diese bescheuerte Zeit, die wir getrennt voneinander verbracht hatten, jetzt der Vergangenheit angehörte. Sie würde mit mir nach Hause kommen. Keine Diskussion. Ich drehte den Schlüssel und ließ den Motor an.

„Was willst du von mir, Ethan?"

„Das ist einfach zu beantworten." Ich entließ einen ungeduldigen Laut. „Ich will, dass wir zehn Tage in der Vergangenheit zurückreisen. Ich will wieder in meinem Büro sein, dich auf dem Schreibtisch ficken und spüren, wie du deine Beine um meine Hüften wickelst! Ich will deinen Körper unter mir haben, während du mit einem anderen Ausdruck auf dem Gesicht zu mir aufsiehst als dem, mit dem du mich an den Fahrstühlen zurückgelassen hast!" Ich lehnte meine Stirn gegen das Lenkrad und atmete tief ein.

„Okay, Ethan." Ihre Stimme zitterte. Es klang, als würde sie die weiße Fahne schwingen.

„Okay, Ethan?", spottete ich. „Was soll das

bedeuten? Okay, ich komme mit dir? Okay in Bezug auf dich und mich? Okay, ich erlaube dir, mich zu beschützen? Was? Ich brauche mehr von dir, Brynne." Ich richtete meine Worte gegen die Windschutzscheibe, weil ich Angst hatte, ihren Gesichtsausdruck zu sehen. Was wäre, wenn ich ihr nicht verständlich machen könnte, dass –

Sie lehnte sich näher zu mir und legte ihre Hand auf mein Bein. „Ethan, i-ich brauche – ich brauche von dir immer die Wahrheit. Ich muss wissen, was um mich herum geschieht."

Sofort bedeckte ich ihre Hand mit meiner. „Ich weiß, Baby. Es war nicht richtig von mir, dir diese Informationen vorzuenthalten –"

Sie schüttelte ihren Kopf. „Nein, du weißt gar nichts. Lass mich bitte ausreden." Sie legte ihre Finger gegen meine Lippen, um mich zum Schweigen zu bringen. „Du unterbrichst mich ständig."

„Mund halten, verstanden." Mit meiner anderen Hand umfasste ich ihre Finger und hielt sie an meine Lippen gepresst. Ich küsste ihre Fingerspitzen und ließ sie nicht los. Zur Hölle nochmal, ich nutzte jede Chance, die sich mir bot.

„Deine Ehrlichkeit und die direkte Art gehören zu den Dingen, die ich an dir liebe, Ethan. Du hast mir immer gesagt, was du von mir willst, was du vorhast, wie du fühlst. Du warst du selbst und dadurch fühlte ich mich sicher." Sie legte ihren Kopf auf die Seite und schüttelte ihn. „Du weißt gar nicht, wie sehr ich das von dir gebraucht habe. Ich musste mich nicht vor dem Unbekannten fürchten, weil du so gut darin warst, mir zu sagen, was zwischen uns passieren sollte. Das hat mir gut getan. Aber ich habe dir bedingungslos vertraut und du hast dieses Vertrauen ruiniert, weil du mich angelogen und mir verschwiegen hast, dass du zu meinem Schutz angeheuert worden bist. Die Tatsache, dass ich überhaupt Schutz brauche, ist schwer zu verarbeiten, aber denkst du nicht, dass ich das verfickte Recht habe, davon in Kenntnis gesetzt zu werden?"

Mein Gott, sie war so sexy, wenn sie aufgebracht war und böse Worte in den Mund nahm. Ich gab ihr einen Moment des Triumphes, weil sie wirklich recht hatte.

Als sie ihre Finger wegnahm und mir die Erlaubnis zum Reden zurückgab, formte ich meine nächsten Worte mit den Lippen, hauchte sie regelrecht. „Es tut mir so leid." Und es tat mir wirklich leid. Ich hatte falsch gehandelt. Brynne brauchte die nackte Wahrheit. Sie hatte ihre Gründe. Für sie stellte es eine Voraussetzung dar und ich hatte es vermasselt. *Aber spulen wir kurz zurück. Hat sie gerade ‚gehören zu den Dingen, die ich an dir liebe' gesagt?*

„Da ich aber mit meinem Vater gesprochen habe und er mir Dinge mitgeteilt hat, von denen ich keine Ahnung hatte, kann ich jetzt sagen, dass du nicht die alleinige Schuld daran trägst. Daddy hat dich in eine Situation gebracht, um die du nicht gebeten hast… und ich habe versucht, die ganze Sache aus deiner Perspektive zu betrachten. Dein Brief hat mir dabei geholfen."

„Du vergibst mir also und wir können dieses Chaos hinter uns lassen?" Ich war hoffnungsvoll, war mir aber nicht sicher. Ich wollte einfach nur hören, wie es jetzt weitergehen sollte. Mit den gegebenen Mitteln könnte ich dann arbeiten.

„Ethan, es gibt noch so viele Dinge, die du nicht von mir weißt. Du weißt eigentlich gar nicht, was mir passiert ist, oder?"

Brynne sah mich mit einem Ausdruck in den Augen an, der die Qualen der letzten Jahre verdeutlichte. Ich wollte diesen gequälten Ausdruck in ihren Augen bekämpfen. Ich wünschte, ich könnte ihr sagen, wie egal es mir war und dass ich es nicht wissen müsste. Wenn es wirklich so furchtbar war und es sie verletzte, mir davon zu erzählen, dann müsste sie es nicht tun. Aber ich wusste, dass Brynne nicht so gestrickt war. Sie musste ihre Karten auf den Tisch legen, um in die Zukunft blicken zu können.

„Wahrscheinlich nicht. Ich habe erst vor ein paar Tagen verstanden, wie viel Einfluss deine Vergangenheit noch immer auf deine Gegenwart hat. Ich habe gedacht, dass ich dich vor politischen Einflussträgern beschütze, die es für einen Vorteil im Wahlkampf in Kauf nehmen würden, dich zu verletzen oder der öffentlichen Blamage auszusetzen; abhängig davon, wer es auf dich abgesehen hat. Als ich bemerkt habe, dass du deine eigenen Dämonen mit dir herumträgst, waren meine Gefühle bereits so stark ausgeprägt, dass ich es unter allen Umständen vermeiden wollte, dir Angst zu machen oder dich mit meinem Wissen zu verletzen. Ich wollte dich einfach nur beschützen und auf keinen Fall unsere Beziehung riskieren." Ich sah ihr direkt in die Augen, als ich sprach, und sie war mir so nah, dass ich bei jedem Atemzug einen Teil von ihr in mich aufnahm.

„Ich weiß, Ethan. Das verstehe ich jetzt." Sie lehnte sich in ihrem Sitz zurück. „Trotzdem weißt du noch nicht alles." Wieder wandte sie den Blick ab und sah stattdessen aus dem Fenster. „Es wird dir nicht gefallen, was ich zu erzählen habe. Wenn ich dir alles erzählt habe, wirst du… willst du… vielleicht nicht mehr mit mir zusammen sein wollen."

„Sag so etwas nicht zu mir. Ich weiß genau, was ich will." Ich streckte meine Hand aus und nahm ihr Kinn zwischen Daumen und Zeigefinger, um sie in meine Richtung zu ziehen. „Lass uns dafür sorgen, dass wir etwas Nahrhaftes in dich hineinbekommen. Danach kannst du mir erzählen, was auch immer du loswerden möchtest. Okay?"

Sie nickte kaum merklich, auf diese unterwürfige Art und Weise, die sie so gut beherrschte. Wenn sie mir diesen Blick zuwarf, sehnte ich mich so verzweifelt nach ihr, dass ich von meiner eigenen Begierde überrascht wurde.

Ich wusste, dass sie mit ihren Dämonen kämpfte und Angst hatte. Aber mir war auch klar, dass sie stark war und dass sie das, was sie heimsuchte, bezwingen würde. Es würde nichts daran ändern, was ich für sie empfand. Für mich war sie mein wunderschönes, amerikanisches Mädchen und das würde sie auch in alle Ewigkeit bleiben.

„Ich werde nirgendwo hingehen, Brynne. Du wirst mich nicht mehr los und es wäre besser, wenn du dich damit abfindest", sagte ich. Ich küsste sie auf die Lippen und ließ ihr Kinn los.

Ein Mundwinkel formte sich zu einem Halblächeln, als ich den Rückwärtsgang einlegte. „Ich habe dich so sehr vermisst, Ethan."

„Du kannst dir nicht vorstellen, wie sehr ich *dich* vermisst habe." Ich streckte meine Hand aus und berührte erneut ihre Wange. Ich konnte nicht anders. Sie zu berühren, bedeutete, dass sie wirklich neben mir saß. Die Wärme ihrer Haut versicherte mir, dass ich nicht träumte. „Zuerst essen wir etwas. Du wirst etwas Gehaltvolles zu dir nehmen, und ich werde jede winzige Sekunde genießen, in der ich deinen wunderschönen Mund dabei beobachten kann. Auf was hättest du Appetit?"

„Ich weiß nicht. Pizza vielleicht? Ich bin nicht wirklich für ein Restaurant angezogen", grinste sie, als sie auf ihre Kleidung zeigte. „Du trägst einen Anzug."

„Was du anhast, ist das kleinste Problem, Baby." Ich hob ihre Hand an meine Lippen und presste einen Kuss auf ihre weiche Haut. „Du siehst in allem wunderschön aus… auch wenn du nichts anhast. Vor allem wenn du nichts anhast", versuchte ich sie zu necken.

Ein helles Rosa breitete sich auf ihren Wangen aus. Ich fühlte das Pochen in meinem Schwanz, als ich ihre Reaktion beobachtete. Ich wollte sie so verzweifelt zu mir nach Hause bringen. In mein Bett, in dem ich sie die ganze Nacht in meiner Reichweite hätte. Ich würde sie nicht noch einmal entkommen lassen.

Sie hatte mir mal erzählt, dass sie es liebte, wenn ich ihre Hand küsste. Und ich wusste, dass ich mich nicht zurückhalten konnte. Es fiel mir schwer, sie nicht die ganze Zeit zu berühren und zu küssen. Ich war noch nie jemand gewesen, der auf etwas verzichtete, wenn ich mich danach verzehrte. Und ich verzehrte mich nach ihr.

Mit ihren Lippen formte sie ein leises *Danke*, auch wenn sie noch immer traurig aussah. Wahrscheinlich fürchtete sie sich vor unserer Unterhaltung. Aber ich wusste, dass wir da durch mussten. Um ihretwillen musste sie mir etwas Schwieriges erzählen, und ich würde ihr zuhören müssen. Wenn es das war, was sie brauchte, um mit mir eine Zukunft in Betracht ziehen zu können, dann würde ich mir anhören, was sie zu sagen hatte.

„Dann also Pizza." Ich musste ihre Hand loslassen, um zu fahren, aber das würde ich schaffen. Gerade so. Mein Mädchen saß gleich neben mir. Ich konnte ihren

Duft wahrnehmen, sie sehen, und ich konnte sie sogar berühren, wenn ich meine Hand austrecken würde; so nah war sie mir. Nach den letzten Tagen, die ich ohne sie verbringen musste, hatte sich der stetige Schmerz in meiner Brust endlich aufgelöst.

KAPITEL 4

Mit der richtigen Person fühlte sich ein Essen bei Kerzenlicht mit Pizza traumhaft an. Meiner Meinung nach saß mir die richtige Person gerade gegenüber, und es wäre auch egal, wo wir uns befinden würden, solange wir nur zusammen waren. Aber Brynne brauchte etwas zu Essen und ich musste ihre Geschichte hören, also würde *Bellissima's* ebenso funktionieren wie jedes andere Restaurant.

Wir hatten uns in einer dunklen, privaten Ecke einen Tisch gesichert und eine Flasche Rotwein bestellt, die wir teilen konnten. Ich versuchte, sie nicht durch unnötiges Anstarren nervös zu machen, aber das fiel mir verdammt schwer, da sich meine Augen nach ihrem Anblick gesehnt hatten. Ich fühlte mich ausgehungert.

Stattdessen konzentrierte ich mich darauf, ein aufmerksamer Zuhörer zu sein. Gegenüber von mir wirkte

Brynne, als wüsste sie nicht, wie sie anfangen sollte. Ich lächelte sie an und warf ein, wie gut unser Essen schmeckte. Ich wünschte mir wirklich, dass sie ein wenig mehr essen würde, aber verkniff mir den Kommentar. Schließlich war ich kein Vollidiot. Ich war mit einer großen Schwester aufgewachsen und die Lektionen von ihr hatten sich in mir verankert. Frauen mochten es nicht, wenn man ihnen sagte, was sie essen oder nicht essen sollten. Es war besser, sie in Ruhe zu lassen und aufs Beste zu hoffen.

Als sie schließlich anfing, mir von ihrem Leben zu erzählen, schien sie geistig nicht wirklich anwesend zu sein. Mir gefiel ihre traurige Körperhaltung und der niedergeschlagene Ton in ihrer Stimme nicht, aber das war jetzt nicht relevant.

„Meine Eltern haben sich getrennt, als ich vierzehn Jahre alt war. Man könnte wohl sagen, dass ich das nicht gut verarbeitet habe. Ich bin ein Einzelkind; also nehme ich an, dass ich vielleicht nach Bestätigung gesucht habe. Vielleicht wollte ich mich aber auch einfach nur rächen. Ich weiß auch nicht. Aber um es klar und deutlich zu sagen: In der Highschool habe ich mich wie eine Nutte aufgeführt." Sie fand mich mit ihren Augen, stahlgrau und entschlossen; sie wollte mir etwas klarmachen. „Ich meine es ernst; das war ich wirklich. Ich war bei den Jungs, mit denen ich ausgegangen bin, nicht wirklich wählerisch, und mein Ruf war mir egal. Ich war verwöhnt und unreif, vor allem aber war ich leichtfertig."

Ich kann es nicht glauben! Das war die erste Überraschung in dieser Nacht. Das konnte ich mir bei Brynne nicht vorstellen, wollte ich auch nicht. Aber meine pragmatische Seite musste erkennen, dass jeder eine Vergangenheit hatte, und mein Mädchen war da keine

Ausnahme. Sie nahm ihr Weinglas in die Hand und starrte hinein, als würde sie sich erinnern. Ich sagte nichts. Ich hörte einfach nur zu und saugte den Anblick in mich auf, während sie mir so nah war.

„Vor ein paar Jahren gab es eine Geschichte in den Nachrichten, die sich in Kalifornien wie ein Lauffeuer verbreitet hat. Der Sohn eines Sheriffs machte auf einer Party ein Video von einem Mädchen. Völlig betrunken und bewusstlos wurde sie von ihm und zwei seiner Freunde auf dem Pooltisch misshandelt."

Ich fühlte, wie sich die Härchen in meinem Nacken aufrichteten. Bitte nicht. „Ich erinnere mich", sagte ich, während ich mich zwingen musste, weiterhin gelassen zu bleiben, um ohne eine Reaktion zuhören zu können. „Der Sheriff hatte versucht, die Beweise gegen seinen Sohn verschwinden zu lassen. Aber die Sache kam raus und die Hurensöhne wurden bestraft."

„Richtig… in dem Fall wurden sie das." Sie senkte ihren Blick auf die Pizza, bevor sie mich wieder ansah. „Bei mir war das anders."

Ihre Augen wurden glasig, und plötzlich hatte auch ich keinen Appetit mehr.

„Ich war mit meiner Freundin, Jessica, auf einer Party, und natürlich haben wir uns zugeschüttet. In einem Maße, dass ich mich an nichts erinnere, bis ich wieder aufgewacht bin. Erst da habe ich gehört, wie sie mich ausgelacht und über mich geredet haben." Sie nahm einen langen Schluck von ihrem Wein, bevor sie fortfahren konnte. „Lance Oakley war – ist – ein totales Arschloch. Ein reicher, privilegierter Drecksack. Damals war sein Vater der Senator des Staates Kalifornien. Ich habe nicht den leisesten Schimmer, warum ich überhaupt mit ihm ausgegangen bin. Wahrscheinlich ist die einfache Antwort darauf, dass er gefragt hat. Wie schon gesagt, ich habe in dieser Zeit keine guten Entscheidungen getroffen. Ich war leichtsinnig. Es war mir egal, was passieren könnte."

Gott, wie sehr ich das hasse.

„Er war bereits auf dem College und ich war im letzten Jahr an der Highschool. Er hat wohl angenommen, dass er meine erste Priorität sein müsste, sobald er nach Hause kam. Aber von einer exklusiven Beziehung waren wir weit entfernt gewesen. Mir war klar, dass er mich betrügt. Ich schätze, er hat erwartet, dass ich mich in seiner Abwesenheit nach ihm verzehren würde, dass ich eine sichere Sache wäre und ich es nicht abwarten könnte, bis er in den Semesterferien vom College nach Hause kommt. Ich wusste, dass er wütend war, weil ich mit einem Jungen ausgegangen war, den ich im Leichtathletikteam kennengelernt hatte. Allerdings war mir nicht bewusst, auf welche Weise er es mir heimzahlen würde."

„Du warst in der Highschool im Leichtathletikteam?", fragte ich sie.

„Ja... im Laufteam." Sie nickte und sah wieder in ihr Glas. „Ich wache also total benebelt auf und konnte meine Gliedmaßen nicht bewegen. Wir vermuten, dass er mir vielleicht etwas ins Glas gekippt hat..." Sie schluckte schwer, bewies dann aber, wie mutig sie tatsächlich war, in dem sie weitererzählte. „Sie haben sich über mich unterhalten, auch wenn mir das am Anfang nicht bewusst war. Sie waren zu dritt, alle zu Hause vom College um Thanksgiving zu feiern. Die anderen zwei Kerle kannte ich nicht, nur Lance. Sie sind nie auf meiner Schule gewesen." Sie nippte an ihrem Wein. „Ich habe gehört, wie sie über jemanden gelacht haben. Sie haben gesagt, dass sie einen

Billiardqueue und eine Flasche in sie hineingeschoben und sie mit diesen Dingen ge-gefickt haben – dass sie eine Hure ist und darum gebettelt hat."

Brynne schloss ihre Augen und atmete tief ein. Ich konnte ihren Schmerz fühlen. Ich wollte Oakley und seinen Freund umbringen, genauso wie ich mir wünschte, dass sein toter Kumpel noch immer am Leben wäre, damit ich auch ihn umbringen könnte. Ich hatte von all dem nichts gewusst. Ich hatte angenommen, dass es sich lediglich um eine unbesonnene Sache handelte, die in ihren jungen Jahren passiert und zudem aufgezeichnet worden war. Mit einer Misshandlung an einem siebzehnjährigen Mädchen hatte ich nicht gerechnet. Ich streckte meine Hand aus und legte sie auf ihre. Sie zuckte kurz zusammen und drückte ihre Augen fest zusammen, aber sie zog die Hand nicht zurück. Wieder war ich von ihrer mentalen Stärke beeindruckt, während ich darauf wartete, dass sie fortfuhr.

„Mir war nicht klar, dass sie über mich sprachen, so weg war ich. Als ich meine Arme und Beine wieder bewegen konnte, hatte ich Probleme aufzustehen. Sie haben gelacht und mich dort liegen lassen. Ich konnte fühlen, dass ich Sex gehabt haben musste. Allerdings konnte ich mich nicht an Einzelheiten erinnern. Ich hatte keine Ahnung, mit wem ich Sex gehabt hatte. Ich fühlte mich grauenvoll, mir war schlecht – als hätte ich einen Kater. Ich wollte einfach nur aus diesem Haus raus. Also sammelte ich meine Klamotten zusammen und suchte Jessica, bevor ich mich auf den Weg nach Hause gemacht habe."

Ein Knurren entrang meiner Kehle. Ich konnte es nicht unterdrücken. Sogar ich musste erkennen, dass ich wie ein Hund geklungen hatte. Brynne fand meinen Blick. Ich konnte ihr ansehen, dass sie der Laut für eine Sekunde erschreckt hatte. Dann senkte sie ihre Augen auf meine Hand, die noch immer auf ihrer lag. Ich konzentrierte mich auf sie und versuchte, meine Emotionen unter Kontrolle zu bekommen. Jetzt die Beherrschung zu verlieren, wäre für Brynne keine Hilfe, also zeichnete ich mit meinem Daumen Kreise über ihren Handrücken. Ich hoffte einfach nur, dass ihr bewusst war, wie sehr es mich verletzte, wenn ich hörte, auf welche Art und Weise sie benutzt worden war. Mein Kopf drehte sich, als ich an ihre Worte dachte. Zu der Zeit der Straftat waren die Täter bereits im Erwachsenenalter gewesen, wohingegen sie noch immer minderjährig gewesen war. Interessant. Ich konnte mir allerdings nicht erklären, warum mir Tom Bennett diese Information bei unserem ersten Gespräch vorenthalten hatte. Wahrscheinlich lag es daran, dass er den Ruf seines einzigen Kindes hatte schützen wollen. Mittlerweile wunderte es mich auch nicht mehr, dass er so ausgerastet war, nachdem er von Brynne und mir erfahren hatte.

„Ich hätte versucht, die ganze Sache zu vergessen, wenn das Video nicht gewesen wäre. Ich wusste nicht, was sie mir angetan oder dass sie die ganze Sache gefilmt haben. Als ich den Montag danach in die Schule kam, wussten bereits alle davon. Sie haben mich alle gesehen – nackt, bewusstlos und betrunken, während ich benutzt...und wie ein Objekt behandelt worden bin –"

Tränen rollten über ihre Wangen, aber sie war weit davon entfernt, ihre Beherrschung zu verlieren. Sie redete weiter und ich hielt einfach nur ihre Hand.

„Alle wussten, dass ich in dem Video zu sehen war.

Alle haben es übers Wochenende geschaut und es dann an alle weitergeschickt. Ich war deutlich zu erkennen, aber die Jungs standen abseits der Kamera und der Ton war mit einem Lied überspielt worden, damit man ihre Stimmen nicht hören und sie somit niemand identifizieren konnte." Sie senkte ihre Stimme und flüsterte die nächsten Worte. „Nine Inch Nails mit dem Lied ‚Closer' und der sehr markanten Zeile: *‚I wanna fuck you like an animal'*. Sie haben es wie ein Musikvideo aussehen lassen, während der Liedtext in großen Buchstaben über den Bildschirm lief. *‚You let me violate you – You let me desecrate you – You let me penetrate you'.*"

Sie hielt inne, und mein Herz brach entzwei, als ich ihre Leidensgeschichte hörte. Ich konnte nur noch an meinen innigsten Wunsch denken: ich wollte eine Zukunft mit ihr. Ich musste sie zum Schweigen bringen. Es ging nicht anders. Mehr würde ich im Moment nicht ertragen können. Ich war mir nicht sicher, ob ich mich dann noch in der Öffentlichkeit beherrschen könnte. Für diese Unterhaltung brauchten wir Privatsphäre. Ich wollte sie einfach nur zu mir nach Hause bringen und sie in meinen Armen halten. Den Rest konnten wir später klären.

Ich drückte ihre Hand, damit sie mich ansah. Leuchtend große Augen, in Farben, die alle zusammenliefen, angefüllt mit glasigen Tränen, die ich weglecken wollte, fanden meinen Blick. „Erlaube mir, dich zu mir nach Hause zu bringen, bitte." Ich nickte, um ihr verständlich zu machen, dass wir das jetzt brauchten. „Ich möchte allein mit dir sein, Brynne. Alles andere spielt im Moment keine Rolle."

Ihrer Kehle entrang ein Laut, der mein Herz zerfetzte. So sanft, aber verletzlich und primitiv. Ich stand abrupt auf, zog sie mit mir mit, und Gott sei Dank folgte sie mir, ohne zu protestieren. Ich warf Geld auf den Tisch, führte sie zum Auto und schnallte sie keine Sekunde später an.

„Bist du sicher, dass du das möchtest, Ethan?", fragte sie mich mit rotunterlaufenen Augen, die in Tränen schwammen.

Ich sah sie direkt an. „Noch nie im Leben bin ich mir einer Sache so sicher gewesen." Ich lehnte mich vor und legte meine Hände auf ihren Hinterkopf, damit ich den Kuss kontrollieren konnte. Ich küsste sie leidenschaftlich, presste die Zunge gegen ihre Zähne, damit sie sich für mich öffnen würde. Brynne musste wissen, dass ich sie noch immer wollte. Ich wusste, ihr machte die Vorstellung zu schaffen, dass ich über das Ausmaß ihrer Vergangenheit Kenntnis hatte. Sie nahm an, dass ich sie nicht länger begehren würde, wenn ich die Einzelheiten kannte.

Wie sehr sich mein Mädchen doch irrte.

„Deine ganzen Sachen sind noch bei mir und warten auf dich. Eins solltest du aber wissen…" Ich sagte diese Worte nur wenige Zentimeter von ihrem Gesicht entfernt und verlor mich dabei in ihren seelenvollen Augen. „Ich habe nicht vor, dich wieder gehen zu lassen." Ich schluckte schwer. „Wenn du jetzt mitkommst, dann gibst du dich mir vollkommen hin, Brynne. Anders kann eine Beziehung zwischen uns nicht laufen. *All-in*. Ich meine es ernst mit dir, und ich will, dass du es auch ernst mit mir meinst."

„All-in?" Sie legte ihre Hand auf meine Wange, verweilte dort, während ihre aufrichtige Frage zwischen uns in der Luft hing.

Als sie mein Gesicht in ihrer Handfläche hielt, drehte ich meinen Kopf, um die Innenseite ihrer Hand zu küssen.

„Ist ein Ausdruck beim Pokern. Es bedeutet, dass man alles auf die Karten setzt, die man in der Hand hält. Du bist, was ich halte."

Wieder schloss sie die Augen und ihre Unterlippe bebte kaum merklich. „Ich habe dir noch nicht einmal alles erzählt. Es ist noch mehr passiert." Sie nahm ihre Hand weg.

„Öffne deine Augen und sieh mich an." Ich sprach die Worte sanft aus, aber mit Nachdruck.

Sofort folgte sie meinem Befehl und ich musste ein Stöhnen unterdrücken, da mich ihre Reaktion dermaßen erregte. „Was auch immer du mir noch nicht erzählt hast, es ist mir egal. Genau wie das, was du mir im Restaurant anvertraut hast." Ich schüttelte meinen Kopf, wollte, dass sie mich verstand. „Es wird nichts daran ändern, was ich für dich empfinde. Ich weiß, dass wir uns noch mehr anvertrauen werden und du kannst mir den Rest erzählen, wenn du dazu bereit bist, oder wenn du das musst. Ich werde dir immer zuhören. Ich muss sowieso alles erfahren, damit ich dich auch weiterhin beschützen kann. Und das werde ich; das verspreche ich dir, Brynne."

„Oh, Ethan –" Ihre Unterlippe bebte, als sie mich ansah. Sie war im traurigen Zustand ebenso wunderschön wie im glücklichen.

Ich konnte sehen, dass sich Brynne über viele Dinge Sorgen machte. Wenn sie von ihrer Vergangenheit erzählte, fürchtete sie meine Reaktion und dass sich meine Gefühle ändern könnten. Und natürlich dachte sie an die möglichen Gefahren, denen sie hier in London ausgesetzt war.

Nichts wollte ich mehr, als diesen besorgten Gesichtsausdruck aus ihrem Gesicht zu entfernen. Ich wünschte mir, sie von ihren Lasten zu befreien, damit sie ihr Leben genießen konnte, und das hoffentlich mit mir an ihrer Seite. Noch nie hatte ich ein Versprechen so ernst gemeint wie an diesem Tag. Ich würde sie beschützen. Ich wollte, dass sie mit zu mir nach Hause kam. Aber ich wollte auch, dass sie verstand, was diese Entscheidung für sie bedeutete.

„Aber es wird nicht mehr weggerannt, Brynne. Wenn du eine Pause brauchst, dann ist das okay. Das kann ich respektieren und dir dann den nötigen Abstand geben. Aber ich muss die Möglichkeit haben, zu dir zu kommen und dich zu sehen, und ich muss die Gewissheit haben, dass du nicht wieder die Flucht ergreifst... oder mich ausschließt." Mit meinem Daumen zeichnete ich den Umriss ihrer Lippen nach. „Das brauche ich von dir, Baby. Kannst du das für mich tun?"

Sie atmete jetzt schwerer. Die Atemzüge bewegten ihre Brüste in diesem türkisfarbenen Top auf und ab; ihre Augen flackerten, als sie nachdachte. Ich sah, dass sie Angst hatte. Aber wenn aus uns etwas werden sollte, musste Brynne lernen, mir zu vertrauen. Ich setzte alles auf eine Karte. Hoffentlich würde sie akzeptieren, was ich ihr zu bieten hatte. Was würde ich aber tun, wenn sie das nicht tun sollte? *Zusammenbrechen? Ein wahrhaftiger Stalker werden? Mich in die Klapse einweisen lassen?*

„Aber es fällt mir so schwer, in einer Beziehung Vertrauen zu bilden. Du bist schon sehr viel weiter gekommen als jeder andere in meinem Leben. Zum ersten Mal muss ich mich entscheiden. Lasse ich mich auf eine Beziehung ein oder entscheide ich mich für ein unkompliziertes und sicheres Leben, in dem ich aber allein wäre?"

Ich stöhnte und drückte ihre Hand ein wenig fester. „Ich weiß, dass du Angst hast, aber ich will, dass du uns trotzdem eine Chance gibst. Es ist nicht vorgesehen, dass du allein durchs Leben gehst. Das Schicksal hat dich für mich ausgewählt." Meine Worte fielen ein wenig schärfer aus, aber es war bereits zu spät, sie zurückzunehmen.

Brynne lächelte mich an und schüttelte dabei ihren Kopf. Das überraschte mich. „Ich weiß nicht, was ich mit dir machen soll, Ethan Blackstone. Warst du schon immer so?"

„Wie bin ich denn?"

„So fordernd, direkt und ehrlich."

Ich zuckte mit den Achseln. „Ich nehme es an. Keine Ahnung. Ich weiß nur, wie ich mich verhalte, wenn ich mit dir zusammen bin. Mit dir will ich Dinge, an die ich zuvor noch nicht einmal gedacht habe. Ich will dich, und das ist alles, was ich weiß. Und im Augenblick möchte ich, dass du mit mir nach Hause kommst, damit wir zusammen sein können. Ich möchte lediglich dein Versprechen, dass du mir nicht beim ersten Anzeichen eines Problems davonrennst. Du wirst mir die Möglichkeit geben, es wieder gutzumachen und mich nicht ausschließen." Ich legte meine Hände auf ihre Schultern. „Ich kann sehr verständnisvoll sein, Brynne, solange du mir sagst, was du von mir brauchst." Mit meinen Daumen rieb ich über ihren Hals, die weiche Haut unter meinen Fingerspitzen lud sich elektrisch auf, als ich sie berührte. Sobald ich sie wieder für mich hätte, würde ich sie nicht wieder loslassen.

Sie ließ ihren Kopf in den Nacken fallen und schloss für einen kurzen Moment ihre Augen, gab sich der Anziehungskraft hin, die zwischen uns herrschte. Das gab mir Hoffnung. Sie sprach nur ein einziges Wort aus.

Meinen Namen. „...Ethan."

„Ich weiß, was du brauchst. Aber du musst mir vertrauen, dass ich dir das auch geben kann." Ich packte sie härter. „Entscheide dich für mich. Entscheide dich für uns."

Sie erschauerte. Ich sah, wie es passierte und konnte es sogar fühlen. Sie nickte und formte mit ihren Lippen die Worte: „Okay. Ich verspreche dir, dass ich nicht wieder weglaufen werde."

Ich küsste sie ausgiebig. Meine Hände wanderten nach oben, um ihr Gesicht zu umfassen. Ich schob meine Zunge zwischen ihre süßen Lippen, und gelobt sei Gott, sie ließ mich hinein. *Ja.* Sie erlaubte mir den Zugang und erwiderte den Kuss. Ihre warme, samtweiche Zunge tanzte mit meiner. Jackpot. Ich wusste, dass ich diese Runde gewonnen hatte – ich wollte die Karten auf den Tisch werfen und ein Dankeschön an meine Mutter im Himmel richten.

Stattdessen drang ich in Brynnes Mund ein. Mit diesem Kuss ließ ich sie alles wissen, nahm ihre Lippen in Besitz, knabberte mit meinen Zähnen, als ich versuchte, mich vollkommen in ihr zu verlieren. Je tiefer ich vordrang, desto schwerer würde es ihr fallen, mich erneut zu verlassen. So funktionierte mein Verstand, wenn es um sie ging. Ich hatte eine Strategie, wie im Krieg, und ich könnte dies den ganzen Tag machen. Eine Flucht war ausgeschlossen. Sie würde sich nicht mehr verstecken oder in Zurückhaltung wiegen können. Sie *würde* mir gehören und mir erlauben, sie zu lieben.

Brynne schmolz unter meinen Lippen dahin, wurde nachgiebig und unterwürfig, fand den Ort, den sie brauchte, um daraus Trost zu schöpfen. Das gelang mir, in dem ich die Kontrolle an mich zog. Bei uns funktionierte das, und zwar sehr, sehr gut. Ich zog mich zurück und entließ einen tiefen Seufzer. „Lass uns nach Hause fahren."

„Was ist aus der Vereinbarung geworden, die Dinge langsam anzugehen?", fragte sie leise.

„All-in, Baby", flüsterte ich. „Alles oder nichts. Anders geht es bei uns nicht." Ich war froh, dass sie nicht wusste, was mir gerade durch den Kopf ging. Dann würde sie vielleicht wieder das Bedürfnis verspüren, die Flucht zu ergreifen. Das konnte ich noch nicht riskieren. Für diese Unterhaltung hätten wir später noch genug Zeit.

„Wir haben viel zu besprechen", teilte sie mir mit.

„Dann werden wir das auch tun." *In Verbindung mit anderen Dingen.*

Sie drehte ihren Körper von mir weg und lehnte sich im Sitz zurück, machte es sich bequem und sah mich einfach nur an, als ich vom Parkplatz fuhr. Während der gesamten Fahrt beobachtete sie mich. Ich mochte es, ihre Augen auf mir zu spüren. Nein, verdammt nochmal, ich liebte es. Ich liebte es, dass sie neben mir saß, und dabei so aussah, als würde sie mich ebenso sehr wollen wie ich sie. Aber auch ich konnte nicht anders. Ich musste sie einfach ansehen. Was ich auch machte, sobald ich die Möglichkeit hatte, meine Augen von der Straße zu nehmen.

„All-in, huh? Ich denke, dass ich Poker spielen lernen muss."

Ich lachte. „Oh, das würde mir gefallen. Aus irgendeinem Grund habe ich das Gefühl, dass du dich als Naturtalent entpuppen wirst, Süße." Ich wackelte anzüglich mit meinen Augenbrauen. „Wie wäre es zuerst mit Strippoker?"

„War ja klar, dass du das ansprichst. Schön, dass du mich nicht enttäuscht hast", sagte sie und rollte ihre Augen.

Ich grinste sie an und stellte mir vor, wie sie während eines Pokerspiels strippen würde. Schließlich würde ich jede Runde gewinnen. Meine Vorstellungskraft war wirklich super in Form.

Sie bat mich noch, bei ihrer Wohnung vorbeizufahren, damit sie ihre „Pillen" holen konnte. Ich wusste nicht, ob sie das Verhütungsmittel oder die Schlaftabletten meinte, und ich hatte auch nicht vor zu fragen. Wir würden beides brauchen. Also machte ich, was jeder Kerl mit einem funktionierenden Gehirn tun würde: ich fuhr sie zu ihrer Wohnung. Und wieder beglückwünschte ich mich, dass ich kein Idiot zu sein schien.

Ich wartete, als sie eine Tasche zusammenpackte. Ich sagte ihr, dass sie ausreichend Klamotten einpacken sollte, um die nächsten Tage zurechtzukommen. Was ich wirklich wollte, war, dass sie für immer bei mir blieb, aber ich musste annehmen, dass das nicht der richtige Moment war, dieses Thema zu besprechen. Schließlich wollte ich meinen Status als Nicht-Idiot nicht gefährden.

Ich wurde von Erinnerungen überwältigt, als wir in die Wohnung kamen. Die Wand neben der Eingangstür war für immer in meinen Frontallappen gebrannt. Das Bild von ihr in diesem kurzen, violettfarbenen Kleid und den Stiefeln, während ich sie mit meinem Körper gegen die Wand presste. Mein Gott, sie war einfach unbeschreiblich gewesen... an diesem Abend, als sie meinen Schwanz in sich aufgenommen hatte. *Ich liebe diese verfickte Wand.* Ich schmunzelte. Mein eigener Witz amüsierte mich.

„Was ist denn so lustig?", fragte Brynne, als sie mit einer gepackten Tasche aus dem Schlafzimmer kam. Sie wirkte jetzt viel gelassener und ihre temperamentvolle Persönlichkeit war zurückgekehrt.

„Na ja… ich musste gerade daran denken, wie sehr ich doch deine Wand liebe." Meine Augenbrauen verdeutlichten, was ich meinte, als ich ihr die Tasche abnahm.

Mit einem überraschten Ausdruck auf dem Gesicht teilten sich Brynnes liebliche Lippen. Aber diese Überraschung schwenkte schnell zu Humor um. „Trotz allem schaffst du es immer wieder, mich zum Lachen zu bringen, Ethan. Dafür hast du ein seltenes Talent."

„Danke. Es ist mir eine Ehre, alle meine Talente mit dir zu teilen", sagt ich in einem anzüglichen Tonfall, während ich meinen Arm um sie legte und wir die Wohnung verließen. Auch sie warf einen kurzen Blick auf die Wand. „Das habe ich gesehen", sagte ich.

„Was willst du gesehen haben?", fragte sie unschuldig. Oh, sie konnte ein Pokerface auflegen. Ich konnte es kaum abwarten, Karten mit ihr zu spielen.

„Du hast die Wand angesehen und dich daran erinnert, wie du mich dort gefickt hast."

Sie stieß mir den Ellbogen in die Rippen. „Das habe ich nicht! Und du hast mich gefickt, nicht andersrum."

„Nicht wichtig." Ich kitzelte ihre Rippen und ließ sie etwas zappeln. Es fühlte sich gut an, sie wieder in meinen Armen zu haben. „Gib es einfach zu, Baby. Das war ein epischer Fick."

BIS ich Brynne in meiner Wohnung hatte, war die Nacht über die Stadt eingebrochen.

Auf dem Weg hatten wir noch einen weiteren Zwischenstopp eingelegt. Wir besorgten ihr ein neues Handy inklusive neuer Nummer. Zwar hatte es fast eine Stunde gedauert, um diese Sache zu regeln, aber es war notwendig gewesen. Ihr altes Handy befand sich nun in meinem Besitz. Wer auch immer jetzt auf dieser Nummer anrief, müsste sich mit mir auseinandersetzen.

Vielleicht würde ich mich heute Abend um den Anrufer kümmern und auch mit Tom Bennett sprechen. Nicht gerade eine Unterhaltung auf die ich mich freute, aber auch keine, die ich ignorieren konnte. *Cheers, Tom. Ich vögle wieder deine Tochter. Oh, und bevor ich es noch vergesse: Du musst wissen, dass ihre Sicherheit jetzt in meinen Händen liegt. Habe ich schon erwähnt, dass sie mein ist? Mein, Tom. Ich kümmere mich um mein Eigentum und werde sie nicht aus den Augen lassen.*

Ich fragte mich, wie er diese Neuigkeit aufnehmen würde und realisierte dann, dass es mir egal war. Schließlich war er derjenige, der dafür gesorgt hatte, dass mir Brynne über den Weg gelaufen war. Sie war jetzt meine Priorität. Ich sorgte mich um sie. Ich wollte sie einfach nur beschützen und sie vor Gefahren bewahren. Er müsste sich an die Situation gewöhnen, genauso wie ich das hatte tun müssen.

Ich kam hinter ihr zum Stehen. Sie bewunderte durch das Fenster die Lichter der Stadt. Bereits bei ihrem ersten Besuch hatte sie mir gesagt, dass sie diese Aussicht liebte. Ich hatte geantwortet, dass ich es liebte, sie in meiner Wohnung zu sehen und dass es nichts Vergleichbares gab. Das würde sich auch nie ändern.

Behutsam berührte ich sie, meine Hände auf ihren Schultern, meine Lippen an ihrem Ohr. „Was siehst du dir an?"

Sie konnte meine Reflektion im Fenster sehen. „Die Stadt. Ich liebe die nächtliche Beleuchtung."

„Ich liebe es, dir dabei zuzusehen, wie du dir die nächtliche Beleuchtung ansiehst." Ich schob ihre Haare beiseite und küsste ihren Nacken. Sie legte ihren Kopf auf die Seite, um mir den Zugang zu erleichtern. Ich atmete tief ein und erlaubte, dass mich ihr Duft in einen Rausch versetzte. Jetzt verzehrte ich mich noch mehr nach ihr. „Es fühlt sich so gut an, dich bei mir zu haben", flüsterte ich.

Immer wenn sie in der Nähe war, musste ich meine Begierden unterdrücken. Das war ein Problem, dass ich noch nie zuvor in einer Beziehung erlebt hatte. Ich liebte Sex – schließlich war ich ein Kerl und hatte einen Schwanz. Auch hatte ich nie Schwierigkeiten gehabt, ein Date zu finden. Frauen gefiel mein Aussehen, und wie mein Vater immer zu sagen pflegte: das vereinfachte die Dinge, aber es machte die Sache nicht unbedingt besser. Wenn dir die Frauen nachjagten, weil sie dachten, dass du heiß aussahst und etwas Geld zur Verfügung hattest, dann wurden die Dinge schnell auf das Wesentliche heruntergebrochen. Abendessen, schneller Sex, vielleicht ein zweites Date mit anschließendem Matratzensport. Und dann... auf nimmer Wiedersehen. Unterm Strich bedeutete das: ich mochte es nicht, benutzt zu werden. Das hatte zur Folge, dass mir in den letzten Jahren viele Frauen den Genuss an Verabredungen genommen hatten, und ich lediglich auf Sex aus gewesen war.

Brynne rief eine andere Reaktion in mir hervor, und

das hatte sie bereits seit unserem ersten Treffen getan. Zuerst einmal war sie mir niemals nachgejagt. Wenn ich in der Galerie nicht gehört hätte, dass ich ihr gefalle, dann hätte ich nie geahnt, dass sie mich bemerkt hatte. Sie wusste genau, welche Knöpfe sie drücken musste, und zum ersten Mal hatte ich an der Frau an sich mehr Interesse als an dem Sex.

Oh, natürlich wollte ich auch den Sex, aber jetzt fühlte sich alles anders an. Seit ich Brynne gefunden hatte, war die dominante Seite in mir erwacht; als wäre Brynne der Katalysator. Um ehrlich zu sein, wusste ich genau, dass sie dafür verantwortlich war. Ich wollte Dinge mit ihr, die mich erschreckten. Ich hatte Angst, dass ich sie wegen der Begierden, die sie in mir ausgelöst hatte, verlieren könnte. Ich würde es nicht *ertragen*, sie zu verlieren.

Was sie mir heute anvertraut hatte, jagte mir eine Heidenangst ein. Allerdings erklärte es auch ihr mysteriöses Verhalten. Wenigstens hatte ich jetzt Antworten und kannte ein paar der Gründe, warum sie immer davonrannte.

„Finde ich auch." Ihr entrang ein langer Seufzer. „Ich habe dich so sehr vermisst, Ethan." Sie lehnte sich gegen mich, die Wölbung ihres Hinterns presste sich gegen meine Hüften. Da ihr bezaubernder Arsch nur von dem Elastan ihrer Sportshorts bedeckt wurde, dauerte es nicht lange, bis mein Schwanz erwachte; und er war bereit, seine Dienste anzubieten.

Heilige Mutter Gottes! Mehr brauchte es nicht, um mich in Fahrt zu bringen. In einer Sekunde würde sie meinen Schwanz fühlen – und was dann? Gerade jetzt sollte ich keine Annäherungsversuche starten. Sie war noch immer verletzlich und musste ihre Geschichte zu Ende erzählen. Wäre toll, wenn ich das auch meinem Schwanz klarmachen könnte. Ich drehte ihren Kopf in meine Richtung und beschlagnahmte ihre Lippen mit einem leidenschaftlichen Kuss, der keinen Gedanken mehr zuließ. Ich knabberte und saugte an ihren Lippen, zog sie immer näher an meinen Körper. Sie schmeckte so lieblich. Brynne schmolz dahin und ließ sich von mir führen, und mir wurde klar, dass es mir nicht möglich wäre, die Richtung zu ändern. Ich hatte das unwiderrufliche Bedürfnis, meine Frau erneut in Besitz zu nehmen.

Nur ein Bastard würde sie jetzt nackt und in seinem Bett haben wollen. Ergo, ich war ein dreckiger Bastard.

Damit würde ich leben können.

Brynne hatte mir schon oft gesagt, dass sie Gefallen an meiner Direktheit fand. Sie fühlte sich besser, wenn ich ihr mitteilte, was ich von ihr erwartete. Dann wusste sie genau, was auf sie zukam. Das brauchte sie von mir. Ich atmete tief ein; schließlich sagte ich ihr, was ich von ihr wollte.

„Ich will dich in meinem Bett haben. In meinen Armen, und ich will…in dir sein." Ich sah in ihr Gesicht, das ich in meinen Händen hielt und wartete auf ihre Antwort.

KAPITEL 5

„Ich will dich auch." Sie nickte und stellte sich auf die Zehenspitzen, um mich zu küssen. „Bring mich ins Bett, Ethan." Die wunderschönsten Worte, die ich seit langem gehört hatte. Ich akzeptierte die Lippen, die sie anbot und hob sie vom Boden hoch, ihre Brust gegen meinen Oberkörper gepresst.

Sie schlang ihre Beine um meine Hüfte und vergrub ihr Gesicht an meinem Hals. Mir entrang ein lautes Stöhnen, bevor ich schließlich loslief. Als ich im Schlafzimmer ankam, hieß ich den Anblick des frischbezogenen Bettes willkommen. Montag! Annabelle war heute hier gewesen, Gott sei Dank! Wenn die Laken von heute Morgen noch immer den Beweis für meine mitleiderregende Wichs-Vorstellung geboten hätten – keine Ahnung, was ich dann getan hätte! Ich schwor mir, Annabelle ein großzügiges *-Danke-für-die-diskrete-*

Arbeitsweise-Trinkgeld zu geben.

Ich legte Brynne auf ihren Rücken und für einen Moment betrachtete ich sie einfach nur. Dieses Mal wäre es wichtig, uns Zeit zu lassen. Ich wollte ihr zeigen, wie viel sie mir bedeutete und dass ihre Hingabe einem Geschenk gleichkam. Ich würde sie mir auf der Zunge zergehen lassen.

Die Haare fielen ihr über die Schultern und ihre Augen hatten im Vergleich zu dem türkisfarbenen Top, das sie noch immer trug, einen Grünton. *Allerdings würde sie das Oberteil nicht mehr lange anhaben.*

Ich fing mit ihren Laufschuhen an. Dann kamen die Socken. Ich umfing ihre Füße und massierte sie, bevor ich die Hände über ihre Beine nach oben gleiten ließ, über ihre Hüften zum Bund ihrer Shorts. Meine Finger schoben sich darunter und packten zu. Und weg war die Hose. Meine Augen ergötzten sich an ihrer entblößten Haut, als ich das Material aus dem Weg räumte – Bauchnabel, Hüftknochen, Bauch, Pussy und ihre langen Beine. Beine, die sich um mich schlingen würden, sobald ich mich in ihrer wunderschönen, nackten Pussy verlieren würde. *Heilige Scheiße.*

Es gab einen Grund, warum mein Mädchen ein Model war. Ein Aktmodell. Sie besaß einen Körper, der die Macht hatte, mich sprachlos zu machen. Noch war ich nicht fertig, mein Kunstwerk zu entblößen. Ich streckte meine Hände nach ihrem Top aus. Auch das war schnell erledigt, denn sie trug keine Unterwäsche. Ich wollte ein triumphales *Ja* hinausschreien. Ihre Brüste sprangen heraus, als ich das Top über ihren Kopf zog.

„Brynne... wunderschön." Ich hörte, wie ihr Name über meine Lippen kam, auch wenn ich nicht vorgehabt

hatte, ihn auszusprechen. Ich hatte sie wieder nackt vor
mir sehen müssen, um mich an ihr Aussehen zu erinnern;
um zu wissen, dass ich das Recht hatte, sie zu berühren,
und dass sie diese Berührungen auch akzeptieren würde.
Ich sehnte mich so verzweifelt nach ihr, dass ich zunächst
einen kleinen Teil von ihr in mir haben musste.

Langsam ließ ich meine Lippen von ihrem
Bauchnabel zu ihren perfekten Brüsten gleiten. Dann
bedeckte ich einen Nippel und saugte ihn tief in meinen
Mund. Er richtete sich unter meiner Zunge auf, während
ich mit meinen Fingern die Unterseite ihrer Brüste
streichelte. *So weich.* Ihre Knospe wurde immer härter. Um
fair zu bleiben, schenkte ich auch der anderen meine
Aufmerksamkeit. Diese beiden Schönheiten verdienten es,
gleichwertig behandelt zu werden.

Als ich mich an ihrer Erscheinung labte, bedachte sie
mich mit einem unterwürfigen und sinnlichen Ausdruck.
Sie war wie ein Gemälde. Aber eins, das nur ich zu Gesicht
bekommen würde. *Das ist nicht wahr.* Die nagende
Irritation, das auch andere sie nackt gesehen hatten, war
nur von kurzer Dauer. Ich verbannte diese Gedanken
schnell in die Tiefen meines Bewusstseins. Jetzt hatte ich
ein Festmahl vor mir. Es wurde Zeit, mich ihr voll und
ganz zu widmen.

Ich musste ihr Fleisch an meiner Zunge und meinen
Lippen spüren. Ich brauchte so viel von ihr! Mein ganzer
Körper bebte schließlich, als ich meine Schuhe wegkickte
und nach meinem Gürtel griff. Ich entledigte mich schnell
meiner Kleidung. Ich konnte Brynnes Augen auf mir
spüren. Sie beobachtete jede meiner Bewegungen und ließ
ihren Blick über meinen Körper schweifen. Der Anblick
ihrer Bewunderung ließ mich so hart werden, dass meine

Eier schmerzten und mein Schwanz brannte. *Nur für sie.*

Ich ließ mich mit den Knien zuerst aufs Bett runter, vollkommen unsicher, welchem Körperteil ich mich zuerst zuwenden wollte. Sie war ein Bankett voller Köstlichkeiten, vor mir ausgebreitet, ihre Beine leicht angewinkelt, ohne preiszugeben, was ich sehen wollte. Meine Begierden bahnten sich ihren Weg an die Oberfläche und die Worte kamen aus meinem Mund. „Spreize deine Beine und zeig dich mir. Ich will sehen, was mir gehört, Baby."

Ihre Füße glitten über die Matratze, bis sie flach gegen das Laken gedrückt und ihre Knie gebeugt waren. Ich hielt die Luft an und konnte den Herzschlag in meiner Brust fühlen. Erst bewegte sie ein Bein zur Seite, bevor sie auch das andere spreizte. Einfach so machte sie, was ich ihr aufgetragen hatte. Die perfekte Unterwerfung. Bei der mir gebotenen Show schoss eine Welle der Lust durch meinen Schwanz. Aber zufrieden war ich noch lange nicht. Ich wollte mich sattsehen. Erst dann würde ich mich der Sache zuwenden, die mir so viele Tage vorenthalten worden war.

„Heb deine Arme über den Kopf und halt dich am Bett fest."

Ihre Augen flackerten auf und es schien ihr nicht möglich, ihren Blick von meinem Mund zu nehmen.

„Vertrau mir. Ich werde dafür sorgen, dass es sich für dich gut anfühlen wird, Baby. Lass es mich auf meine Weise tun…"

„Ethan", flüsterte sie, aber sie machte, was ich ihr befohlen hatte. Sie brachte ihre Arme über den Kopf, legte die Handgelenke übereinander und krallte sich an der Matratze fest. Gott, wie sehr ich es liebte, wenn sie beim

Sex meinen Namen aussprach. Ich liebte es immer, wenn sie ihn sagte.

„Baby." Durch das Anheben ihrer Arme, hoben sich auch ihre Brüste und wurden ein wenig zur Seite gedrückt. Gekrönt mit himbeerfarbenen Nippeln, bettelten diese formvollendeten Brüste meine Zunge nach mehr an. Ich näherte mich ihnen, saugte und zwickte das empfindliche Fleisch, und liebte, wie sie sich unter meinem Mund wand. Im gleichen Rhythmus wie ich.

Ich zog mich mit meinen Lippen zurück, stattdessen benutzte ich meine Finger, berührte einen Nippel und rollte ihn zwischen Daumen- und Zeigefinger, bevor ich an der kleinen Knospe zog. Sie stöhnte und wölbte sich mir entgegen, behielt aber die Arme ausgestreckt. Ich zwickte den anderen Nippel und beobachtete, wie sie mir mit dem Becken entgegenkam, ihre Beine noch weiter spreizte und mir mehr von dem Ort zeigte, den ich erneut für mich entdecken wollte.

„Du bist so wunderschön, wenn du dich unter mir windest", hauchte ich gegen ihren Bauch. Dann bahnte ich mir den Weg zu dem Ort, an dem ich meinen Mund haben wollte. Zuerst küsste ich sie an ihrem geheimen Ort, und ich liebte ihre Reaktion. Sie erbebte unter meiner Berührung. Ich schnellte meine Zunge über ihre Falten, öffnete sie wie eine Blume. *Mein.* Sie spannte ihre Muskeln an und wimmerte. Kleine, sanfte Laute, die ihre Begierde und Lust zum Ausdruck brachten. Sie gierte nach dem, was ich ihr geben konnte. Sie gierte nach *mir*.

„Verdammt, du bist so wunderschön, Brynne", hauchte ich gegen ihr Fleisch.

„Nur durch dich fühle ich mich wunderschön", stotterte sie in einem Flüstern, als sie sich unter mir noch ein bisschen mehr öffnete.

„Genau so… gib dich mir hin, Baby." Ich küsste ihre Schamlippen, als würde ich ihren Mund küssen. „Ich werde dich so hart kommen lassen, und wenn ich das tue, wirst du an nichts anderes denken können als an mich", ließ ich sie wissen.

„Lass mich bitte kommen…"

Ich knurrte an ihrem Fleisch. „Dich mit meiner Zunge zum Orgasmus zu bringen, ist das Heißeste, das ich jemals gesehen habe. Wie du dich bewegst. Wie du schmeckst. Wie du klingst, wenn du kurz davor stehst…"

„Ahhh…", stöhnte sie und wand sich unter mir. *Ein bezaubernder Laut.* Als sie aufschrie, erhöhte ich meine Bemühungen, hob ihr Geschlecht an meine Lippen. Ich hielt sie offen und verzehrte die bebende Köstlichkeit. Weder konnte ich aufhören noch konnte ich mein Tempo drosseln. Ich wollte ihre Pussy an meinen Lippen spüren. Ich wollte meine Zunge immer und immer wieder in sie hineinstoßen. Ich ließ nicht von ihr ab, schnellte über ihre Klitoris, bis ich fühlte, dass sie kam.

„Oh, Gott, Ethan!", schrie sie, als der Orgasmus von ihrem Körper Besitz nahm.

„Oh ja", stöhnte ich; es war mir kaum möglich zu sprechen. „Und jetzt wirst du das noch einmal machen!", teilte ich ihr mit, als ich mich über sie schob und meinen Schwanz in Position brachte. Meine Eichel berührte ihr feuchtes Geschlecht. Ein Schauer lief durch meinen Körper; als würde ein Stromschlag durch meine Adern jagen. Unsere Blicke trafen sich, ihre Augen weit aufgerissen. Dies war der Moment, bevor ich sie nahm.

Mit einem Stoß glitt ich mit meinem Schwanz in ihre feuchte Hitze. Ich konnte nicht noch länger ausharren. Sie stöhnte, als ich mich in ihr vergrub; der erregendste Laut, den ich jemals gehört hatte. Verdammte Scheiße, sie fühlte sich gut an – eng und heiß, und sie saugte mich hinein, ihre inneren Muskeln zogen sich durch die Intensität ihres noch immer andauernden Höhepunktes um meine Länge zusammen. Es fühlte sich so unbeschreiblich gut an! Es machte mir Angst, mir vorzustellen, was für eine Macht sie über mich hatte. Vom ersten Moment an hatte es Brynne geschafft, mich in ihren Bann zu ziehen. Der Sex machte da keinen Unterschied. Ich war immer von ihr gebannt.

Sie folgte meinen Bewegungen, akzeptierte jeden Stoß, als würde sie mich zum Überleben brauchen.

„Ich werde dich ficken, bis du erneut für mich kommst!"

Und das machte ich auch.

Wir näherten uns dem erlösenden Ende. Brynne akzeptierte alles, was ich ihr entgegenbrachte. Jeden harten Stoß meines Schwanzes in ihre süße Höhle; genauso wie die Geräusche, die den Raum erfüllten, als unsere Körper immer und immer wieder zueinanderfanden. Mit meinem Gesicht schwebte ich über ihrem, hielt ihren Blick mit meinem gefangen und nahm ihren Körper in Besitz. Nur sie konnte ich sehen. Nur sie konnte ich hören. Nur sie konnte ich fühlen.

Ich spürte, wie sie sich im Inneren anspannte. Ich sah, wie sich ihre Augen drehten und sich ihr Mund öffnete. Auch den nahm ich in Beschlag. Ich bedeckte ihre Lippen mit meinen und stieß mit der Zunge hinein. Ich schluckte ihre Schreie, als der Orgasmus über sie einbrach und schenkte ihr meinen, als mich die Empfindung in meinen Hoden überwältigte. Dieser Höhepunkt würde intensiv werden. Eine Empfindung, die mit Worten nicht zu beschreiben war, schoss meinen Schwanz hoch. Ich konnte mich lediglich in ihr verlieren und die Welle der Lust reiten, als mich die Explosion in den Abgrund riss.

Mein Körper kam langsam zur Ruhe, aber ich blieb in ihr vergraben, bebte noch immer von den Erschütterungen. Niemals wollte ich den Ort zwischen ihren Beinen verlassen. Wie könnte ich das?

Die Zeit blieb stehen und wir atmeten. Die einfache Aufgabe Luft in unsere Lungen zu bekommen, zehrte an uns. Ich spürte ihren Herzschlag an meiner Brust und die kleinen, abebbenden Zuckungen ihrer Lust um meinen Schwanz. *So verdammt gut.*

Als ich es fertigbrachte, meinen Mund von ihrer Haut zu nehmen, stützte ich mich auf meinen Armen ab. Ich schwebte über ihrem Gesicht und suchte in ihrem Blick nach etwas Gutem. Ich hatte Angst vor dem, was ich sehen könnte. Als wir das letzte Mal auf diese Weise zusammengekommen waren, hatten sich gleich danach schreckliche Szenen abgespielt. *Sie hat dir gesagt, von dir runterzugehen und ist dann durch die Tür und aus deinem Leben verschwunden.*

„Ich liebe dich." Ich hauchte die Worte, kaum hörbar und nur wenige Zentimeter von ihrem Gesicht entfernt und beobachtete, wie ihre Augen erst glasig und dann feucht wurden. Sie fing an zu weinen.

Nicht die Reaktion, die ich mir erhofft hatte. Ich glitt aus ihrem Körper und fühlte die Feuchtigkeit zwischen uns. Aber Brynne überraschte mich erneut. Anstatt den Abstand von mir zu suchen, vergrub sie ihr Gesicht an meiner Brust, krallte sich an mir fest und schluchzte leise. Sie suchte nach Trost. In dem Moment erkannte ich, dass ich die Frauen niemals verstehen würde.

„Sag mir bitte, dass alles gut wird... auch wenn das vielleicht nicht der Fall sein sollte...", presste sie zwischen Schluchzern heraus.

„Das wird es, Baby. Dafür werde ich sorgen." Der Drang eine zu rauchen, war groß; ich konnte die Djarum förmlich schmecken. Stattdessen hielt ich sie in meinen Armen und streichelte über ihre Haare, kämmte mit den Fingern durch die samtweichen Strähnen, bis sie mit dem Weinen aufhörte.

„Warum?", fragte sie, nachdem etwas Zeit vergangen war.

„Was meinst du?" Ich küsste ihre Stirn.

„Warum liebst du mich?" Ihre Stimme war gesenkt, aber die Frage war deutlich zu hören gewesen.

„Was ich für dich empfinde, kann ich weder ändern noch erklären, Brynne. Ich weiß einfach, dass du mein Mädchen bist. Dafür musste ich einfach nur auf mein Herz hören." Sie konnte die Worte noch immer nicht erwidern. Ich wusste, dass sie mich mochte. Sie dachte aber, der Liebe nicht würdig zu sein. Dabei schien es auch egal zu sein, ob sie das Gefühl aussandte oder empfing.

„Ich habe dir noch nicht die ganze Geschichte erzählt, Ethan."

Das war es also. „Wovor hast du Angst?", fragte ich. Sie spannte sich in meinen Armen an. „Sag mir, was dir Sorgen bereitet, Baby."

„Dass du dann aufhörst."

„Aufhören, dich zu lieben? Nein, das werde ich nicht."

„Aber wenn du alles weißt? In meinem Kopf geht alles drunter und drüber, Ethan." Sie sah zu mir auf, ihre Augen glitzerten wieder in den verschiedensten Farben.

„Hmm." Ich küsste sie auf die Nase. „Ich weiß bereits genug, und all das ändert nichts an meinen Gefühlen. Ich befehle dir, dass du aufhörst, dir Sorgen zu machen. Aber eine Sache müssen wir schon jetzt in Ordnung bringen. Schließlich bin ich für die Sauerei da unten verantwortlich." Ich schob meine Hand zwischen ihre Beine, ließ meine Finger über ihre Mitte gleiten und spürte, was ich dort hinterlassen hatte. Der Höhlenmensch in mir liebte die Idee, dass ich all das Sperma in sie bekommen hatte, aber sie stand der Sache wahrscheinlich weniger positiv gegenüber. „Lass uns zusammen ein Bad nehmen. Dann können wir uns auch noch ein wenig unterhalten."

Ihre Augen weiteten sich bei meiner Berührung, aber sie nickte und sagte: „Das würde mir gefallen."

Ich rollte aus dem Bett und ging ins Badezimmer, um das Wasser anzumachen. Sie beobachtete mich, bis sich ihre Augen allein auf meinen Rücken konzentrierten. Ich wusste, dass sie die Narben anstarrte. Ich wusste, dass sie mich bald darauf ansprechen würde. Dann müsste ich meine beschissene Vergangenheit mit ihr teilen. Das wollte ich nicht. Der Gedanke, sie in diesen Scheiß hineinzubringen, ging gegen jeden einzelnen meiner Instinkte. Trotzdem würde ich ihr niemals die Wahrheit vorenthalten. Bei Brynne stellte sich diese Frage gar nicht. Außerdem hatte ich meine Lektion gelernt.

Ich goss Badeschaum dazu und passte die Wassertemperatur an. Ich hob den Kopf, als sie ins Badezimmer kam. Nackt und wunderschön und auf mich zulaufend, nahm sie mir den Atem, auch wenn sie in den letzten Tagen zu viel Gewicht verloren hatte. Ich stellte fest, dass ich an eine weitere Runde primitiven Sex dachte.

Aber ich versuchte dieses Bedürfnis zu unterdrücken, damit der rationale Teil meines Gehirns funktionieren konnte. Wir mussten uns wirklich über ein paar Dinge unterhalten und Sex hatte diese Eigenart, sich in der Schlange vorzudrängeln und alles andere unwichtig erscheinen zu lassen. *Der gierige Bastard.*

Stattdessen nahm ich ihre Hand und half ihr in die Badewanne. Dann machten wir es uns bequem. Ich lehnte mich an und platzierte sie vor mich, ihr nasser Hintern presste sich auf verlockende Weise gegen meinen Schwanz, der jetzt natürlich wieder zum Leben erwachte. Ich machte meinem Equipment klar, dass er sich zurückhalten und sich Muriel die Straßenverkäuferin und ihren Damenbart vorstellen sollte, sobald er sich nach Brynnes lieblicher Pussy verzehrte. Das wirkte. Muriel sah recht abscheulich aus und war wahrscheinlich nicht einmal eine richtige Frau. Vielleicht nicht einmal ein Mensch. Eigentlich war ich mir sogar sicher, dass Muriel ein Alien war, auf die Erde gesandt, um Zeitungen zu verkaufen und unsere Sprache zu lernen. Es verlangte mir noch immer nach einer Djarum. Ein ganzer Haufen wäre noch besser.

Brynne schnupperte die Luft. „Rauchst du hier drin?"

„Manchmal." Ich musste wirklich damit aufhören. „Aber jetzt wo ich dich in meiner Nähe habe, muss ich das im Apartment wirklich unterlassen."

„Es stört mich nicht, Ethan. Der Geruch von Gewürzen und den Nelken gefällt mir, also finde ich es nicht schlimm. Aber ich weiß, dass es nicht gut für dich ist und der Teil gefällt mir ganz und gar nicht."

„Ich versuche aufzuhören." Ich streichelte mit meiner Hand über ihren Arm und dann nach unten zu ihrer Brust, die die Wasseroberfläche durchbrach. „Wenn du bei mir bist, kann ich das schaffen. Du kannst als meine Motivation dienen, okay?"

Sie atmete tief ein und nickte. Dann redete sie.

„Danach bin ich nicht wieder in meine Highschool zurück. Nur sechs Monate bis zu meinem Abschluss und ich hab alles hingeschmissen. Meine Eltern waren schockiert, als sie bemerkten, wie sehr ich mich verändert habe. Allerdings hat es nicht lange gedauert, bis auch sie von dem Video erfuhren. Sie haben darüber diskutiert, was sie machen sollten und ihre Meinungen gingen sehr weit auseinander. Mir war alles egal. Ich war in meinem Kopf gefangen und sehr, sehr krank. Es fällt mir schwer, das zuzugeben, aber es entspricht der Wahrheit. Emotional bin ich am Ende gewesen und ich habe keine Möglichkeit gesehen, meinen Dämonen zu entkommen."

Ich küsste sie auf den Hinterkopf und wickelte meine Arme noch fester um sie. Mit Dämonen kannte ich mich aus, mit den teuflischen Schwanzlutschern, die sie verkörperten. „Kann ich dich fragen, warum deine Eltern nicht versucht haben, die drei zu verklagen? Es wäre bestimmt nicht schwer gewesen, eine Gefängnisstrafe rauszuholen. Du warst noch minderjährig und sie galten als Erwachsene… und dann ist da ja auch noch der Videobeweis."

„Mein Vater wollte sie alle im Gefängnis sehen. Meine Mutter wollte die öffentliche Aufmerksamkeit nicht auf sich ziehen. Sie hat behauptet, dass mein schlampiger Ruf unseren guten Namen durch den Dreck ziehen und die soziale Ordnung ¹aus dem Gleichgewicht bringen würde. Da lag sie wahrscheinlich gar nicht so falsch. Aber wie gesagt: Es war mir egal, was um mich herum passierte und was die Leute dachten. Ich war in meinem eigenen

Kopf gefangen."

„Oh, Baby…"

„Und dann habe ich herausgefunden, dass sie mich dabei geschwängert haben."

Ich erstarrte, als diese Worte ihren Mund verließen. *Verdammte Scheiße…*

„Das gab mir den Rest. Da-damit kam ich nicht klar. Mein Dad wusste nicht, was er bezüglich der Schwangerschaft unternehmen sollte. Er entschied, sich mit dem Senator zu treffen. Meine Mutter hatte mir einen Termin für eine Abtreibung besorgt, und ich konnte einfach nicht mehr. Ich wollte kein Baby. Allerdings wollte ich auch nicht töten, was in mir heranwuchs. Ich wollte einfach nicht an den Vorfall erinnert werden, aber jeder und alles erinnerte mich daran. Ich nehme an, dass ich alles hätte klären können, wenn ich mich besser gefühlt und mehr von mir gehalten hätte. Wenn das aber der Fall gewesen wäre, dann wäre ich wohl nie zu dieser Party gegangen und hätte mich auch nicht auf dem Pooltisch wiedergefunden."

„Es tut mir so leid…" Ich sprach in einem sanften aber nachdrücklichen Ton, da ich sie wissen lassen wollte, was ich fühlte. „Hör mir zu, Baby. Du kannst dir für das, was dir passiert ist, nicht die Schuld geben." Ich presste meinen Mund näher an ihr Ohr. „Du bist einer Straftat zum Opfer gefallen und wurdest auf die widerlichste Art und Weise erniedrigt. Das war nicht deine Schuld, Brynne. Ich hoffe, dass du das weißt." Ich rieb ihre Arme, ließ warmes Wasser über ihre Haut fließen.

Sie schmiegte sich an meinen Körper und atmete einmal tief ein und aus. „Mittlerweile ja. Jedenfalls meistens. Dr. Roswell hat mir geholfen, und auch die

Tatsache, dass ich meinen Platz in der Welt gefunden habe. Aber damals war ich am Ende. Ich wollte nicht mehr leben. Ich sah keinen anderen Ausweg mehr."

Die Wärme von zuvor verließ mich und ich bereitete mich auf die Worte vor, die folgen würden. Wie ein Unfall, von dem du deinen Blick nicht abwenden konntest, musste ich wissen, was ihr passiert war, auch wenn ich es eigentlich nicht wissen wollte. Ich wollte ihr nicht an den dunklen Ort folgen.

Sie bewegte sich und ließ ihre Finger über die Wasseroberfläche gleiten, als sie wieder das Wort ergriff. „Noch nie war ich so gefasst gewesen wie an diesem Tag. Ich stand auf und wusste, was ich tun würde. Ich habe gewartet, bis sich Daddy auf den Weg zur Arbeit gemacht hat. Ich hatte ein schlechtes Gewissen, dass ich es in seinem Haus machen wollte. Aber mir war klar, dass es mir meine Mutter niemals vergeben würde, wenn ich es bei ihr gemacht hätte. Auf meinem Bett habe ich für beide Abschiedsbriefe zurückgelassen. Danach habe ich eine Handvoll Schlaftabletten eingeworfen, die ich von meiner Mutter gestohlen hatte, bevor ich in die Badewanne gestiegen bin und meine Pulsadern aufgeschnitten habe."

„Nein." Eine eiserne Faust legte sich um mein Herz, und alles, was ich in diesem Moment tun konnte, war sie fest an mich zu drücken, ihren warmen Körper an meinem, und dankbar dafür zu sein, dass sie jetzt bei mir war. Es war ernüchternd, wenn ich sie mir in diesem jungen Alter vorstellte, wie sie sich das Leben nehmen wollte, weil sie keinen anderen Ausweg für sich sah. Ich wusste, was ich für Brynne empfand, aber dieser Gedanke machte mir verdammt nochmal Angst.

„Aber nicht einmal in dieser Sache zeigte ich Talent.

Ich wurde müde und habe nicht tief genug geschnitten, um auszubluten. Jedenfalls ist mir das später mitgeteilt worden. Die Pillen, die ich geschluckt hatte, haben sich als die weitaus größere Gefahr herausgestellt. Daddy hat mich rechtzeitig gefunden. Er ist zur Mittagszeit nach Hause gekommen, um nach mir zu sehen. Später hat er mir gesagt, dass er bereits den ganzen Morgen ein komisches Gefühl hatte und dass er einfach heimkommen musste. Er hat mich gerettet." Brynne erschauerte und drehte ihren Kopf zur Seite, um ihre Wange auf meine Brust zu legen.

Danke, Tom Bennett. „Ich bin so froh, dass du kein Talent darin hast", flüsterte ich. „Mein Mädchen kann nicht in allem meisterhaft sein." Ich versuchte, sie aufzumuntern. Aber bei Unterhaltungen dieser Art war das kaum möglich. Meine Rolle bestand darin zuzuhören, also platzierte ich einen Kuss auf ihrem Kopf und legte meine Hand genau über ihr Herz. „Wenn ich mich das nächste Mal mit deinem Vater unterhalte, werde ich mich bei ihm bedanken", flüsterte ich.

„Ich bin in einer Psychiatrie aufgewacht. Die ersten Worte meiner Mutter waren, dass ich eine Fehlgeburt hatte, ich etwas sehr Egoistisches und Dummes getan habe und dass mich die Ärzte unter Beobachtung stellen müssen. Sie hat die Sache nicht besonders gut verkraftet. Ich weiß, dass ich sie in Verlegenheit gebracht habe. Und jetzt wo ich älter bin, kann ich mir kaum ausmalen, was ich meinen Eltern mit all dem zugemutet habe. Allerdings wollte sie sich auch nicht der Sache stellen, die ich getan habe. Meine Mutter ließ mich einfach immer und immer wieder wissen, was es für ein Segen war, die Schwangerschaft aus dem Weg zu haben. Als wäre das ihre größte Sorge gewesen. Unsere Beziehung ist nicht einfach.

Sie missbilligt so ziemlich jede meiner Entscheidungen."

Brynne seufzte. Ich berührte sie einfach nur, um sicherzugehen, dass sie tatsächlich bei mir war. Nach dem bewusstseinserweiternden Sex saßen wir in der Badewanne. Mein Mädchen lag nackt in meinen Armen, als sie mir von ihren abgründigsten Geheimnissen erzählte. Ich hatte keinen Grund, mich zu beschweren. Na ja, vielleicht gab es ein paar Dinge, aber die würde ich Brynne nicht unter die Nase reiben. Ich ließ warmes Wasser über ihre Arme und Brüste laufen, als mir klar wurde, wie wenig ich von ihrer Mutter hielt. Welche Mutter würde solche Dinge zu ihrer eigenen Tochter sagen, wenn sie gerade erst einen Selbstmordversuch unternommen hatte?

„Als ich dort raus war, schickten mich meine Eltern an einen netten Ort in der Wüste von New Mexico. Es hat Zeit in Anspruch genommen, aber mit jedem Tag ging es mir besser und irgendwann lernte ich, wie ich mit meiner Vergangenheit umgehen muss. Nicht ohne Probleme. Ich denke aber, dass es ein Schritt in die richtige Richtung war. Ich entdeckte mein Interesse an der Kunst und wurde erwachsen."

Brynne legte eine kurze Pause ein. Es fühlte sich fast so an, als würde sie meine Reaktion abwägen wollen; ob ich ihre Vergangenheit akzeptieren könnte und ob ich schockiert oder entsetzt war. Sie machte sich zu viele Sorgen. Ich hob ihr Handgelenk mit den Narben an meine Lippen und küsste die Stelle, auf denen sich die erhobenen Markierungen befanden. Kleine, weiße Einschnitte befleckten die ansonsten makellose Porzellanhaut. Es machte mich traurig, wenn ich daran dachte, dass sie sich selbst verletzt hatte. Ich konnte einfach nicht glauben, was sie bereits in so jungen Jahren durchleiden musste.

Mir kam ein weiterer Gedanke: Brynne hatte diese Zeit durchgemacht, als ich in dem Gefängnis in Afghanistan gesessen und kurz davor gestanden hatte –

Sie verwob ihre Finger mit meinen und riss mich aus den Gedanken, hob unsere Hände an ihren Mund und presste sie gegen ihre Lippen. Dieses Mal küsste Brynne *meine* Hand. Ich fühlte, wie die Wärme durch meinen Körper strömte und versuchte, mich an diesem wundervollen Gefühl festzuhalten. Ihre Geste führte dazu, dass ich zu emotional wurde und kein Wort herausbekam.

„Mir war nicht klar, dass mein Dad zu Senator Oakley gegangen ist und ihn erpresst hat. Er war so wütend, dass er mich fast verloren hätte und gab die Schuld Lance Oakley. Mein Dad wollte ihn verklagen. Er erkannte aber, dass ich emotional nicht in der Verfassung war, eine Verhandlung durchzustehen, und dass ich das wahrscheinlich auch in der Zukunft nicht schaffen würde. Und dazu kam auch noch, dass meine Mutter ihm gesagt hat, die Sache fallen zu lassen, damit ich endlich heilen könnte. Sie hat ihn davon überzeugt, keine rechtlichen Schritte einzuleiten. Aber Daddy wollte trotzdem, dass Lance für das, was er getan hat, bestraft wurde. Senator Oakley wollte einfach nur, dass diese hässliche Geschichte aus der Welt geschafft wurde, damit sie nicht seine politische Karriere ruinierte. Deswegen hat er seinen Sohn dazu gezwungen, der Armee beizutreten. Auf diese Weise hat er sein größtes Problem gelöst, in dem er Lance in den Irak verschifft hat. Und als ich mich besser gefühlt habe und bereit war, New Mexico zu verlassen, hat er meine Aufnahme an der University of London arrangiert. Wir haben uns für London entschieden, weil es weit weg von meiner Heimat war und ich mich hier der Kunst hingeben konnte. Ich war der Sprache mächtig und Tante Marie lebt hier, also wäre ich in einem fremden Land nicht vollkommen auf mich allein gestellt gewesen."

„Also war dem Senator in all den Jahren klar, wo du dich befindest?" Diese Situation gefiel mir nicht und war viel brisanter, als ich mir das hätte vorstellen können. Für Brynne könnte es wirklich gefährlich werden.

„Davon habe ich erst letzte Woche erfahren", sagte sie leise. „Ich dachte immer, dass ich durch meine eigenen Leistungen angenommen wurde."

„Ich kann verstehen, dass dich das bedrückt. Aber du bist nur soweit gekommen, weil du es dir verdient hast und in deinem Feld außergewöhnliche Ergebnisse vorzeigen konntest. Ich habe deine Arbeiten gesehen, und ich weiß, dass du in dem, was du tust, einfach brillant bist." Die nächsten Worte sagte ich in einem neckenden Tonfall. „Professor Bennett, mein bezaubernder *Anorak*."

„Anorak?" Sie lachte. „Schmeißt du etwa wieder mit englischen Begriffen um dich?"

„Oh ja. Ich denke, dass ihr Nerd oder Geek sagt. Das bist du. Ein künstlerisch angehauchter Anorak, den ich verehre." Ich drehte ihren Kopf und kam ihr mit meinen Lippen entgegen. Wir erinnerten uns beide an die Unterhaltung, die wir vor einiger Zeit geführt hatten. Über den Professor, der einen unartigen Student zurechtwies. Natürlich wäre sie der Professor und ich der unartige Student.

„Du bist verrückt", hauchte sie an meinen Lippen.

„Verrückt nach dir", sagte ich, während ich sie fester in meine Arme schloss. „Aber mal ehrlich, Senator Oakley war dir viel mehr schuldig als das, was er dir ermöglicht hat. Außerdem gefällt es mir nicht im Geringsten, dass er genau weiß, wo auf der Welt er dich finden kann und was du jeden Tag machst."

„Ich weiß. Das macht mir auch etwas Angst. Daddy hat gemeint, dass Eric Montrose während einer Schlägerei in einer Bar gestorben ist, als Lance auf Heimatbesuch in der Stadt war. Er war auch in dem Video, aber nach dieser Nacht habe ich keinen von ihnen wiedergesehen. Nicht einmal Lance Oakley."

Der Ton in ihrer Stimme störte mich, genauso wie der Gedanke, dass die Taten dieser Missgeburten noch immer so tief in ihrer Erinnerung verankert waren. Ich war wirklich froh, dass einer von ihnen bereits tot war. Der Teil störte mich überhaupt nicht. Ich hoffte nur, dass sein Tod nichts mit dem Video oder Senator Oakleys Sicherheitsüberprüfung zu tun hatte.

Ich zog den Stöpsel und half ihr aus der Wanne. „Ich werde nicht zulassen, dass dir etwas passiert; du musst keine Angst haben. Ich werde mich um alles kümmern." Ich lächelte und fing an, mit dem Handtuch ihre Beine abzutrocknen. „Morgen werde ich mich mit deinem Vater unterhalten und alles über Senator Oakley herausfinden." Ich trocknete ihre Arme und die Brüste. Daran könnte ich mich wirklich gewöhnen. „Den Senator überlässt du mir. Ich werde ein paar Informanten losschicken. Dann sehen wir, was wir alles über ihn herausfinden können. Keiner kommt meinem Mädchen zu nah, ohne zuerst an mir vorbei zu müssen."

Sie lächelte und schenkte mir einen Kuss, knabberte an meiner Unterlippe. Ich musste mich wirklich zusammenreißen. Ich stand kurz davor, sie erneut zu nehmen.

Brynnes Haut war eigentlich goldfarben – aber das

heiße Wasser gab ihr einen rosafarbenen Ton. So wunderschön. Es wäre besser gewesen, wegzusehen, um nicht die Kontrolle zu verlieren. *Denk nicht einmal daran.* Ich ignorierte meine niederen Bedürfnisse; stattdessen fuhr ich damit fort, ihre hinreißenden Kurven abzutrocknen. Und obwohl sie ein paar dieser Kurven hatte einbüßen müssen, sah sie noch immer bezaubernd aus, und gehörte ganz allein mir. Sie stand unberührt vor mir. Als würde sich unsere Nähe und die Tatsache, dass wir nackt waren, in keiner Weise auf sie auswirken. Ich fragte mich, wie zur Hölle sie das schaffte. Na ja, ich hatte da schon eine Idee. Sie war ein Model, das nackt posierte; sie war also daran gewöhnt. *Auch daran solltest du nicht denken.*

Noch nie in meinem Leben wurde ich so von meinem Schwanz gelenkt wie bei ihr. Vielleicht als ich noch jünger gewesen war. Aber nichts war mit dem intensiven Gefühl vergleichbar, das in dem Moment von mir Besitz genommen hatte, als ich Brynne zum ersten Mal begegnet war. Brynne zu ficken, hatte den gleichen Stellenwert wie Essen und ein Dach über dem Kopf zu haben.

Jeder braucht die Grundbedürfnisse, Brynne. Essen, Wasser... ein Bett.

Brynne rief Emotionen in mir hervor, von denen ich nicht einmal wusste, dass sie existierten. Sie hatten sich erst bemerkbar gemacht, als Brynne in der Nacht der Ausstellung in die Galerie spaziert war und sie über mich und meine vertrauenswürdige, rechte Hand gesprochen hatte.

Mit einem sexy Grinsen auf den Lippen riss sie mir das Handtuch aus der Hand, nur um ihre glorreiche Form in das kuschelige, cremefarbene Material zu wickeln. *Was für eine Schande.* Sie lief ins Schlafzimmer und ich hörte, dass

Schubladen geöffnet und wieder geschlossen wurden. Ich liebte es, sie in meiner Wohnung zu wissen und zu hören, wie sie sich gerade fürs Bett fertigmachte. Ich schnappte mir ein Handtuch und trocknete mich ab, während ich Gott dafür dankte, dass ich sie heute Nacht in meinen Armen halten durfte.

KAPITEL 6

Ich öffnete meine Augen. Es war dunkel, aber ich konnte Brynnes Duft wahrnehmen. Ich lächelte, als ich realisierte, wo wir uns befanden. *Sie liegt mit dir im Bett.* Ich achtete darauf, still liegen zu bleiben, um ihren Schlaf nicht zu stören. Sie war mir zugewandt; ihr Kopf jedoch lag weggedreht auf ihrem Arm. Nach den letzten Tagen war ich zum ersten Mal wieder glücklich und zufrieden. Ich beobachtete für ein paar Minuten, wie sie atmete. Ich wollte mein Mädchen berühren, aber ich ließ sie schlafen. Schließlich brauchte sie den Schlaf.

Brauchen. Ich brauchte sie. Nur Brynne konnte mich befriedigen, und das machte mir Angst. Ich konnte mir nicht vorstellen, etwas Vergleichbares für eine andere Frau zu empfinden. Ich konnte mir ein Leben ohne sie nicht mehr vorstellen, obwohl wir uns erst seit einem Monat kannten. Ich war davon überzeugt, dass mich die Zeit, die wir getrennt voneinander verbracht hatten, für immer verändert hatte.

Ich atmete tief ein und hielt die Luft an. Der schwache Duft nach Sex konnte noch immer in den Laken wahrgenommen werden. Aber es war ihr sauberer und blumiger Duft, der mich berauschte. Er berauschte mich heute so wie er mich bereits am ersten Tag unseres Kennenlernens berauscht hatte. Sie roch so gut, dass ich es mehr als alles andere hasste, sie im Bett zurückzulassen. Ich stand auf und schlüpfte in eine Jogginghose und ein T-Shirt.

Ich durchquerte das Zimmer und lief durch den Flur, um zu meinem Büro zu kommen. Ich ließ die Tür zum Schlafzimmer einen spaltbreit geöffnet. Nur für den Fall, dass Brynne einen Albtraum haben sollte. Ich brauchte wirklich eine Zigarette und musste dringend mit Brynnes Vater sprechen.

„Tom Bennett." Sein kurz angebundener, amerikanischer Akzent am Hörer meines Telefons erinnerte mich daran, wie weit Brynnes Familie entfernt war. Aber eine Sache musste ich zugeben: Ich liebte es, dass Brynne London als ihre neue Heimat ansah.

„Ethan hier." Ich nahm einen langen Zug von meiner Kippe.

Es folgte eine lange Pause und dann mehrere Fragen nacheinander. „Ist Brynne in Sicherheit? Was ist passiert? Wo ist sie?"

„Es ist nichts passiert, Tom. Sie schläft gerade. Sie ist in Sicherheit." Wieder zog ich an der Zigarette.

„Du bist bei ihr? Warte. Ist sie bei dir zu Hause?" Die Stille breitete sich zwischen uns aus und ließ nichts Gutes erahnen, als Tom Bennett sich darüber Gedanken machte, was ich mit seiner Tochter angestellt hatte. „Ihr habt euch also wieder vertragen. Hör zu, der Anruf an dem einen Tag tut mir echt leid –"

„Dir tut es leid?", unterbrach ich ihn. „Aber ja, Brynne ist im Moment bei mir und ich habe vor, sie auch weiterhin in meiner Nähe zu haben, Tom." Ich drückte meine Djarum aus und entschied mich dazu, noch eine zu rauchen. Schließlich war diese Unterhaltung noch nicht vorbei. „Nur damit du es weißt, ich werde mich nicht dafür entschuldigen, dass ich mit ihr zusammen bin. Du hast die gesamte Sache arrangiert. Ich bin lediglich der Kerl, der sich in ein wunderschönes und bezauberndes Mädchen verliebt hat. Ist wohl zu spät, daran jetzt noch etwas ändern zu wollen, oder?"

Tom gab einen Laut von sich, der ganz deutlich seine Frustration wiederspiegelte. Ich musste ihm Anerkennung dafür zollen, dass er noch nicht explodiert war. Vielleicht würde das ja noch kommen. „Hör zu, Ethan. Ich möchte einfach nur, dass sie in Sicherheit ist. Brynne kann selbst entscheiden, mit wem sie ihre Zeit verbringt. Ich will einfach nur, dass ihr diese Arschlöcher nicht zu nah kommen. Dass sie niemand an den ganzen Scheiß erinnert. Du hast ja keine Ahnung, wie sehr sie gelitten hat. Die Sache hätte sie fast umgebracht."

„Ich weiß. Sie hat mir heute *alles* erzählt. Auch ich muss dir ein paar Dinge sagen."

„Nur zu", sagte Tom ungeduldig.

„Zuerst will ich dir dafür danken, dass du deinem Bauchgefühl vertraut hast und in deiner Mittagspause nach Hause gegangen bist, um an diesem verhängnisvollen Tag nach ihr zu sehen. Und dann will ich dich etwas fragen." Ich machte eine dramatische Pause. „Was zur Hölle hast du dir verdammt nochmal dabei gedacht, als du mir verschwiegen hast, was deiner Tochter tatsächlich passiert ist? Wissen ist Macht, Tom. Wie soll ich sie denn beschützen, wenn ich nicht weiß, was ihr diese Arschlöcher angetan haben? Was mir Brynne erzählt hat, ist nicht die Definition eines unüberlegten Sex-Tapes, wie du es zuerst angedeutet hast; es war eine Straftat, vorgenommen von drei Männern, die strafrechtlich gesehen zu dieser Zeit bereits als Erwachsene galten. Ein tätlicher Angriff in Verbindung mit einem sexuellen Missbrauch an einem siebzehnjährigen Mädchen."

„Das weiß ich", sagte er in einem niedergeschlagenen Ton. „Ich wollte ihr Vertrauen nicht missbrauchen, in dem ich Einzelheiten an dich oder eine andere Person weitergebe. Nur sie hat das Recht, diese Geschichte zu erzählen."

Scheiß drauf. Ich zündete eine weitere Djarum an. „Du hast den Teil ausgelassen, dass ihr der Senator das Stipendium an der Uni verschafft hat. Er weiß genau, wo sie sich aufhält, und das schon seit vielen Jahren."

„Das ist mir bewusst, und ich wiederhole es gerne noch einmal, aber ich wollte einfach nur so viel Abstand wie möglich zwischen sie und diese Leute bringen!", erwiderte er knirschend. „Ich weiß, dass diese Situation ein Desaster darstellt und meine Tochter in keiner guten Position ist! Siehst du jetzt, warum ich dich brauche? Die ganze Sache hätte sich in Luft aufgelöst, wenn nicht dieser Flugzeugabsturz passiert wäre. Wer hätte schon gedacht, dass sich Oakley als Vizepräsident aufstellen lässt!"

Ich seufzte lautstark. „Ich bin an ihm dran. Bisher konnte ich jedoch beim Senator keine Leichen im Keller finden. Ich weiß, dass sein Junge Ärger bedeutet, aber die

Weste vom Senator ist strahlend weiß.“

„Na ja, ich vertraue ihm nicht. Und jetzt ist auch noch einer von diesen Missgeburten um die Ecke gebracht worden! Es ist doch klar, dass der Senator diese Geschichte aus der Welt schaffen möchte, und im Moment sitzt meine Tochter inmitten dieses riesigen Scheißhaufens! Das kann ich einfach nicht akzeptieren!“

„Da gebe ich dir recht, und ich stelle alle unter Beobachtung, glaub mir. Ich habe ein paar Kontakte bei den Special Forces, die einen Blick in die Personalakte des Sohnes werfen können. Wenn es etwas gibt, dann werde ich das auch finden. Eine Frage. Brynne meinte, dass sie die einzige ist, die in dem Video klar zu identifizieren ist und dass die anderen meist abseits der Kamera stehen und die Stimmen mit einem Lied überspielt worden –“

„Ich ha-habe es gesehen. Ich habe gesehen, was sie meiner Kleinen angetan haben…“ Er klang wie ein gebrochener Mann.

Ich schloss meine Augen und gab mein Bestes, die Bilder aus meinem Kopf zu verbannen. Ich konnte mir nicht einmal vorstellen, wie es gewesen sein musste, in seinen Schuhen zu stecken. Dieses schändliche Verhalten zu sehen, ohne gleich darauf versuchen zu wollen, diejenigen umzubringen, die seiner Tochter wehgetan hatten. Tom Bennett verdiente Anerkennung dafür, dass er nicht zum Mörder geworden war.

Ich räusperte mich, bevor ich wieder sprach. „Es gibt noch etwas, das du über mich wissen musst.“

„Und das wäre?“

„Sie steht jetzt unter meiner Verantwortung. Ich sage, was gemacht wird, und wenn die Zeit kommt, dann werde ich mit Oakleys Leuten in Kontakt treten. Brynne ist erwachsen und wir haben eine Beziehung. Und du brauchst dir keine Gedanken über meine Beweggründe zu machen. Ich liebe sie, Tom. Ich werde alles Erdenkliche unternehmen, um sie zu beschützen. Ich will, dass sie glücklich ist." Ich zog ein letztes Mal ein meiner Zigarette und ließ meine Worte auf ihn wirken.

Er seufzte, bevor er antwortete. „Dazu würde ich gerne zwei Dinge anmerken. Als Klient, der dich braucht, stimme ich vollkommen zu. Ich weiß, dass du der Richtige für den Job bist. Wenn es irgendjemand schaffen sollte, Brynne durch diese Scheiße zu führen, dann bist du das."

Er pausierte, und ich konnte mir gut vorstellen, was jetzt kommen würde.

„Aber als Vater, der seine Tochter liebt – und das kannst du nicht verstehen, bis auch du Kinder hast -, solltest du eine Sache bedenken: Wenn du ihr wehtun solltest, ihr das Herz brichst, werde ich dich finden, Blackstone, und dann wird mir egal sein, dass wir befreundet sind."

Ich grinste, froh, dass diese Unterhaltung hinter uns lag. „Das klingt fair, Tom Bennett. Damit kann ich leben."

Wir unterhielten uns noch ein wenig länger und ich bekam die Hintergrundgeschichte der San Francisco Oakleys zu hören. Ich machte mit ihm aus, dass wir bald wieder telefonieren würden, um ihn mit den Entwicklungen auf dem Laufenden zu halten. Dann beendete ich den Anruf.

Ich blieb noch einen Moment länger am Schreibtisch sitzen, machte mir Notizen und schickte ein paar E-Mails, bevor ich den Laptop zumachte. Hinter meinem Schreibtisch stand das Aquarium. Als ich das Licht ausmachte, flatterte Simba wie wild mit seinen Flossen. Ich ging zurück und warf ihm ein Leckerli ins Wasser. Schließlich ging ich auf den Balkon, um mich dort für ein paar Minuten hinzusetzen.

Ich lief am Schlafzimmer vorbei und wurde ausschließlich mit Stille begrüßt. Ich wollte, dass Brynne gut schlief. Keine weiteren Alpträume für mein Mädchen. Sie hatte bereits so viel durchgemacht, dass es für zwei Leben reichte.

Heute hielt der Nachthimmel Millionen von Sternen für uns bereit. Es kam nicht oft vor, dass sie so hell strahlten, und ich musste erkennen, dass es bereits eine Weile her war, dass ich hier draußen gesessen hatte. Ich zündete mir noch eine Kippe an. Diese zählte allerdings nicht. Wenn ich draußen rauchte, musste schließlich niemand davon erfahren. Ich sollte sowieso nicht in der Wohnung rauchen, wenn Brynne bei mir war.

Auf dem Hocker vor mir kreuzte ich meine Fußknöchel übereinander und lehnte mich auf der gepolsterten Liege zurück. Meine Gedanken schweiften ab. Ich ließ mir den heutigen Tag erneut durch den Kopf gehen und was alles passiert war. Ich dachte an Brynnes tragische Geschichte und wie sich die Dinge entwickelt hatten. Für uns beide. Oh ja…unsere Zeit in der Dunkelheit fühlte sich an, als hätten wir mehrere Jahre in Paralleluniversen verbracht. Sie war gerade einmal siebzehn Jahre alt gewesen, als ich fünfundzwanzig war. Und zu dieser Zeit hatten wir es beide nicht einfach gehabt. Während ich allein hier draußen saß und würzigen Tabak in meine Lungen zog, fühlte ich mich ihr noch verbundener als zuvor.

Vor vielen Jahren hatte ich Dunhills geraucht. Eine sehr hochwertige Marke, die ich mir ausgesucht hatte. Ich war den feinen Dingen im Leben zugetan. Es war keine Überraschung, dass ich diese Marke bevorzugt hatte. Aber das hatte sich nach Afghanistan geändert. Nach dieser Erfahrung hatte sich einiges verändert. Ich absorbierte das Nikotin, nach dem sich mein Körper sehnte und hob meinen Blick, um den Nachthimmel mit seinen unzähligen Sternen zu betrachten.

...Jeder einzelne Wachmann rauchte Nelkenzigaretten. Die Hurensöhne hatten immer eine handgerollte Kippe zwischen den Lippen, wenn sie Schläge austeilten oder den Gefangenen einer Gehirnwäsche unterzogen. Und der Geruch? Wie das reinste Ambrosia. In den ersten Tagen meiner Gefangenschaft träumte ich in Rauchschwaden. Ich träumte von dem süßlichen Duft der Nelken- und Tabakmischung, bis ich mir fast sicher war, dass ich sterben würde, bevor ich eine probieren könnte. Die Schläge und die Befragungen fingen erst zu einem späteren Zeitpunkt an. Ich war mir fast sicher, dass sie keine Ahnung hatten, wer ihnen ins Netz gegangen war. Aber mit der Zeit war es ihnen klar geworden. Die Afghanen wollten mich benutzen, um ihre eigenen Leute freizubekommen. So viel konnte ich von dem geradezu gefühllosen Geschwafel verstehen. Allerdings lag das nicht in meiner Macht. Die politische Richtlinie gab vor, nicht mit Terroristen zu verhandeln, also war mir klar, dass sie auf ihren Forderungen sitzen bleiben würden. Ihre Frustration würden sie dann an mir auslassen. Was sie auch taten. Ich fragte mich oft, ob ihnen bewusst war, dass sie zu Beginn oft kurz davor gestanden hatten, mich zu brechen. Die Wahrheit zu kennen, gab mir kein gutes Gefühl, und ich war erleichtert, dass es niemals so weit gekommen war. Allerdings hatte es einige Befragungstechniken gegeben (wenn man sie denn so nennen könnte), bei denen ich wie ein Kanarienvogel in einem Kohlebergwerk gesungen hätte, wenn sie mir eine von diesen wunderschönen, handgerollten Nelkenzigaretten angeboten hätten. Und als ich aus

dem Drecksloch rausgelaufen kam, hatte ich zuerst nach einer Zigarette dieser Art gefragt. Die US Marine, die zuerst bei mir angekommen waren, hatten gemeint, dass ich unter Schock stand. Das stimmte auch… aber irgendwie auch nicht. Meiner Meinung nach waren sie einfach nur geschockt, dass jemand lebend aus dem Gefängnis gekommen war, nachdem sie es total zerbombt hatten (wofür ich mich bedankt hatte). Aber mal ehrlich: Ich hatte unter Schock gestanden, weil ich wusste, dass sich in diesem Moment mein Schicksal verändert hatte. Endlich hatte es das Glück gut mit mir gemeint. Ethan Blackstone war ein verdammt glücklicher Mann…

Ein Schatten bedeckte das schwache Licht, das aus dem Inneren auf den Balkon traf, wodurch mein Interesse geweckt wurde. Ich drehte meinen Kopf. Mein Herz taumelte in meiner Brust, als ich Brynne auf der anderen Seite der Glastür sehen konnte. Sie beobachtete mich. Für ein oder zwei Herzschläge sahen wir uns einfach nur an, bis sie schließlich die Tür aufschob und mir Gesellschaft leistete.

„Du bist wach", sagte ich.

„Und du bist hier draußen und rauchst", sagte sie.

Ich legte die Zigarette im Aschenbecher ab und breitete meine Arme aus. „Du hast mich erwischt."

Sie kam sofort zu mir, und sie sah bezaubernd aus, auf dekadente Weise vom Schlaf zerwühlt, in einem hellblauen T-Shirt und in meinen Boxershorts. *Und nichts anderes unter dem Seidenmaterial.* Ich zog sie zu mir und sie lächelte, als sie ihre Knie zu beiden Seiten meiner Hüften platzierte, es sich rittlings auf meinem Schoß bequem machte und mein Gesicht in ihre Hände nahm.

„Auf frischer Tat ertappt, Blackstone." Ihre Augen glitten über mein Gesicht, als sie versuchte, mich wie ein Buch zu lesen. Mir war klar, dass sie das tat, und ich wollte so verzweifelt erfahren, was sie tatsächlich dachte. Allein die Tatsache, dass sie auf meinen Schoß gekrabbelt war und mein Gesicht in ihren Händen hielt, gefiel mir über alle Maßen. Aber sie entspannt und glücklich zu sehen, nachdem sie mitten in der Nacht aufgewacht war, befriedigte mich noch mehr.

„Mmmm, falls du Interesse hast, hätte ich eine Idee, wie du mich bestrafen kannst", teilte ich ihr mit.

Sie schmiegte sich an mich und ich wickelte meine Arme um sie. „Wo waren deine Gedanken? Als du heimlich, still und leise eine Zigarette geraucht hast, hat es so ausgesehen, als ob du ganz weit weg wärst."

Ich sprach gegen ihre Haare und streichelte über ihren Rücken. „Ich habe an Glück gedacht. Daran, glücklich zu sein. Etwas davon abzubekommen." Das entsprach der Wahrheit, und der Grund dafür, dass ich noch immer atmete, auch wenn ich diesen Teil noch nicht mit ihr teilen konnte. Das wollte ich, aber ich hatte keine Ahnung, wie ich diese Reise mit Brynne antreten sollte. Ich konnte mir nicht vorstellen, dass sie auf den Scheißhaufen ihrer schmerzlichen Erinnerungen noch mehr Scheiße stapeln wollte. Schließlich trug sie bereits genug Ballast mit sich herum.

„Und, bist du es? Glücklich?"

„Vor einiger Zeit war ich das nicht. Aber dann hat sich mein Glück gewendet. Ich habe dieses Geschenk mit offenen Armen akzeptiert und angefangen, Karten zu spielen."

Mit sanften Fingerspitzen zeichnete sie die Konturen meines Brustkorbs nach, und wahrscheinlich war ihr nicht einmal bewusst, wie sehr sie mich damit erregte.

„Du hast sehr viele Turniere gewonnen. Mein Dad

hat mir erzählt, dass er dich bei einem dieser Turniere kennengelernt hat."

Ich nickte an ihrem Kopf, meine Lippen noch immer gegen ihre Haare gepresst. „Ich habe deinen Vater gleich gemocht. Das tue ich noch immer. Ich habe vorhin mit ihm gesprochen."

Ihre Hand auf meiner Brust hielt für einen kurzen Moment inne, bevor sie die Streicheleinheiten fortsetzte. „Und, wie ist es gelaufen?"

„So wie ich mir das bereits gedacht habe. Wir haben beide gesagt, was gesagt werden musste und sind aufs Wesentliche zu sprechen gekommen. Er weiß über uns Bescheid. Ich habe es ihm gesagt. Er möchte dasselbe wie ich – dich in Sicherheit wissen und glücklich sehen."

„Bei dir fühle ich mich sicher... das habe ich schon immer. Und ich weiß, dass mein Vater dich sehr respektiert. Er hat mir erzählt, dass er etwas Überzeugungsarbeit leisten musste, bis du zugestimmt hast, meinen Fall zu übernehmen." Mit ihrem Mund an meinem Oberkörper, spürte ich den Laut, der ihren Lippen entrang. Sanft und lieblich, ein Laut, der mich hart werden ließ. „Ich hätte mir aber gewünscht, dass er mir sagt, welche Rolle du in meinem Leben spielen solltest." Sie verfiel ins Schweigen und dann flüsterte sie sehnsüchtig: „Ich muss wissen, was sich um mich herum abspielt, Ethan. Ich kann einfach nie wieder zu der unwissenden Opferrolle zurückkehren. Geheimnisse würden mich ruinieren – ich kann sie einfach nicht mehr ertragen. Ich muss jeder Zeit über alles informiert werden. Auf diese Weise aufzuwachen und mich auf dem Tisch wiederzufinden, ohne zu wissen, wer und was – das kann ich nicht noch einmal –"

„Shhh… ich weiß." Ich unterbrach sie, bevor sie zu tief in ihre Erinnerungen eintauchen würde. „Das verstehe ich jetzt."

Meine Hände wanderten zu ihrem Gesicht. Ich wollte in ihre Augen sehen, bevor ich weitersprach. Sie war absolut umwerfend, als sie ruhend an meiner Brust zu mir aufsah und der sternenklare Nachthimmel ein sanftes Licht auf uns fallen ließ. Ihre Lippen mussten geküsst werden und ich wollte wieder in ihr sein. Stattdessen zwang ich mich, fortzufahren. „Es tut mir leid, dass ich dir Informationen vorenthalten habe. Ich verstehe, warum du Transparenz brauchst. Ich verstehe es, und ich verspreche dir, dass ich dir von jetzt an alles erzählen werde, auch wenn ich davon ausgehen muss, dass es dir nicht gefallen wird. Ich weiß, dass es dir schwer gefallen sein muss, mir alles über deine Vergangenheit anzuvertrauen. Aber ich will, dass du weißt, wie verdammt stolz ich auf dich bin. Du bist so stark… und bezaubernd… und brillant, Brynne Bennett. Mein wunderschönes, amerikanisches Mädchen." Ich rieb mit meinem Daumen über ihre Unterlippe.

Sie lächelte mich an. „Dankeschön", hauchte sie.

„Und soll ich dir sagen, was das Beste an der ganzen Sache ist?", fragte ich.

„Sag es mir."

„Dass du bei mir bist. Genau hier, wo ich das hier tun kann." Ich schob meine Hand unter ihr T-Shirt, umfasste eine Brust und füllte meine Hand mit der weichen Rundung. Ich lächelte sie an. Die Art von Lächeln, die ich in meinem Gesicht spüren konnte. Ein Lächeln, das nur für sie und ein paar ausgewählte Personen reserviert war.

„Das bin ich", sagte sie. „Und ich bin froh, dass ich bei dir bin, Ethan. Du bist der erste, der mir erlaubt, alles andere zu… vergessen." Ihre Stimme wurde sanfter, und trotzdem klang sie jetzt viel deutlicher. „Ich weiß nicht, warum es mit dir funktioniert, aber das tut es. Für eine lange Zeit war i-ich nicht in der Lage, Intimität zuzulassen. Und als ich es dann probiert habe, war es trotzdem noch sehr…schwierig."

„Das ist nicht mehr wichtig, Baby", unterbrach ich sie. Ich hasste es, mir Brynne mit einem anderen Mann vorzustellen; ein anderer Mann, der sie nackt gesehen, berührt und zum Orgasmus geführt hatte. Die Vorstellung trieb mich vor lauter Eifersucht in den Wahnsinn. Aber was sie mir gerade erzählt hatte, führte gleichzeitig auch dazu, dass ich verdammt glücklich wurde. Ich war die erste Person, die sie vergessen ließ. *Scheiße ja!* Und ich würde dafür sorgen, dass ich der einzige Mann war, an den sie sich erinnerte.

„Du gehörst jetzt mir. Ich möchte dich festhalten und nie wieder loslassen."

Sie schnurrte und ihre Augen loderten, als ich auch ihre andere Brust umfasste und ihren harten, aufgerichteten Nippel fand. Sie hatte empfindliche Nippel und ich liebte es, sie zu kosten und dafür zu sorgen, dass sie mich wollte. Wenn ich ehrlich war, war das meine eigentliche Motivation. Ich war besessen davon, zu sehen und zu spüren, wie sehr sich Brynne nach mir verzehrte.

Ich schob ihre Haare zur Seite und presste meine Lippen gegen ihren Hals. Ich liebte den Geschmack ihrer Haut und wie sie auf meine Berührungen reagierte. Zwischen uns stimmte die Chemie, und das war mir schon zu Beginn bewusst gewesen. Momentan wölbte sie sich mir entgegen, presste ihre Brust gegen meine Hand. Ich zwickte den Nippel und nahm den Laut, den sie machte, in mich auf. Ich wusste, in welche Richtung das gehen sollte, in welche Richtung ich wollte. *Ich will in ihr sein. Ich will spüren, wenn sie kommt. Und nach dem Orgasmus will ich den befriedigten Ausdruck in ihren Augen sehen.* Dieser Blick führte meinerseits zu einem Verhalten, das ich zuvor noch nie mit einer Frau in Betracht gezogen hatte.

Sie fing an, ihre Hüfte zu rotieren. Ihre Mitte rieb über meinen erregten Schwanz, der sich unter der dünnen Jogginghose befand. Ich konnte nicht anders: ich stellte mir all die perversen Dinge vor, die ich mit ihr anstellen könnte.

Meine Hand wanderte über ihr Bein und unter die Boxershorts, die sie trug, bis ich ihre Spalte berührte. Einfacher Zugang. Und sie war so feucht für mich, dass ich gar nicht anders konnte, als mehr zu wollen. Es entrangen ihr leise Laute, als ich ihr Geschlecht berührte und mich an ihrer Klitoris zu schaffen machte. Ich rieb über das geschwollene Nervenbündel, das meinen Schwanz gegen sich gepresst fühlen wollte. Sie wollte mich. Es gelang mir, dass sie mich sexuell begehrte. Und auch wenn ich zurzeit nicht mehr von ihr bekommen würde, akzeptierte ich, was sie bereit war, mir zu geben. Allerdings wollte ich mehr von meiner Brynne. So viel mehr.

Ich löste meine Lippen von ihrem Hals und meine Hand von ihrer Pussy, um sie von meinem Schoß herunterzuheben, bis sie zwischen meinen Beinen stand. Ich blieb auf der Liege sitzen und ließ meinen Blick über ihren Körper schweifen. „Zieh dich für mich aus."

Sie schwankte ein wenig, sah auf mich herab, der Ausdruck in ihren Augen schwer einzuschätzen. Ich wusste nicht, was sie mit einem Befehl machen würde, aber das war mir egal. Ich würde es gleich herausfinden, und die Herausforderung berauschte mich und ließ mich steinhart werden.

„Aber wir sind draußen..." Sie drehte sich von mir weg, um über die Kante des Balkons zu sehen, bevor sie sich wieder mir zuwandte.

„Zieh dich aus und setz dich wieder auf meinen Schoß."

Sie atmete bereits schwerer. Ich war mir noch immer nicht sicher, was sie tun würde, und trotzdem hatte ich den Befehl ausgesprochen. Brynne mochte es, wenn ich direkt war.

„Niemand kann uns sehen. Ich will dich hier und jetzt ficken, unter dem Sternenhimmel", sagte ich.

Sie betrachtete mich, mit den Augen, deren Farbe nicht eindeutig zu bestimmen war, und ließ ihre Hände zum Saum des T-Shirts wandern. Sie zog es sich mit einem Ruck über den Kopf, aber behielt es einen Moment länger in der Hand, bevor sie den Stoff auf den Boden des Balkons fallen ließ. Diese Verzögerung, der Blick, den sie mir zuwarf, waren einfach verdammt sexy. Mein Mädchen wusste, wie man dieses Spiel zu spielen hatte. Zudem hatte sie die heißesten Titten auf der ganzen Welt.

Als nächstes ließ sie ihre Hände zu dem Bund ihrer Shorts gleiten. Ihre Daumen hakten sich ein. Mir lief das Wasser im Mund zusammen, als sich die Shorts endlich auf den Weg nach unten machten. Anmutig stieg sie aus meinen Seidenshorts. Sie stand völlig entblößt vor mir, Beine gespreizt, ihre Haare ein wildes Durcheinander, während sie auf meinen nächsten Befehl wartete.

„Gott, sieh dich nur an. Nichts, was du sagst, könnte jemals an den Gefühlen, die ich für dich habe, etwas ändern oder dafür sorgen, dass ich dich weniger begehre." Mein Schwanz pochte mit seinem eigenen Herzschlag und konnte es kaum abwarten, sie mit seinem Saft vollzupumpen. „Das kannst du mir glauben", sagte ich ihr und meine Stimme hatte eine gewisse Schärfe an sich.

Ihr Gesichtsausdruck teilte mir mit, dass meine Worte sie erleichterten. Brynne war noch immer von Selbstzweifeln zerfressen und dachte, dass ihre Vergangenheit etwas an meinen Gefühlen für sie ändern könnte. *Ich muss mich bemühen und ihr zeigen, dass es keine Rolle spielt.* „Komm her, meine Schöne."

Sie kam zu mir und setzte sich wieder auf meinen Schoß, winkelte ihre Beine an und machte es sich genau auf meinem Schwanz bequem, während uns nur eine dünne Baumwollschicht voneinander trennte. Zuerst widmete ich mich ihren Brüsten, umfasste eine mit jeder Hand und drückte zu. Genau die richtige Größe für meine Hände. Es war nicht zu viel, sondern einfach nur ein weiches Gewicht, das mich mit dem Versprechen lockte, einen anderen Teil ihres Körpers für mich zu beanspruchen. Perfektion.

Sie wölbte sich mir entgegen, als ich in einen Nippel biss. Nicht hart, aber hart genug, damit es etwas zwickte. Dann folgte ein glorreiches Stöhnen, als ich mit meiner Zunge besänftigend über den Nippel leckte. Ich fragte mich, wie sie auf Nippelklemmen reagieren würde. Ich könnte wetten, dass ich sie auf diese Weise zum Kommen bringen könnte. Eigentlich war ich mir sogar ziemlich sicher. Sie würde beeindruckend aussehen, wenn es passierte. Ich wandte mich der anderen Brust zu und fühlte, wie sie sich anspannte und sich nach hinten in meine Arme fallen ließ, ausgebreitet und warm und…

derart atemberaubend.

Ich musste einfach in ihr sein. Zu fühlen, wie Brynne um meine Finger oder meine Zunge oder meinen Schwanz kam, war ein unbeschreibliches Gefühl. Wie eine Sucht. Ich ließ meine Hand über ihren Rücken gleiten, über ihren Hintern, bis ich ihre feuchte Spalte von hinten fühlen konnte. Sie keuchte sanft auf, als meine Finger ihr Geschlecht berührten, und sie stöhnte, als ich in ihre heiße Höhle eindrang.

„Du gehörst mir...", sagte ich ihr in einem Flüstern, nur wenige Zentimeter von ihrem Gesicht entfernt. „Diese Pussy gehört mir. Immer... egal, ob es sich um meine Finger, meine Zunge oder meinen Schwanz handelt."

Ihre Augen loderten vor heißem Verlangen, als sich meine Finger an die Arbeit machten. Ich presste meinen Mund auf ihren und stieß mit der Zunge zwischen ihre Lippen, während ich meine Finger zwischen ihren Schenkeln hatte. Diese zauberhaften Schenkel, auf meinem Schoß weit für mich gespreizt, weil ich ihr den Befehl dazu gegeben hatte.

Ich war so heiß auf sie, ich war mir fast sicher, dass ich zu grob mit ihr umging, aber ich schien mich nicht beherrschen zu können. Sie protestierte nicht, und falls sie das getan hätte, hätte ich sofort aufgehört. Jede Reaktion, jeder Laut und jeder Seufzer, jede Rotation ihrer Hüften über meinem Schwanz sagten mir, dass sie dabei auf ihre Kosten kam. Brynne mochte mich dominant, wenn wir fickten, und ich liebte ihre unterwürfige Art.

Sie auf diese Weise zu halten, mit meinem Arm hinter ihrem Arsch, eine Position, die ihr keine andere Möglichkeit ließ, als mir immer näher zu kommen, war etwas, das ich tun musste. Sie musste verstehen, dass ich ihr nicht noch einmal erlauben würde, mich zu verlassen. Ich würde sie nicht gehen lassen.

Ich nahm an, dass es das Bedürfnis in mir war, sie an mich zu binden. Auch vorher hatte ich bereits die Kontrolle während des Sex gebraucht, aber so ausgeprägt hatte es sich nie gezeigt. Brynne hatte etwas mit mir gemacht, das ich nicht verstand. Noch nie zuvor hatte ich mich so gefühlt. Nur mit ihr.

Ich hob sie an den Hüften hoch. Sie verstand mein Vorhaben und kniete sich ihn, mit ausreichend Abstand, um sie kurz loslassen zu können und meine Jogginghose über die Hüften zu schieben. Keine leichte Aufgabe, aber notwendig, wenn ich in ihr sein wollte. Auch sie schien mit diesem Plan einverstanden zu sein. Ich hielt meinen Schwanz senkrecht und teilte ihr in einem harschen Ton mit: „Hier und jetzt. Und sorge dafür, dass es ein guter Fick wird."

Ich war mir ziemlich sicher, dass ich sogar ein oder zwei Tränen in meinen Augen hatte, als sie sich auf meine Länge herunterließ und gleich anfing, sich zu bewegen. Ich wusste, dass ich es wollte. Ich fühlte, wie sich meine Augen mit Tränen füllten, als mein Schwanz das erste Mal in Kontakt mit ihrer Fotze kam – dieser feuchten und himmlischen Hitze. Sie fickte mir während des wilden Ritts den Verstand heraus. Und dann noch einmal, als ich mich in ihr ergoss. Es gelang mir, ihr mit meinem Daumen einen weiteren Orgasmus zu entlocken, als ich ihn über ihre geschwollene Klitoris rieb, begleitet von kleinen Lauten, die ihr entrangen, als sie einen Moment später wimmernd zu ihrem Höhepunkt fand. Sie kam hart um meine Länge herum, aber das Beste war, dass mein Name von ihren Lippen fiel, als es passierte. *Ethan...*

Sie brach über mir zusammen. Mein Schwanz pulsierte und war noch immer tief in ihr vergraben. Die bebenden Wände ihrer Pussy entlockten mir auch den letzten Tropfen. Ich war davon überzeugt, für immer in ihrer Hitze verweilen zu können.

Ich hielt sie an mich gedrückt, noch nicht bereit, dass sich unsere Körper wieder trennten. Wir blieben für eine Weile auf dem Balkon sitzen. Ich hielt sie in meinen Armen und ließ meine Fingerspitzen über ihren Rücken gleiten. Sie hatte ihr Gesicht an meinem Hals vergraben, und ich fühlte mich geborgen, obwohl es mitten in der Nacht war, wir draußen saßen und sie vollkommen nackt war. Ich schnappte mir die Decke, die auf der zweiten Liege lag und hüllte uns damit ein.

Zum ersten Mal in meinem Leben verstand ich jetzt den Ausdruck, wenn Leute sagten, sie mussten weinen, weil sie so glücklich waren.

KAPITEL 7

„Such dir eine aus, die du heute gern an mir sehen würdest", sagte ich ihr. Brynne grinste mich vom Eingang meines begehbaren Kleiderschrankes an und lief dann wieder hinein.

„Na ja, die lilafarbenen mag ich schon ganz gern, aber ich denke, heute probieren wir die hier", teilte sie mir mit, als sie mit einer blauen Krawatte in der Hand wieder auftauchte. Sie schlenderte auf mich zu und legte die Seide um meinen Hals. „Sie passt zu deinen Augen, und ich liebe deine Augen."

Ich liebe es, wenn du das Wort lieben *benutzt und es mit mir zu tun hat.*

Ich beobachtete ihren Gesichtsausdruck, als sie meine Krawatte band. Sie konzentrierte sich und biss sich dabei auf ihre üppige Unterlippe. Ich liebte ihre Aufmerksamkeiten, auch wenn mir nicht gefiel, dass sie das Binden anscheinend an jemand anderem geübt hatte. Sie musste bereits einem anderen Kerl so nah gekommen sein, während sie ihm die Krawatte gebunden hatte. So musste es passiert sein. Ich versuchte, mir das nicht vorzustellen; schon gar nicht, dass sie diesem Schwanzlutscher an einem Morgen diesen Gefallen getan hatte und sie die Nacht vielleicht sogar noch den Schwanz des eben erwähnten Schwanzlutschers gelutscht hatte. Ich war ein verdammt eifersüchtiger Bastard. Wenn ich zuvor mit Mädchen ausgegangen war, hatte sich nie meine eifersüchtige Seite gezeigt. Allerdings war Brynne nicht einfach irgendein Mädchen. Brynne war das Mädchen für mich. *Mein* Mädchen.

„Ich liebe es, dass du das für mich machst", sagte ich ihr.

„Ich auch." Sie lächelte mich an, bevor sie sich wieder auf ihre Aufgabe konzentrierte.

Ich wollte ihr so viel mehr sagen, aber ich hielt mich zurück. Sie unter Druck zu setzen, würde nicht funktionieren, und ich habe meine Lektion in dieser Hinsicht gelernt. Trotzdem fiel es mir schwer, die Dinge langsam anzugehen. Mit Brynne wollte ich gar nichts langsam tun. Ich wollte schnell und intensiv, immer. *Gott sei Dank habe ich das nicht laut gesagt.*

„Was sind deine Pläne für heute, Miss Bennett?", fragte ich stattdessen.

„Mittags habe ich ein Meeting mit meinen Kollegen von der Uni. Drück mir die Daumen. Außerdem muss ich mich langsam um das Arbeitsvisum kümmern; schließlich könnte sich dadurch etwas für mich entwickeln. Wie zum Beispiel eine Stelle als Kunstrestauratorin in einem bekannten Museum in London." Als sie mit dem Knoten fertig war, glättete sie meine Krawatte. „Fertig. Die blaue Krawatte steht dir wirklich gut, Mr. Blackstone." Sie spitzte ihre Lippen, Augen geschlossen, und stellte sich auf ihre Zehenspitzen.

Ich gab ihr einen kleinen Kuss auf die Lippen. Sie öffnete die Augen und kniff sie zusammen; es wurde deutlich, dass sie etwas enttäuscht war. „Da hat wohl jemand mehr erwartet, huh?" Ich liebte es, sie zu necken und zum Lachen zu bringen.

Sie tat so, als würde es ihr nichts ausmachen. „Gar nicht", sagte sie schulterzuckend. „Ich nehme an, dass deine Küsse recht passabel sind, aber ich werde auch ohne sie überleben."

Ich lachte, als ich den Ausdruck auf ihrem Gesicht sah und kitzelte sie an den Rippen. „Nur gut, dass du Gemälde konservierst, denn beim Lügen bist du furchtbar schlecht."

Sie quietschte als Reaktion auf meine Kitzelattacke und versuchte, mir zu entfliehen.

Ich schlang meine Arme um ihre Taille und zog sie an meinen Körper. „Jetzt kannst du nicht mehr wegrennen", murmelte ich an ihren Lippen.

„Was aber, wenn ich gar nicht wegrennen möchte?", hauchte sie gegen meine.

„Damit bin ich auch einverstanden", antwortete ich, bevor ich meine Lippen für einen richtigen Kuss auf ihre presste. Ich küsste sie langsam und ausgiebig, genoss diesen Moment mit ihr, bevor wir uns auf den Weg zu unseren Jobs machen mussten. Sie schmiegte sich so bereitwillig an mich. Ich musste mir in Erinnerung rufen, wo wir gleich hinmussten und dass ich nicht die nötige Zeit hatte, um sie zurück ins Bett zu zerren. Das Gute an der Sache war allerdings, dass wir am Ende des Tages wieder hier stehen würden, und dann könnte ich meine lebhafte Fantasie ausleben.

Ich schaffte es noch, ihr mehrere Abschiedsküsse zu geben, bevor sich unsere Wege schließlich trennten: als wir bei den Fahrstühlen gewartet hatten, danach in der Garage, als ich sie gegen den Rover drückte und auch vor der Rothvale Galerie. Das waren die Vorteile, wenn du mit jemand zusammen warst, den du verzweifelt in deinem Leben haben wolltest. Ich wiederholte mich, aber ich war wirklich ein verdammt glücklicher Mann. Wenigstens war ich intelligent genug, um das auch zu erkennen.

NACHDEM ich geparkt hatte, ging ich zur Abwechslung durch den Vordereingang, weil ich jede wichtige US-amerikanische Zeitung kaufen und nach jeder noch so kleinen Information durchsuchen lassen wollte. Die werden im Moment mit Politik zugemüllt sein, aber der Kampf zwischen den Kandidaten stand noch bevor. Die Präsidentschaftswahlen fanden in den USA Anfang November statt. Also musste die Öffentlichkeit noch weitere fünf Monate überstehen. Die Sorge plagte mich, aber ich bemühte mich, das Gefühl zu unterdrücken. Ich konnte in dem Versuch, sie beschützen zu wollen, nicht versagen. Versagen stand nicht zur Debatte.

Muriel grinste mich an, als ich die Tageszeitungen bezahlte. Ich versuchte bei dem Anblick ihrer Zähne, keine Grimasse zu ziehen. „Und dein Wechselgeld, Hübscher", sagte sie, als sie ihre fleckige Hand ausstreckte, um es mir zu geben.

Ich warf einen Blick auf die verdreckte Hand und traf die Entscheidung, dass sie das Geld nötiger hatte und ich mich nicht mit irgendetwas anstecken wollte. „Behalte es." Ich sah in ihre grünen Augen, die überraschend schön waren, und nickte einmal. „Von nun an werde ich diese Zeitungen regelmäßig kaufen; es würde mir also entgegenkommen, wenn du sie für mich bereithältst", bot ich an.

„Oh, du bist ein Schatz, das bist du. Kein Problem. Sie werden für dich bereitliegen. Schönen Tag noch, Hübscher." Sie zwinkerte mir zu und entblößte wieder diese erschreckenden Beißer. Ich versuchte, nicht zu genau hinzusehen, aber ich war mir fast sicher, dass Muriel mit mir mithalten konnte, wenn es um Bartstoppeln ging. Armes Ding.

Sobald ich in mein Büro kam, machte ich mich an die Spionagearbeit. Ich hörte mir die Nachricht des Mannes an, der versucht hatte, mit Brynne in Kontakt zu treten. Ich spielte sie mehrere Male ab. Amerikaner, sachlich, kein verbaler Angriff. Nichts in seiner Nachricht gab einen Hinweis darauf, was er vielleicht wusste. *„Hallo. Mein Name ist Greg Denton. Ich arbeite für die Washington Review. Ich bin auf der Suche nach Brynne Bennett, die in San Francisco die Union Bay High School besucht hat…"*

Seine Nachricht war kurz und knapp, und er hatte seine Informationen für einen Rückruf hinterlassen. Der Handyverlauf zeigte mir, dass er sie nur dieses eine Mal angerufen hatte. Es bestand also die Möglichkeit, dass er nicht viel wusste oder dass er bei Brynne an die falsche Person geraten war.

Ich gab Frances die nötigen Informationen, ohne ihr zu viele Details zu verraten, und sagte ihr, dass sie Greg

Denton von der Washington Review unter die Lupe nehmen sollte. Zudem sollte sie sich auch an die Zeitungen machen, die ich heute Morgen gekauft hatte, um zu sehen, ob sie darin etwas fand, das von Bedeutung sein könnte.

Ich wollte mich gerade wieder hinsetzen, mein Blick auf die Schreibtischschublade, in der sich mein Vorrat Zigaretten befand, als Neil ins Büro kam.

„Heute wirkst du geradezu...menschlich, Kumpel." Er setzte sich und beobachtete mich genau, während sich auf seinem kantigen Gesicht ein Grinsen breitmachte.

„Sag es ja nicht", warnte ich ihn.

„Geht klar." Er holte sein Handy aus der Tasche und beschäftigte sich damit. „Ich werde nicht sagen, dass ich genau weiß, wer letzte Nacht bei dir übernachtet hat. Auch werde ich nicht sagen, dass ich euch heute Morgen knutschend vor den Fahrstühlen gesehen habe, als ich mir die Bilder auf der Sicherheitskamera –"

„Halt doch die Fresse."

Neil lachte. „Zur Hölle nochmal, das Büro ist hocherfreut, Kumpel. Jetzt können alle aufatmen, ohne die Befürchtung zu haben, bei der kleinsten Bemerkung gelyncht zu werden. Der Boss hat sein Mädchen wieder. Gott sei Dank!" Er richtete seinen Blick gen Himmel und hob seine Hände. „Das waren verflucht anstrengende Wochen –"

„Ich würde wirklich gerne sehen, was du bemitleidenswerter Arsch tun würdest, wenn Elaina plötzlich in den Sinn käme, dass sie deinen Anblick nicht mehr ertragen könnte", unterbrach ich ihn, begleitet von einem gekünstelten Grinsen. Dann wartete ich auf die Veränderung in seinem Verhalten. „Könnte jederzeit passieren; schließlich kenne ich all deine schändlichen

Geheimnisse."

Das funktionierte wie geschmiert. Innerhalb weniger Sekunden streifte Neil seine Arschloch-Mentalität ab.

„Wir freuen uns wirklich für dich, E", sagte er leise. Und ich wusste, dass er es auch so meinte.

„Wie geht es mit der Militäruntersuchung bezüglich Leutnant Oakley voran?" Ich stellte die Frage und öffnete im gleichen Moment die Schublade, in der sich mein Feuerzeug und eine Packung Djarums befanden.

„Er tut im Irak vielen Menschen böse Dinge an und kommt damit davon. Aber wer weiß, wie lange das noch unentdeckt bleibt. Ich denke, der Senator ist einfach nur froh, dass sein Sohn den Ärger im Irak hat und nicht in der Nähe seiner Kampagne."

Ich grunzte meine Zustimmung und inhalierte meinen ersten, süßen Zug. Die Nelken gaben der Zigarette den richtigen Kick, aber daran war ich gewöhnt. Jetzt erlaubte ich dem Nikotin, seine Wirkung zu entfalten. Gleichzeitig fühlte ich mich schuldig, wenn ich daran dachte, was ich meinem Körper damit antat. „Denkst du also, dass er es auf eine Karriere beim Militär abgesehen hat?" Ich entließ den Rauch und achtete darauf, Neil nicht vollzuqualmen.

Neil schüttelte seinen Kopf. „Das denke ich nicht."

„Warum nicht?"

Ich kannte niemanden, der ausgeprägtere Instinkte hatte. Er war nicht nur ein Angestellter, bei weitem nicht. Neil war so viel mehr. Wir waren zusammen aufgewachsen, waren zusammen in den Krieg gegangen, überlebten die Hölle auf Erden und kehrten wohlbehalten nach England zurück, und in der Zwischenzeit waren wir erwachsen geworden und hatten ein erfolgreiches

Unternehmen aufgebaut. Ich vertraute ihm mein Leben an. Was auch bedeutete, dass ich ihm das Leben von Brynne anvertrauen konnte. Ich war froh, dass sie ihn mochte, denn ich hatte das Gefühl, dass sie eines Tages bei jedem einzelnen Schritt bewacht werden müsste. Brynne würde es hassen. Aber so sehr sie die Überwachung auch verabscheute, würde sie es niemals an Neil auslassen. Mein Mädchen war viel zu nett.

Aber ohne Scheiß – Freund oder nicht, ich war erleichtert, dass Neil bereits eine Frau hatte, denn als Single wäre er nicht meine erste Wahl gewesen. Schließlich war er ein gut aussehender Kerl.

„Jetzt kommt das Interessante an der ganzen Sache. Leutnant Oakley wurde vor ein paar Wochen gezwungen, seinen Dienst zu verlängern, und zwar nur wenige Wochen nach dem Flugzeugabsturz. Nach dem, was ich herausfinden konnte, hat die USA dieses Verfahren im letzten Jahre immer weniger zugelassen, und man kann an einer Hand abzählen, wie viele ihren Dienst noch verlängern mussten."

„Denkst du, was ich denke, Kumpel?"

Wieder nickte Neil. „Sobald der Senator herausgefunden hatte, dass er der potentielle Vizepräsident werden könnte, hat er eine weitere Tour für seinen eigenen Sohn beantragt."

Ich schnalzte mit der Zunge. „Klingt so, als würde der Senator seinen Sohn gut kennen. Er hat wohl gedacht, dass es besser wäre, so viel Abstand wie möglich zwischen Lance und seine Kampagne zu bringen, um die Gewinnchancen nicht zu mindern." Ich lehnte mich im Stuhl zurück und rauchte meine Nelkenzigarette. „Schließlich hat er in der Politik die nötigen

Verbindungen, um einen derartigen Befehl zu erwirken. Langsam glaube ich, dass es dem Senator lieber wäre, wenn sein Sohn niemals aus dem Irak zurückkommt. Kriegsheld sag ich da nur... wirkt Wunder, um Patriotismus auszustrahlen." Ich wedelte meine Hand, um meinen Standpunkt deutlich zu machen.

„Das war auch mein Gedanke." Neil starrte auf die Kippe in meiner Hand. „Ich dachte, du wolltest bei diesen Dingern kürzertreten?"

„Das tue ich auch... zu Hause." Ich drückte sie im Aschenbecher aus. „Ich werde nicht in ihrer Nähe rauchen." Ich war mir sicher, dass Neil intelligent genug war, um allein hinter den Grund zu kommen. Aber so war das unter Freunden... Wir verstanden uns auch ohne Worte und mussten nicht jeden schmerzhaften Scheiß bis zum Erbrechen durchkauen. Vor allem wenn es sich um Erinnerungen handelte, die du vergessen wolltest, auch wenn dir bewusst war, dass sie ein Teil von dir waren und sie dir tief in den Knochen saßen.

BRYNNES Handy leuchtete auf und lenkte meine Aufmerksamkeit von meiner Arbeit auf den Bildschirm. Die Anruferkennung sagte mir, wer es war. Ein Wort – *Mom.*

Das versprach, spaßig zu werden, dachte ich, als ich den Anruf annahm. „Hallo."

Stille, der eine hochmütige Stimme folgte. „Ich versuche, meine Tochter zu erreichen, und da ich weiß, dass das ihre Nummer ist, hätten Sie die Güte, mir zu sagen, mit wem ich das Vergnügen habe?"

„Ethan Blackstone, Ma'am."

„Warum gehen Sie an das Handy meiner Tochter, Mr. Blackstone?"

„Ich überwache ihre alte Nummer, Mrs. ...? Tut mir leid, ich kenne Ihren Namen nicht." Ich würde ihr die Antworten nicht auf dem Silbertablett servieren. Brynnes Mutter müsste mich fragen. In einem höflichen Ton. Und bis jetzt war ich alles andere als beeindruckt.

„Exley." Sie wartete, dass ich etwas sagte, aber das tat ich nicht. Schließlich spielte ich Poker und ich wusste genau, wie man Geduld bewies. „Warum überwachen Sie ihr Handy?"

Ich konnte mein Lächeln nicht unterdrücken. Wir wussten beide, wer diese Runde gewonnen hatte. „Na ja, ich führe ein Sicherheitsunternehmen, Mrs. Exley. Das ist mein Job. Da Senator Oakley nun von allen gründlich durchleuchtet wird, hat mir Brynnes Vater den Auftrag erteilt, mich um ihre Sicherheit zu kümmern. Ich werde Ihnen gegenüber auch nicht so tun, als wüsste ich von nichts, Ma'am. Wir wissen beide, warum Brynne in Gefahr sein könnte. Ich weiß alles." Ich legte eine dramatische Pause ein. „Sie hat mir erzählt, was ihr durch Oakleys Sohn widerfahren ist."

Ich hörte, dass sie scharf den Atem einzog und hätte Geld bezahlt, um ihr Gesicht zu sehen; allerdings musste ich meine Vorstellungskraft benutzen. „Sie sind derjenige, der ihr Foto gekauft hat, stimmt doch? Brynne hat mir erzählt, dass Sie ihr Aktbild gekauft und sie danach heimgefahren haben. Was Sie allerdings über Brynne wissen sollten, Mr. Blackstone: Sie liebt es, mich zu schockieren."

„Tatsächlich? Dazu kann ich nichts sagen, Mrs. Exley.

Brynne hat Sie mir gegenüber erst gestern Abend zum ersten Mal erwähnt. Also kann ich keine Vergleiche anstellen."

Sie schien meine versteckte Beleidigung zu ignorieren und machte sich zum Angriff bereit. „Sie sind also mit meiner Tochter eine Beziehung eingegangen, Mr. Blackstone? Ich kann zwischen den Zeilen lesen und wie jeder andere eine Vermutung anstellen. Brynne ist mein einziges Kind, und egal, was sie Ihnen auch erzählt haben mag, ich liebe meine Tochter und wünsche mir nur das Beste für sie."

„Nennen Sie mich bitte Ethan – und ja, ich kann zweifelsfrei sagen, dass ich mit Brynne in einer Beziehung bin."

Ich streckte meine Hand nach einer neuen Djarum aus und schnippte mein Feuerzeug auf. Diese Frau hatte doch keine Ahnung, mit wem sie es gerade zu tun hatte. Wir könnten den ganzen Tag so weitermachen und ich würde trotzdem den Sieg davontragen. „Und das tue ich auch."

Für einen Moment sagte sie nichts, bevor sie fragte: „Was tun Sie auch, Mr. Blackstone?"

„Auch ich liebe Ihre Tochter und möchte nur das Beste für sie. Ich werde dafür sorgen, dass ihr keiner etwas antun kann. Sie unterliegt jetzt meiner Verantwortung."

Wieder konnte ich mir nur vorstellen, wie sie bei meinen Worten ihre Augen rollte, und ich musste mich wirklich wundern, wie mein Mädchen mit der ständigen Missbilligung dieser Frau klarkam. Natürlich war mir nicht entgangen, dass sie das Angebot, mich mit meinem Vornamen anzusprechen, nicht angenommen hatte. Ich hatte Mitleid mit Brynne. Vor allem da ich mich mein ganzes Leben nach einer Mutter gesehnt hatte und hier hatte ich Brynnes Mutter am Handy und sie missbilligte einfach jede Entscheidung, die ihre Tochter traf. Mir wäre es lieber, die liebevollen Erinnerungen einer Mutter zu haben, die ich niemals kennengelernt hatte, als mich mein ganzes Leben mit einem derartigen Drachen herumzuschlagen.

„Grandios. Könnte ich jetzt bitte die neue Handynummer meiner Tochter bekommen, da sie es anscheinend nicht für nötig befunden hat, sie mir persönlich mitzuteilen?" Sie klang jetzt viel mehr wie das Opfer, mit dem Gedanken, mich so schnell wie möglich loszuwerden.

Und ich lächelte. Verflucht, ich liebte es, das Gewinnerblatt in der Hand zu halten. „Oh ich bitte Sie, Mrs. Exley, fühlen Sie sich nicht angegriffen. Das ist letzte Nacht alles sehr schnell vonstattengegangen. Brynne hat mir gestern etwas erzählt, weshalb ich die Entscheidung getroffen habe, dass sie eine neue Handynummer bräuchte. Ganz einfach. Sie hatte einfach noch keine Zeit, Sie zu kontaktieren. Ich bin mir sicher, dass das der einzige Grund ist." Es war einfach, sich großmütig zu geben, wenn man die Oberhand hatte.

„Sie haben diese Entscheidung getroffen, Mr. Blackstone?"

„Das habe ich." Mein Gott, meine Kippe war wirklich köstlich.

„Warum treffen Sie diese Entscheidungen für Brynne?" Es schien ganz so, dass die Mama jetzt ihre Krallen zeigte.

„Wie schon gesagt, Mrs. Exley: Ich werde Brynne vor allem und jedem beschützen, der versucht, sie zu verletzen.

Vor allem und jedem." Ich nahm einen großen Zug von meiner Nelkenzigarette und genoss den Geschmack.

Sie wurde ruhig. Ich wartete, bis sie schließlich nachgab. „Brynnes neue Handynummer, Mr. Blackstone?"

„Natürlich Mrs. Exley. Wissen Sie was? Ich werde Ihnen die Nummer in einer SMS schicken, von meinem Handy, dann haben Sie gleich meine Nummer. Falls Sie im Hinblick auf Brynnes Situation Bedenken haben sollten, oder Anmerkungen, die sich auf ihre Vergangenheit mit den Medien oder auf andere Dinge beziehen, dann möchte ich Sie bitten, diese mit mir zu teilen. Rufen Sie mich jederzeit an."

Danach kam unser Gespräch schnell zu einem Ende und ich war mehr als nur ein bisschen erschöpft, als ich auflegte. Meine Fresse, eine schwierige Frau. Arme Brynne. Armer Tom Bennett. Wie zur Hölle hatte es passieren können, dass diese beiden zueinander gefunden hatten? Ich konnte mir nicht vorstellen, wie diese Beziehung angefangen haben sollte, und dabei wusste ich nicht einmal, wie sie aussah. Ich war mir fast sicher, dass sie wunderschön sein musste. Kalt, aber wunderschön.

Ich schickte eine SMS mit der neuen Nummer und ein paar Worten an Brynnes Mom: **War mir ein Vergnügen, Mrs. E. -EB-**. Beim Verfassen der Nachricht musste ich die ganze Zeit grinsen.

Eine Stunde später bekam ich eine Nachricht von Brynne: **Du hast mit meiner Mutter gesprochen?! :O**

Oh je. Mama hatte sie bereits erreicht. Ich hoffte, dass ich mir nicht zu viel Ärger eingehandelt hatte. Ich antwortete mit: **Sorry, Baby. Sie hat versucht, dich auf dem alten Handy zu erreichen und war alles andere als glücklich, als ich ans Handy bin :/**

Brynnes Antwort folgte sofort: **Sorry, dass du dich mit ihr auseinandersetzen musstest. Ich werde es wieder gutmachen. <3 <3**

Ich musste grinsen und tippte: **Zwei Herzen!! Ich akzeptiere dein Angebot, Baby... aber so schlimm war sie gar nicht.** Ich nahm an, dass eine Notlüge niemanden verletzen würde. Schließlich war das immer noch die Mutter meiner Freundin. Aber nein, diese Frau war alles andere als *nett*.

Es dauerte eine Weile, bis sie antwortete, aber die Wartezeit war es mir wert, als ich sah, was sie mir geschrieben hatte. **Du hast einen tiefen Eindruck bei ihr hinterlassen. Erzähl ich dir später. Muss zum Meeting. Vermisse dich... Baby xxx <3**

Ich berührte die Worte, die auf dem Bildschirm zu sehen waren, und noch wollte ich die Nachricht nicht schließen. Sie hatte mich Baby genannt. Sie hatte geschrieben, dass sie mich vermisste. Sie hatte mir Küsschen und Herzen geschickt. Ich versuchte, nicht zu viel in die Sache hineinzuinterpretieren, aber es fiel mir schwer, dass nicht zu tun. Ich wollte eben, was ich wollte, und ich wollte keinen Moment länger darauf warten.

Meine Gedanken wurden unterbrochen, als sich Frances über die Gegensprechanlage bei mir meldete und mich damit daran erinnerte, dass ich doch tatsächlich noch ein Unternehmen hatte, um das ich mich kümmern musste. „Ivan Everley wartet in der Warteschleife", teilte sie mir mit.

Ich sagte ihr, ihn durchzustellen und nahm dann den Hörer ab. „Sag bloß, dass es wieder ein Problem gibt", sagte ich trocken.

„Es kam schon wieder eine Morddrohung, E. Dieses

Mal ist sie zu den Büros des Weltverbands für Bogenschützen geschickt worden. Mir persönlich geht das am Arsch vorbei, aber die Idioten vom olympischen Komitee werden mir nicht den Schauplatz sichern, um den Wettbewerb bekanntzugeben, bevor sie nicht eine zuversichtliche Aussage von dir gehört haben. Mal ehrlich, man könnte denken, dass die Wahnsinnigen die Kontrolle über diese Spiele haben und für so einen Scheiß habe ich nun wirklich keine Zeit."

„Wem sagst du das. Ich werde mit ihnen sprechen. Aber ich denke, dass wir uns treffen sollten, um den Zeitplan durchzugehen, damit wir über die Sicherheitsmaßnahmen, die deine Person betreffen, reden können", teilte ich ihm mit.

„Wann?"

„Keine Ahnung, zum Mittagessen vielleicht? Ich kann Frances bitten, etwas zu arrangieren, sobald du Zeit hast."

„Klingt gut. Ich bin dir wirklich dankbar, E. Ich glaube nicht, dass ich ohne dich als Kommentator bei den Spielen auftreten könnte. Dein Unternehmen weiß genau, wie man mit den Idioten, die die Entscheidungen treffen, umgehen muss."

„Apropos Idioten, die Entscheidungen treffen… Du hast mich gerade an etwas erinnert, Ivan. Sitzt du nicht im Vorstand der National Gallery?"

Ivan schnaubte. „Das kann mal wohl so stehen lassen. Warum? Und weil ich so großmütig bin und wir verwandt sind, werde ich so tun, als hättest du mich gerade nicht beleidigt."

„Ach wirklich, *Cousin*." Ich rollte meine Augen. „Meine Freundin studiert Kunstrestauration an der University of London. Sie ist Amerikanerin und braucht ein Arbeitsvisum, um auf unbestimmte Zeit im Land bleiben zu können."

„Warte. Hab ich das richtig gehört? Hast du gerade das Wort ‚Freundin' in den Mund genommen? Blackstone, der Junggeselle schlechthin, ist vom Markt? Wie ist das denn passiert?"

Ich hätte in dem Moment wissen müssen, dass er mich aufziehen würde, als ich meinen Mund geöffnet hatte. Ich lachte etwas unbeholfen. „Das weiß ich auch nicht so genau, aber ja, sie ist beim Restaurieren einfach großartig und sie liebt ihre Arbeit über alles. Und ich will wirklich nicht, dass ihr Visum abläuft."

„Okay, verstanden, E. Ich werde fragen. Es findet bald eine Veranstaltung in der National Gallery statt. Die Mallerton Society –"

„Oh ja, davon hat sie mir erzählt. Ich werde sie begleiten. Sie hat an einem Gemälde von Mallerton gearbeitet. Ich weiß, dass Brynne es viel besser erklären kann. Ich werde sie dir vorstellen und dann siehst du, was ich meine."

„Ich freue mich schon darauf, die amerikanische Schönheit kennenzulernen, die es fertiggebracht hat, deinen Schwanz aus dem One-Night-Stand-Karussell zu nehmen."

„Bitte erzähl ihr nichts davon, wenn du sie kennenlernst, sonst muss ich die bezaubernden Morddrohungen deiner *Fans* wohl ignorieren, die ständig ins Haus geflattert kommen."

Er lachte. „Dir ist doch klar, dass du sie einfach nur heiraten musst, wenn du willst, dass sie bei dir bleibt. Dann braucht sie auch kein Visum, E."

Mein Verstand arbeitete sofort auf Hochtouren,

sobald er das Wort „heiraten" ausgesprochen hatte, und ich konnte nicht anders, als nach einer weiteren Zigarette zu greifen.

„Das hast du nicht wirklich gerade zu mir gesagt. Allerdings sollte mich das nicht überraschen, schließlich bist du ein Dummkopf. Ausgerechnet du erzählst mir, die Ehe in Betracht zu ziehen. Das ist das Amüsanteste, was ich in diesem Jahr aus deinem Mund gehört habe, oder sollte ich sagen: Aus deinem verblödeten Arsch."

Mein Cousin amüsierte sich auf meine Kosten. „Nur weil sich meine Ehe als einzige Katastrophe herausgestellt hat, muss das nicht heißen, dass es dir genauso ergehen wird, E."

„Es ist offiziell, wir sind am Ende dieser Unterhaltung angelangt, Ivan. Ich werde jetzt auflegen." Ich konnte ihn noch immer lachen hören, als ich den Hörer von meinem Ohr nahm.

KAPITEL 8

Sie von der Arbeit abzuholen, war etwas, auf das ich mich freute, und der heutige Tag war da keine Ausnahme. Es war ein guter Tag gewesen; jedenfalls bis diese Nachricht auf ihrem Handy aufgetaucht war. Jetzt verlangte es mir einfach immer verzweifelter danach, sie in meiner Nähe zu haben.

Ich bog auf den Parkplatz der Rothvale Galerie ein, parkte und beobachtete dann die Türen, durch die sie das Gebäude verlassen würde. Meine Unterhaltung mit meinem Cousin beschäftigte mich noch immer, und um ganz ehrlich zu sein, hatte es auch meine Fantasien angeregt. Ich musste doch echt wahnsinnig sein. *Hochzeit...echt jetzt?* Wie wäre es, wenn wir mit einer exklusiven und hingebungsvollen Beziehung anfangen würden?

Der Gedanke, jemanden zu heiraten, hatte noch nie

auf meiner Liste von Dingen gestanden, die ich im Leben erreichen wollte. Das hatte ich mir einfach nie für meine Zukunft vorstellen können. Die Institution an sich respektierte ich, aber es war doch wahrscheinlicher, dass ein Mann mit meinem Lebensstil und dem Ballast als Ehemann eine Katastrophe wäre. Es gab so viele Leichen in meinem Keller, die schon so lange da unten lagen, dass ich nicht einmal mehr bestimmen könnte, wann der Zeitpunkt überschritten gewesen war, um in der Gegenwart als normal denkende Person herauszukommen.

Meine Schwester war verheiratet, und sie war sehr glücklich, mit drei bezaubernden Kindern. Ich schätzte, dass Hannah und Freddy eine Norm waren, nach der man streben sollte. Ich hatte einfach nie gedacht, Heirat einmal in Erwägung zu ziehen. Meine Schwester hatte sich der häuslichen Richtung zugewandt und unseren Vater mit Enkeln erfreut. Dadurch war ich fein raus. Schließlich machte das Hannah so gut, dass es keinen Grund gab, mich unter Druck gesetzt zu fühlen.

Ich entschied mich dazu, sie anzurufen, während ich auf Brynne wartete. Ich grinste, als sie nach dem zweiten Klingeln abnahm.

„Wie geht es meinem kleinen Bruder?"

„Die Arbeit raubt ihm den Verstand", sagte ich.

„Ich habe gehört, dass das nicht das Einzige ist, was dir den Verstand raubt." Hannah konnte wirklich selbstgefällig sein und rumnerven, wenn ihr danach war.

„Dad hat also schon mit dir gesprochen und alles ausgeplaudert."

„Er macht sich Sorgen um dich. Er meinte, dass er dich noch nie so gesehen hat, nicht einmal, als du vom Krieg heimgekommen bist."

„Hmmm. Ich hätte nicht zu ihm gehen und ihm alles erzählen sollen. Ich bin ein Idiot. Ich werde es wieder gut machen. Und, wie geht es meiner großen Schwester?"

„Guter Versuch, E, aber ich beiße nicht an. Mein Bruder verliebt sich endlich und du denkst, dass ich diesen pikanten Leckerbissen einfach ignoriere? Für wen hältst du mich denn? Schließlich wissen wir beide, wer der intelligentere Geschwisterteil ist."

Ich seufzte. „Da erhebe ich keine Einwände, Han."

„Wow. Du hast dich wirklich verändert, huh?"

„Ich schätze. Ich hoffe zum Vorteil. Und Dad kann damit aufhören, sich um mich zu sorgen. Wir haben uns wieder vertragen, also bin ich nicht mehr die erbärmliche Kreatur, mit der er sich zuletzt unterhalten hat."

„Hast du Gedichte gelesen, Ethan? Du klingst so anders."

„Kein Kommentar", beantwortete ich ihren Sarkasmus. „Hör zu. Ich habe mich gefragt, ob ich sie vielleicht für ein Wochenende mit zu euch bringen könnte. Ich denke, Brynne würde *Hallborough* gefallen, und ich würde sie gerne für ein paar Tage aus der Stadt rausholen. Können du und Freddy uns mit reinquetschen?"

„Für dich? Um die Gelegenheit zu haben, die Amerikanerin kennenzulernen, die meinen unnahbaren, kleinen Bruder, Junggeselle aus Überzeugung, in einen rührseligen, liebestollen Kerl verwandelt hat, der jetzt mexikanisches Bier trinkt? Kein Problem."

Ich lachte. „Gut. Gib mir Bescheid, wann es zeitlich passen würde, Han. Ich will, dass ihr sie alle kennenlernt, und dein bezauberndes Heim wäre dafür der perfekte Ort. Außerdem vermisse ich die Kinder."

„Und sie vermissen ihren Onkel Ethan. Okay... ich

werde mir die Buchungen zu Gemüte führen und dir dann Bescheid geben. Je näher die Spiele rücken, desto mehr haben wir zu tun."

„Das musst du mir nicht erzählen. Die ganze Stadt spielt verrückt und es ist erst Juni."

Wir verabschiedeten uns voneinander. Dann drehte ich meinen Kopf, um aus dem Fenster zu sehen und auf Brynne zu warten. Ich holte ihr altes Handy aus meiner Jacketttasche und rief den Text auf, der meinen so friedvollen Tag ruiniert hatte. Ein Kerl namens Alex Craven vom *Victoria and Albert* Museum, bei dem ich es genießen würde, ihn zu kastrieren, schrieb: **Brynne, es hat mich gefreut, dich heute wiederzusehen. Glückwunsch bezüglich des Mallerton. Ich würde dich gerne zum Abendessen ausführen, um darüber zu sprechen, wie wir dich in unser Team integrieren können. Ich wusste gar nicht, dass du auch modelst. Aber jetzt wo ich deine Bilder gesehen habe, muss ich einfach mehr darüber erfahren! –Alex**

Ich war mir fast sicher, dass ich mir die Zunge blutig gebissen hatte, weil ich die Zähne zu hart aufeinander presste. Der Drang, ihm zu antworten, war so stark ausgeprägt, dass ich es in dem Blut schmecken konnte, das sich in meinem Mund angesammelt hatte. Ich würde in die Richtung gehen von: **Fresse halten, du Vollwichser. Sie ist vergeben und ihr Mann wird dir die Eier abhacken, wenn du auch nur daran denken solltest, sie dir nackt vorzustellen. – Ethan mit dem großen Messer.** Natürlich tat ich das nicht, aber ich konnte mich nur gerade so zurückhalten.

Gott, wie sollte ich mich bezüglich dieser Situation

verhalten? Ich war in diesen Dingen nicht sehr gut. Eifersucht war scheiße, und mit diesem Gefühl müsste ich mich bei Brynne noch länger befassen. Das gehörte wohl dazu, wenn sie so wunderschön war und sie einfach jeder bewundern konnte. Ich brauchte bestätigende Worte von ihr, und ich war mir fast sicher, dass sie noch nicht bereit war, mir diese zu geben.

Die Beifahrertür öffnete sich und sie hüpfte ins Auto, mit roten Wangen von dem Sprint durch den Nieselregen, der von oben kam, seitdem ich hier geparkt hatte. Sie grinste und lehnte sich zu mir, um einen Kuss zu erhaschen.

„Da bist du ja", sagte ich und zog sie näher zu mir. Ihre Haut war etwas kalt, aber ihre Lippen fühlten sich warm und weich an.

Oh ja, sie gehörte mir!

Ich eroberte ihren Mund und hielt ihr Gesicht in meinen Händen, drang mit meiner Zunge so tief ein, dass ihr einfach klar sein musste, wie sehr ich sie wollte. Sie erlaubte die Invasion und ich ließ nicht nach, bis sie plötzlich quietschte. Erst bei diesem Laut ließ ich von ihr ab. Ich nahm meine Hände von ihr und lehnte mich im Auto zurück, um sie anzusehen.

„Sorry, da bin ich wohl etwas bestialisch vorgegangen." Mit einem Blick machte ich ihr klar, wie leid es mir tat.

Ihr Gesicht veränderte sich und sie hatte wieder diesen suchenden Blick. Verdammt, wie wunderschön sie doch war. Kein Wunder, dass Arschlöcher mit dem Namen Alex sie nackt wollten. Ich wollte sie nackt. Und zwar sofort! Heute trug sie ihre Haare offen, kleine Wassertropfen hatten sich in ihren Strähnen verfangen. Sie hatte eine dunkelgrüne Jacke und einen passenden Schal an. Die Farbe stand ihr wirklich gut; sie betonte das Grün in ihren farbenfrohen Augen.

„Was ist los, Ethan?"

„Warum denkst du, dass etwas los ist?"

„Eine Vermutung", schmunzelte sie, „die durch die Zungenakrobatik bestätigt wurde."

Ich schüttelte meinen Kopf. „Ich habe dich einfach nur vermisst. Wie ist das Meeting heute Mittag gelaufen, mit den Kollegen, die du beeindrucken wolltest?"

„Es war super. Ich habe von Lady Percivals Restauration erzählt, und das hat ihnen etwas gegeben, um sich später an mich zu erinnern. Ich hoffe, dass sich daraus etwas entwickelt. Vielleicht, mal sehen." Sie lächelte. „Und das habe ich nur dir zu verdanken." Sie schenkte mir einen kleinen Kuss und nahm mein Kinn zwischen Daumen und Zeigefinger.

Ich versuchte das Lächeln zu erwidern. Ich dachte, dass ich das auch schaffte, aber anscheinend war ich eine Lusche, wenn es um gekünstelte Gefühle ging, und ich war auch nicht besser darin, meine Eifersucht unter Kontrolle zu halten. *Oh ja, etwas wird sich daraus entwickeln, Baby. Alex Craven wird eine Erektion bekommen und er wird sich durch deine nackten Tatsachen an dich erinnern, nicht aber die beseelte Lady Percival mit ihrem seltenen und überaus wertvollen Buch! Mallertons Gemälde können verrotten, wenn es nach ihm ginge; schließlich will er Brynne Bennett auf seinem Schwanz sitzen sehen!*

Sie seufzte. „Wirst du mir sagen, was los ist? Du hast gerade geknurrt und ich bin mir ziemlich sicher, das Knurren nicht das internationale Zeichen für Glückseligkeit und Harmonie ist." Sie wirkte genervt.

„Das kam vor einer Weile auf deinem Handy an." Ich

legte ihr das Handy auf ihren Schoß, die Nachricht bereits aufgerufen.

Sie nahm es in die Hand und las den Text, schluckte einmal und sah mich dann aus den Augenwinkeln heraus an. „Du bist eifersüchtig geworden, als du das gesehen hast." Das war keine Frage.

Ich nickte. Wenn wir schon einmal bei dem Thema waren, könnte ich auch gleich alles rauslassen. „Er will dich ficken."

Das wollen alle Männer, wenn sie deine Aktfotografien sehen. Natürlich würde ich ihr das nicht sagen. Ich war ja nicht bescheuert. Aber mein Gott, ich hatte die Erlaubnis, es zu denken. Schließlich handelte es sich um die Wahrheit!

„Das bezweifle ich, Ethan."

„Ist er schwul?"

Sie zuckte mit den Schultern. „Ich glaube nicht, dass Alex homosexuell ist, aber sicher bin ich mir da nicht."

„Dann will er dich auf jeden Fall ficken", sagte ich grimmig in die Richtung des Fensters, das nun vom Nieselregen bedeckt war und damit perfekt zu meiner Stimmung passte.

„Ethan, sieh mich an."

Der dominante Ton in ihrer Stimme überraschte mich. Ich wurde hart.

Ich drehte meinen Kopf, um mein Mädchen anzusehen, die mir bereits so viel bedeutete und fragte mich, was sie mir sagen wollte. Ich hatte keine Ahnung, wie ich sie teilen sollte, wie ich meine Eifersucht unterdrücken und ein verständnisvoller Partner eines Aktmodels sein sollte, während anderen Männern das Wasser im Mund zusammenlief und sie darüber fantasierten, mein Mädchen zu ficken. Ich wusste einfach nicht, wie ich es schaffen sollte, dieser Mann zu sein.

„Alex Craven ist kein *er*."

Brynne rollte ihre Lippen nach innen, um nicht laut loszulachen. Aber das spielte keine Rolle. Ich war so erleichtert, dass ich ihr Necken hinnehmen würde.

„Oh", schaffte ich es zu sagen. Ich war ein Idiot. „Na dann solltest du dich mit Alex Craven zum Mittagessen treffen, und ich werde dir ganz viel Glück wünschen, Baby. Es klang so, als würde sie dich wirklich einstellen wollen." Ich nickte zustimmend.

Sie lachte und sagte: „Du machst dir zu viele Sorgen, Baby."

Ich lehnte mich vor, so nah an ihre Lippen wie möglich, berührte sie aber nicht. „Ich kann einfach nicht anders. Ich werde mir immer Sorgen machen, und ich liebe es, wenn du mich Baby nennst." Ich küsste sie, dieses Mal nicht wie ein Neandertaler, sondern wie ich sie bereits zuvor hätte küssen sollen. Ich vergrub meine Hand in ihren Haaren und versuchte, ihr mit dem Kuss klarzumachen, wie viel sie mir bedeutete. Nachdem ich noch ein paar Mal an ihrer Unterlippe geknabbert hatte, zog ich mich zurück. Ich ließ meine Hand über ihre Wange gleiten, bis sie seitlich auf ihrem Hals zur Ruhe kam. „Ich will, dass du mit zu mir kommst. In meine Wohnung. Das will ich von dir."

Sie erkannte hoffentlich, dass das meine Version einer Bitte war. Ich hatte sie gefragt, genug Klamotten einzupacken, um für ein paar Tage auszukommen, konnte mir aber nicht sicher sein, dass sie das auch getan hatte. Ich wollte sie immer in meiner Nähe wissen. Ich wusste nicht, wie ich es erklären sollte. Es war einfach dieses tiefgehende Bedürfnis, sie immer bei mir haben zu wollen, um jederzeit die Möglichkeit zu haben, mich mit ihr zu unterhalten oder sie zu berühren. Und zu ficken. Mir war klar, dass ich ein gieriger Bastard war, aber mittlerweile ging mir das am Arsch vorbei. Allerdings fiel es mir wahnsinnig schwer, sie nicht zu sehr unter Druck zu setzen.

„Okay, zu dir also." Sie hob ihre Hand zu meinen Haaren, vergrub ihr Finger darin und versuchte mich mit ihren intelligenten Augen zu deuten. Ich war mir sicher, dass sie mich wie ein offenes Buch lesen konnte und fragte mich, wieso sie mich eigentlich ertrug. Ich hoffte, es lag daran, dass sie sich langsam aber sicher auch in mich verliebte. Allerdings wollte ich nicht zu viel darüber nachdenken, weil ich dann immer bei derselben Frage landete: *Was aber, wenn das nicht der Fall sein sollte?*

„Danke." Ich entfernte ihre Hand aus meinen Haaren und brachte sie an meine Lippen, um dort einen Kuss zu platzieren. Ich fand ihren Blick, um ihre Reaktion zu beobachten und war sehr glücklich, als ich das Lächeln auf ihren Lippen sah. Ich erwiderte das Lächeln und fuhr dann los. Es war an der Zeit, mein Mädchen nach Hause zu bringen, wo wir allein waren und ich all die Fantasien ausleben konnte, die in meinem Kopf herumschwirrten.

DAS Hähnchen-Parmigiana schmeckte köstlich, mit saftigem Fleisch, einer pikanten Soße und Gewürzen. Aber am besten gefiel mir, wer mir Gesellschaft leistete und am Tisch gegenüber saß.

Ich hatte sie beim Kochen beobachtet, während ich an meinem Laptop gesessen und versucht hatte, mich auf die Arbeit zu konzentrieren. Mehr oder weniger. Ich hatte mein Büro verlassen und mich an der Küchenbar eingerichtet, um sie zu beobachten und ihr ab und an ein Lächeln zu schenken. Ich genoss die Geräusche, als sie in meiner Küche arbeitete. Es war ein schönes Gefühl, und der köstliche Duft, der aus einem Raum kam, den ich kaum benutzte, tat sein Übriges. Die Gerüche des Abendessens, das mir Brynne mit ihren bezaubernden Händen zubereitete.

Verdammt heiß, wenn du mich fragst.

Es war ganz anders als das, was Annabelle für mich machte – eine Angestellte, die für mich saubermachte, kochte und alles in die Gefriertruhe packte, nachdem sie es gekennzeichnet hatte. Das hier war etwas Reales. Etwas, das Menschen machten, weil sie einander mochten, nicht weil sie bezahlt wurden.

Ich hatte keine Erfahrung mit einer Frau, die für mich kochte. Allerdings war ich mir ziemlich sicher, dass ich mich daran gewöhnen könnte. Oh ja. Brynne hatte mich am Haken. Intelligent, sexy, wunderschön, zielstrebig und eine verdammt gute Köchin – und so hinreißend, wenn ich sie im Bett unter mir hatte. Hatte ich bereits erwähnt, dass sie sexy und wunderschön war? Ich konnte es gar nicht abwarten, sie heute Abend ins Bett zu bekommen.

Ich nahm einen weiteren Bissen und ließ mir den Geschmack auf der Zunge zergehen. Sie hatte ihre Haare mit einem von diesen Plastikclips hochgesteckt und trug ein purpurfarbenes Oberteil mit einem V-Ausschnitt, das meine Aufmerksamkeit direkt auf ihre köstlichen Nippel lenkte. Sie waren aufgerichtet und bettelten mich geradezu an, sie mit meinen Lippen zu umfangen. Ein paar lange Strähnen hatten sich aus dem Clip gelöst und lagen auf der

Wölbung ihres Dekolletés. *Mmm…einfach köstlich.*

„Ich bin froh, dass du so denkst. Es ist aber wirklich nicht schwer, dieses Gericht zu kochen", sagte sie.

Ich beobachtete ihren Mund und ihre Lippen, als sie einen Schluck von dem Wein trank, und ich war wirklich darüber erschrocken, dass ich das laut gesagt hatte. Aber ich war froh, dass sie dachte, ich würde lediglich ihr Essen kommentieren. „Du weißt wirklich, wie man einer Sache die bestimmte Würze verleiht." Schnell führte ich meine Aussage weiter: „Also, ich meinte beim Kochen!"

Sie rollte mit den Augen und schüttelte ihren Kopf.

Ich grinste und zwinkerte ihr zu. „Allerdings kennst du dich in beiden Bereichen aus, Baby. Beim Kochen und im Bett. Wie hast du denn so gut Kochen gelernt?"

„Du bist ein Idiot", sagte sie. „Ich habe mir Kochshows angesehen und das Gesehene angewendet. Nach der Scheidung hat mir mein Vater erlaubt, ihn als Versuchskaninchen zu missbrauchen. Du kannst ihn nach meinen ersten Kochversuchen fragen." Sie lachte und spießte etwas auf ihrer Gabel auf, um es sich dann in den Mund zu schieben. „Frag ihn aber lieber nicht, wann ich damit angefangen habe, die bestimmte Würze mit einzubringen!"

Ich lachte über meine eigene Dummheit und ließ meinen Kopf hängen. „Deine ersten Versuche waren also nicht so gut wie das, was du heute gezaubert hast?"

„Nicht einmal annähernd. Die ersten Male sind furchtbar gelaufen, und Daddy musste leiden. Er hat sich aber nie beschwert."

„Dein Vater ist ja auch kein Idiot, und er liebt dich sehr."

„Ich bin froh, dass ihr miteinander gesprochen habt.

Er hat dich wirklich gern, Ethan. Er respektiert dich sehr." Sie lächelte mich an.

„Das kann ich nur zurückgeben." Ich zögerte, bevor ich ihre Mutter zur Sprache brachte, aber ich hatte das Gefühl, dass ich keine andere Möglichkeit hatte. „Allerdings glaube ich nicht, dass deine Mutter nach dem heutigen Tag noch von mir beeindruckt ist. Die Sache tut mir leid. Ich dachte, es wäre besser, mich vorzustellen und ihr zu sagen, was ich in deinem Leben zu suchen habe – ich hätte das alles wahrscheinlich etwas taktvoller angehen können."

Sie schüttelte ihren Kopf. „Schon okay. Sie hat gesagt, wie froh sie ist, dass du auf mich aufpasst, und dass du entschlossen geklungen hast. Sie glaubt also, dass mir mit dir nichts passieren kann."

Mir war nicht entgangen, wie unsicher ihre Stimme geklungen hatte. Nichts würde ich im Moment lieber tun, als ihr zu versichern, dass alles gut werden würde, aber ich würde warten, bis sie mit dem Erzählen fertig war.

„Allerdings denkt sie, dass du von mir besessen bist." Mit der Gabel schob Brynne ihr Hähnchen auf dem Teller umher.

Ich zuckte mit den Achseln. „Ich habe nichts zurückgehalten, das stimmt schon. Ich habe deiner Mutter gesagt, was ich für dich empfinde."

Sie lächelte mich an. „Das hat sie mir auch gesagt. Ganz schön mutig von dir, Ethan."

„Die Wahrheit zu sagen, ist nicht mutig; sie wird von dir erwartet." Ich schüttelte meinen Kopf. „Deine Eltern müssen wissen, dass ich mich in der Verantwortung deiner Sicherheit sehe. Das ist mir wichtig." Ich streckte eine Hand nach ihr aus. „Auch ist mir wichtig, dass du das weißt, Brynne, denn du bedeutest mir so viel mehr."

Sie legte ihre Hand in meine. Im selben Moment schloss ich meine Augen und presste meine Finger gegen ihre weiche Haut. Dieselbe bezaubernde Hand, die heute Abend auch mein Abendessen zubereitet und erst heute Morgen meine Krawatte gebunden hatte. Dieselbe Hand, die meinen Körper berühren würde, sobald ich sie ins Bett bringen und vor mir ausbreiten würde.

„Du mir auch, Ethan."

Wieder fühlte ich, wie mich das Bedürfnis überwältigte, sie in Besitz zu nehmen. Wie ein Schalter, der umgelegt wurde. Erst war ich recht geduldig, jedenfalls dachte ich das, und in der nächsten Sekunde wurde etwas gesagt oder angedeutet, und plötzlich befand ich mich im *Ich-muss-dich-jetzt-ficken*-Land.

Ihre Worte, mehr musste ich nicht hören. Ich stand vom Stuhl auf und hob sie wenige Sekunden später in meine Arme und fühlte, wie sich ihre langen Beine um meine Hüfte wickelten, damit ich sie vom Essbereich ins Schlafzimmer tragen konnte.

In dieser Zeit hielt sie mein Gesicht in ihren Händen und küsste mich wie eine Besessene. Ich beschwerte mich nicht. Ich liebte es, wenn sie so erregt war. Und Brynne konnte das sehr oft sein.

Verdammt, ja!

Ich schälte ihr das Top und die Hose vom Körper. Heute würde es kein Vorspiel geben, bei dem wir uns langsam auszogen. Ich musste ihren Körper sehen, bevor ich vollkommen die Beherrschung verlor. Sie trug einen violettfarbenen BH und einen schwarzen Tanga. Ich stöhnte, als ich auf sie herunterblickte. „Was hast du bitte vor, Weib? Willst du mich umbringen?"

Sie lächelte und schüttelte langsam ihren Kopf. „Niemals", flüsterte sie.

Ich lehnte mich vor und gab ihr für diese Antwort einen langen und süßen Kuss, obwohl mir mein Herz fast aus der Brust sprang. Gott, ich liebte es, wie sie sich mit mir verhielt, so sanft und verlockend; sie akzeptierte mich.

Ich liebte so einiges an ihr.

Ich drehte sie auf ihren Bauch und öffnete den hübschen BH, bevor ich auch den Tanga loswurde. Ich genoss den Anblick und stieß Luft zwischen den Lippen heraus, nur um dann meine Hände über ihren Rücken wandern zu lassen, von ihren Schultern über ihre Hüften, die Rundungen ihres bezaubernden Hinterns und dann wieder nach oben.

Sobald sie nackt war, beruhigte ich mich wieder und verlangsamte meine von Sehnsucht getriebenen Bewegungen. Ich ließ meine Kleidung an und machte es mir neben ihr bequem. Sie drehte mir ihr Gesicht zu und wir betrachteten uns einfach für einen Augenblick.

Ich griff nach dem Haarclip und entfernte ihn, breitete die Haare über ihrem Rücken und den Schultern aus. Brynne hatte lange, seidenweiche Haare. Ich liebte es, ihre Wellen zu berühren und meine Finger durch die Strähnen gleiten zu lassen. Ich liebte es, wenn es gegen meine Brust peitschte, wenn sie mich ritt. Ich liebte es, eine Handvoll zu packen, während ich sie auf einen erschütternden Orgasmus zufickte.

Aber diese Dinge würde ich heute nicht tun. Stattdessen verwöhnte ich sie ausgiebig, behutsam, um alle Stellen zu erreichen, die mir mit meiner Zunge und meinen Fingern möglich waren. Ich ließ sie immer und immer wieder kommen, bevor ich mich selbst entkleidete und mit meinem Schwanz in sie eindrang.

Wir passten so gut zusammen. Der Sex mit ihr erschütterte mich aufs Tiefste. Brynne war sich darüber vielleicht nicht im Klaren, ich aber schon. Ich wusste nicht einmal, was ich ihr während des Akts gesagt hatte. Ich sagte so viele Dinge zu ihr, da ich wusste, dass sie meine dreckigen Worte mochte. Das hatte sie mich bereits wissen lassen. Das war auch verdammt gut so, denn ich konnte nicht anders. Der Filter zwischen meinem Gehirn und meinem Mund existierte bei ihr nicht.

Auch wusste ich noch immer nicht, was ich nach dem explosiven Orgasmus zu ihr gesagt hatte, der mich so ausgelaugt hatte, dass ich langsam abdriftete. Ich war noch immer in ihr vergraben und hoffte, dass ich noch etwas länger in ihr bleiben könnte.

Aber ich fand heraus, was ich gesagt hatte, als sie mit: „Ich liebe dich auch", antwortete.

Meine Augen öffneten sich ruckartig. Ich starrte in die Dunkelheit der Nacht und hielt sie in meinen Armen. Die Erinnerung an diese Worte spielte sich immer und immer wieder in meinem Kopf ab.

Verdammte Scheiße. Sie werden es machen. Mein Herzschlag beschleunigte sich, als eine furchtbare Angst, wie ich sie noch nie zuvor erlebt hatte, durch meine adrenalingeladenen Venen schoss. Mir war klar, dass es irgendwann kommen müsste. Tief im Inneren hatte ich es gewusst, aber um nicht den Verstand zu verlieren, hatte ich den Gedanken von mir geschoben. Verleugnung funktionierte nur für eine Weile, aber die Zeit dafür war abgelaufen.

„Bist du bereit?", fragte er mich. Das Monster, das mir die Frage stellte, wollte ich ausweiden, nur um dann dabei zuzusehen, wie er verblutete. Das Monster, das es gewagt hatte, über SIE zu

sprechen. Das Monster, das mich ständig damit verspottete, sie verletzen zu wollen.

Scheiße, NEEEIN!

Ich schüttelte meinen Kopf, als er auf mich zukam, sein Gesicht sehr nah, der Rauch der handgerollten Nelkenkippe hüllte mich ein, verlockte mich und ließ mir das Wasser im Mund zusammenlaufen. Schon komisch, dass ich mich in einem Moment wie diesem nach einer Zigarette sehnte, aber das tat ich. Ich hätte ihm das verfluchte Teil aus dem Mund gerissen und in meinen geschoben, wenn ich dazu in der Lage gewesen wäre.

Meine Arme wurden von einem anderen Arschloch hinter meinem Rücken zusammengehalten. Dann hielten sie meine Nase zu. Ich versuchte, meine Luft anzuhalten und ihm auszuweichen, aber mein Körper verriet mich. In der Sekunde, in der ich nach Luft schnappte, goss er etwas Abartiges in meine Kehle. Ich unternahm den Versuch, dieses Elixier nicht zu schlucken, aber wieder übernahm mein Körper die Kontrolle, damit ich wieder atmen konnte. Ironisch. Sie setzten mich unter Drogen, um mich umzubringen. Ich sollte den Prozess nicht stören, damit sie meinen Tod aufzeichnen und der ganzen Welt zeigen konnten.

Nein. Nein! NEIN!

Ich kämpfte mit allem, was ich hatte, aber er lachte über meine Anstrengungen. Ich fühlte, wie Tränen aus meinen Augen liefen, aber ich war mir sicher, dass ich nicht weinte. Ich weinte niemals.

Er brüllte einen Befehl heraus und dann sah ich es. Die Kamera. Ein Untergebener bereitete alles, setzte die Kamera auf ein Stativ. Ich beobachtete alles und erlaubte meinen Tränen freien Lauf, als das Opium seinen Dienst verrichtete.

Dann realisierte ich es; ich weinte tatsächlich.

Aber nicht aus den Gründen, die sie vielleicht dachten. Ich weinte für meinen Dad und meine Schwester. Für mein Mädchen. Sie müssten sich diese… Sache ansehen, die sie mir antun würden.

Die ganze Welt würde zusehen. Sie *würde es sehen.*

„Sag deinen Namen und stell dich vor!", ordnete er an.

Ich schüttelte meinen Kopf und zeigte auf die Kamera. „Kein Video! Kein Video, du Schwanzlutscher! KEIN SCHEISS VERDAMMTES VIDEO –"

Der Schlag auf meinen Mund war so brutal, dass ich allein durch die Krafteinwirkung zum Schweigen gebracht wurde. Er brüllte dem Typ mit der Videokamera einen weiteren Befehl zu, bis er das Objektiv auf meine Kennzeichen richtete und im gebrochenen Englisch vorlas: „Blackstone, E. SAS. Captain. Two nine one five zero one."

Wieder kam er auf mich zu und dieses Mal zog er eine Khukri aus der Scheide. Das Messer war gekrümmt und scharf. Obwohl ich in meinem drogengeschwächten Zustand nicht fähig war zu reagieren, konnte ich doch sehen, dass die Waffe präpariert worden war, um den Job zu erledigen, für das es aus der Scheide gezogen wurde.

Ich dachte an meine Mom. Ich hatte mich mein ganzes Leben nach ihr gesehnt und jetzt mehr denn je. Ich war nicht mutig. Ich hatte Angst vor dem Sterben. Was würde aus Brynne werden? Wer würde sie beschützen, sobald ich tot war?

Oh, Gott…

„Kein Video. Kein Video. Kein Video. Kein Video", war alles, was ich sagte. Und sobald es mir nicht länger möglich war, diese Worte mit meinem Mund zu erzeugen, wäre es das Letzte, das mir durch den Kopf gehen würde, begleitet von: Es tut mir so leid, Dad. Hannah. Brynne… es tut mir so verdammt leid…

„Ethan! Baby, wach auf. Du hast einen bösen Traum." Die lieblichste Stimme trat an meine Ohren und weiche Hände berührten mich.

Ich schreckte keuchend aus dem Schlaf; meinen Bewusstseinszustand nahm ich überdeutlich wahr. Ihre

Hände fielen von mir ab, als ich mich gegen das Kopfende fallen ließ und Sauerstoff in meine Lungen saugte. Arme Brynne. Sie wirkte entsetzt, mit weit aufgerissenen Augen, als sie sich mit mir im Bett aufsetzte.

„Verdammte Scheiße!", keuchte ich, als ich mich wieder in der Realität einfand.

Atme, du Hurensohn!

Das hatte ich bereits viele Male durchgemacht. Das fand alles nur in meinem Kopf statt. Es war nicht echt. Aber hier saß ich nun, rastete wie ein Wahnsinniger aus, und das vor den Augen meines Mädchens. Das musste ihr einfach Angst machen und nur das bereute ich. Mir wurde schlecht.

Wieder streckte sie ihre Hände nach mir aus, die Berührung ihrer kalten Hand auf meiner Brust beruhigte mich, brachte mich wieder ins Hier und Jetzt. Brynne saß gleich neben mir und war nicht mit mir in dem verkorksten Traum gefangen. Immer wieder integrierte ich sie in meine Alpträume. Warum tat ich das?

Sie rutschte näher zu mir und ich bedeckte ihre Hand mit meiner und presste sie gegen meine Brust. Ich brauchte ihre Berührung; sie war wie eine Rettungsleine für mich.

„Was ist da gerade passiert, Ethan? Du hast Dinge gebrüllt und um dich getreten. Ich konnte dich nicht aufwecken –"

„Was habe ich gesagt?", unterbrach ich sie.

„Ethan", sagte sie in einem sanften Ton, hob ihre Hand an meine Wange und streifte meinen Kiefer mit ihren Fingern.

„Was habe ich gesagt?", brüllte ich, packte ihre Hand und hielt sie vom meinem Körper weg. Als ich daran dachte, was ich vielleicht gesagt haben könnte, kam mir alles hoch. Sie zuckte zusammen und mein Herz brach, als ich sah, dass ich sie erschreckt hatte. Aber ich musste es wissen. Ich starrte sie in der Dunkelheit an und versuchte, genug Sauerstoff in meine Lungen zu bekommen. Allerdings ein aussichtsloses Unterfangen. Es gäbe nicht genug Sauerstoff in ganz London, um meine Bedürfnisse in diesem Moment zu befriedigen.

„Du hast immer wieder ‚Kein Video‘ gesagt. Was soll das bedeuten, Ethan?"

Im Schein des Mondlichts sah ich, dass das Laken auf ihre Hüften gerutscht war und mir somit den Blick auf ihre bezaubernden, nackten Brüste freigegeben hatte. Ich sah die Anspannung in ihren Augen, als sie mir ihre Hand entzog, und ich hasste es. Ich ließ sie gehen.

„Es tut mir leid. I-ich habe manchmal diese Träume. Tut mir leid, dass ich dich angeschrien habe." Ich sprang aus dem Bett und rannte ins Badezimmer. Ich beugte mich über das Waschbecken und ließ das Wasser über meinen Kopf fliesen, spülte meinen Mund aus und trank vom Wasserhahn. Scheiße, ich musste mich zusammenreißen – das war einfach nicht richtig. Ich musste doch stark für sie sein. Dieser ganze Dreck war doch Schnee von gestern und in der Hölle meiner Vergangenheit vergraben. Diese Gedanken waren in meiner Gegenwart nicht willkommen und schon gar nicht in meiner gemeinsamen Zukunft mit Brynne.

Ihre Arme wickelten sich von hinten um meinen Körper. Ich konnte ihre nackten Brüste an meinem Rücken spüren, und das ließ meinen Schwanz zum Leben erwachen. Sie presste ihre Lippen gegen die Narben und küsste jede einzelne. „Rede mit mir. Sag mir, was das eben war." Ihre sanfte Stimme definierte sich durch eine stahlharte Entschlossenheit. Aber ich würde sie auf keinen Fall in diese Folterhölle hineinbringen.

Verdammt nochmal, nein, ich würde sie dort nicht mit hinnehmen. Nicht mein unschuldiges Mädchen.

„Nein. Das will ich nicht." Mit den Augen fand ich mein Spiegelbild und betrachtete mich genau. Ich beobachtete, wie das Wasser von meinen Haarspitzen tropfte, Brynnes Arme um meinen Oberkörper gewickelt waren, in dem mein Herz von dem verkorksten Albtraum noch immer wie verrückt raste. Trotzdem hielt sie mich, hielt mein Herz in ihren wunderschönen Händen. Sie war mir gefolgt, um mich zu trösten.

„Welches Video, Ethan? Du hast immer wieder von einem Video gesprochen."

„Ich werde dir nichts davon erzählen!" Bei dem dröhnenden Laut meiner Stimme schloss ich die Augen. Ich hasste die Wut darin, hasste es, dass sie mich so sehen musste.

„Hat es etwas mit mir zu tun? Dem Video von mir?" Sie nahm ihre Hände weg und ging einen Schritt zurück. „Du hast gesagt, dass du es nie gesehen hast." Ich konnte die Verletzlichkeit in ihrer Stimme hören und mir vorstellen, was ihr Verstand mit diesem Szenario anstellte. Sie könnte nicht noch mehr danebenliegen.

Ich verlor die Kontrolle, denn ich befürchtete, dass sie mir nicht vertraute und mich erneut verlassen könnte. Ich wirbelte herum und zog sie mit einem Ruck an meine Brust. „Nein, Baby. Damit hat es nichts zu tun. Bitte. Das musst du mir glauben. Es geht um mich – meine Vergangenheit – eine schlimme Erinnerung aus der Zeit im Krieg."

„Du wirst es mir aber nicht erzählen. Warum kannst du mir nicht sagen, was dir zugestoßen ist. Deine Narben. Ethan?"

Sie versuchte, sich aus meinem Griff zu befreien, Abstand zwischen uns zu bringen, aber zur Hölle nochmal, das würde ich nicht zulassen. „Nein, Brynne, ich brauche dich. Bitte ziehe dich nicht von mir zurück."

„Das tue ich nich –"

Ich unterbrach ihre Antwort, indem ich meinen Mund auf ihren presste, sie mit meiner Zunge vereinnahmte und so tief in sie hineinstieß, dass sie einfach akzeptieren musste, was ich ihr gab. Ich hob sie hoch und stolperte mit ihr in meinen Armen zum Bett zurück. Ich musste jetzt in ihr sein, auf jede erdenklich Weise. Ich brauchte die Bestätigung, dass sie bei mir war, dass ich am Leben und sie in Sicherheit war... dass ich am Leben und sie in Sicherheit war... dass ich am Leben und sie in Sicherheit war...

„Baby, du bist so wunderschön. Etwas Besseres als du hätte mir nicht passieren können. Verdammt, du bedeutest mir einfach alles. Sag mir, dass du mich willst." Ich murmelte vor mich hin, als ich ihre Beine mit meinen Knien spreizte und zwei Finger in ihre feuchte Hitze schob. Ich rieb den Saft ihrer Erregung über ihre Klitoris.

„Ich will dich, Ethan", hauchte sie, als sich ihr Geschlecht für mich erhitzte, bereit, um mich in ihr aufzunehmen. Mein Gott, ich balancierte auf Messers Schneide und musste meine Kontrolle bewahren, wenn sie sich so unterwürfig benahm. Wenn sie das machte, törnte mich das so sehr an, auch wenn sie die erste Frau war, die diese Gefühle in mir auslöste.

„Sag mir, dass ich dich vollkommen in Besitz nehmen

kann. Jeden Teil von dir. Ich will einfach alles, Brynne!"

„Das darfst du!", schrie sie. „Ich gehöre dir."

Wieder drang ich mit meiner Zunge tief in ihren Mund ein, während sich meine Finger in ihrer Pussy bewegten und sie immer feuchter wurde. „Dein Mund gehört mir, wenn er diese himbeerfarbenen Lippen um meinen Schwanz legt und mir einen bläst."

Sie bäumte sich unter mir auf. Ich zog mich von ihrem Mund zurück, um mit meinen Lippen einen ihrer Nippel einzufangen. Ich benutzte meine Zähne und erntete ein Stöhnen von ihr, bevor ich die Knospe tief in meinen Mund saugte, bis sich das Fleisch unter meiner Zunge aufrichtete, nur um mich dann dem anderen Nippel zuzuwenden. „Auch deine wundervollen Titten gehören mir. Wenn ich sie beiße und daran sauge und dich an den Rand des Wahnsinns treibe."

„Oh, Gott…"

Ich rutschte an ihrem Körper nach unten, und während meine Finger noch immer in ihrer Hitze vergraben waren, schnellte ich mit meiner Zunge über ihre Klitoris und brachte sie näher zum Orgasmus. „Diese süße Fotze gehört immer mir, wenn ich sie mit meinem Schwanz fülle und deine Wände mit einer riesigen Menge meines Spermas bedecke." Ich flüsterte dreckige Dinge und war mir sicher, dass sie das noch mehr erregte.

Sie konnte nicht mehr länger still liegen und rollte ihren Kopf hin und her. Ich liebte es, dass ich sie so wild machte.

Ich schnellte mit der Zunge über ihre Klitoris und benutzte sogar meine Zähne, knabberte an ihr, bis ich sie schreien hörte. Dann wechselte ich zu linderten Zungenstößen und führte sie allmählich an den Rand der

Klippe.

„Ich brauche mehr! Fick mich, Ethan!"

Oh ja, sie war so heiß auf mich.

Heilige Scheiße, endlich hatte ich mein Mädchen genau da, wo ich sie haben wollte. Der Geschmack von ihr raubte mir den Verstand. Meine Zunge, ihr Geschmack, ihr Duft, ihre Wärme, ihre feuchte und überreife Pussy!

„Ich kann dir mehr geben, Baby. Ich will dir mehr geben." Ich zog meine Finger aus ihr heraus, ließ sie zu ihrem anderen Loch gleiten und umkreiste diese Öffnung mit meinem feuchten Zeigefinger. Sie keuchte und spannte sich an. Ich hob meinen Kopf und schob mich über ihren Körper. Mit einem Arm stützte ich mich ab und den anderen benutzte ich, um sie weiterhin zu erkunden. Ich schob nur die Fingerspitze in sie hinein und fand dabei ihren Blick. Sie sah ungezähmt aus, ihre Augen brannten lichterloh. „Hier will ich rein, Brynne. Wirst du mir erlauben, deinen wunderschönen Arsch zu ficken?" Ich sprach an ihren bebenden Lippen und biss in ihre untere, während meine Fingerspitze noch immer ihren Eingang betörte und ich ihre Antwort abwartete.

„Ja!" Das Wort entrang ihr in einem harschen Flüstern, aber sie hatte mir ihre Zustimmung gegeben.

Ich zog mich zurück und drehte sie dann auf ihren Bauch. Ich hob ihre Hüften an und spreizte ihre Schenkel, damit ich mich ihr auf meinen Knien nähern konnte. Sie war atemberaubend. Sie lag ausgebreitet vor mir, wartete auf mich, und sie akzeptierte mich. Sie war einfach perfekt.

Mit einer Hand um meinen Schwanz umkreiste ich ihr feuchtes Geschlecht, schnellte mit der Eichel immer und immer wieder über ihre Klitoris, um sie dem Orgasmus noch näher zu bringen und meinen Schwanz in ihrer Hitze zu tränken.

„Mmm hmm", stöhnte ich, als ich die Spitze an ihrem engen Loch platzierte. „Du weißt gar nicht, wie verflucht perfekt du bist…" Ich stieß zu und die Spitze meines Schwanzes bahnte sich ihren Weg, versuchte, sie etwas zu öffnen. Ich könnte leicht die Beherrschung verlieren, könnte kommen, noch bevor ich mich in ihr vergraben hätte.

Sie spannte sich an und ihr Rücken bäumte sich, als ich langsam in ihren Körper einfiel. Deswegen nahm ich mich ein wenig zurück, platzierte meine Handfläche auf ihrem Rücken, direkt über ihrem Hintern, um sie zu stabilisieren. „Ganz ruhig… entspann dich, Baby." Sie beruhigte sich und wartete auf mich. Sie atmete noch immer heftig, aber sie gab sich meinen Begierden vollkommen hin. Sie war so verdammt bereit und so eng, mit ihren Muskeln, die die Spitze meines Schwanzes fest umschlossen. Ich wollte ihr nicht wehtun. Aber mein Gott, es erregte mich, dem Höhepunkt so nah zu sein, während ich kurz davor stand, auch den letzten Ort für mich zu beanspruchen, an dem ich mit ihr verschmelzen konnte.

Sie bebte unter mir. „Ich komme gleich, Baby. Das will ich so verzweifelt, aber du zuerst. Ich werde dafür sorgen, dass es gut für dich wird!"

„Ethan, bitte lass mich kommen!" Sie lehnte sich zurück, presste sich gegen meine Eichel, die bereits in ihr vergraben war. Sie war bereit, mich vollkommen in ihr aufzunehmen. Ich realisierte, dass sie mich akzeptieren würde, auch wenn es für sie schmerzhaft sein sollte, da sie eine wirklich großzügige Partnerin war.

Gott im Himmel, steh mir bei!

Es verlangte mir alles ab, mich nicht mit einem Stoß

in ihrem engen, geheimnisvollen Ort zu vergraben, den ich bisher noch nicht in Besitz genommen hatte. Das wollte ich aber. Musste ich. Aber was mir wichtiger war: Ich wollte ihr zeigen, wie viel sie mir bedeutete. Ich wusste, dass ich ihr wehtun würde und dass sie noch nicht bereit war, mich auf diese Weise in sich aufzunehmen. Wir mussten uns langsam darauf vorbereiten. Etwas, auf das ich mich freuen könnte, wie jede neue Erfahrung, die wir miteinander teilten. Im Moment war ich von allen Sinnen und deshalb war dies auch nicht der Moment, sie dazu zu drängen, das erste Mal Analsex mit mir zu haben.

„Brynne... ich liebe dich so sehr", flüsterte ich an ihrem Rücken, als ich meinen Schwanz nach unten gleiten ließ, um den Eingang zu ihrer Pussy zu finden. Unser Fleisch war so heiß, dass wir uns bei der ersten Berührung gegenseitig verbrannten. Ich nahm meinen eigenen Schrei wahr, als ich mich tief in ihr vergrub und anfing, sie zu ficken. Meine Hände packten nach ihren Hüften. Immer wieder schob ich sie auf meinen Schwanz. Unsere Körper übernahmen die Kontrolle, unsere Haut prallte aneinander und wir entließen ein Stöhn- und Keuchkonzert, als wir uns der Lust hingaben.

Wir zogen es in die Länge. Ich musste den mit Schrecken behafteten Traum aus meinem Verstand herausbekommen, und sie zu ficken, würde mir dabei helfen. *Wenn du ficken kannst, dann bist du am Leben* – diese brutale Logik konnte kaum angezweifelt werden.

Es war ein brutaler Fick, sogar für uns. Aber Brynne konnte es ertragen, wenn ich grob mit ihr umging. Sie hatte mich bereits auf diese Weise akzeptiert und das würde sie auch in der Zukunft tun, denn ich würde sie nicht gehen lassen. Niemals. Ich konnte mir nicht vorstellen, die Dinge, die ich gerade mit ihr erlebt hatte, mit einer anderen zu tun. Ich wusste, dass ich dazu nicht fähig wäre.

Später verstand ich das; als ich in der Dunkelheit lag, nach dem verrückten Sextrip, durch den ich sie geschleift hatte, und nachdem sie in einen tiefen Schlaf gefallen war. Sie war so viele Male gekommen, dass sie nach dem erschöpfenden Akt einfach eingeschlafen war. Jedenfalls nachdem ich endlich fähig gewesen war, von ihr abzulassen. Allerdings hatte sie mich nicht einmal gebeten aufzuhören. Mein Mädchen hatte sich mir hingegeben und keine Antworten verlangt. Darüber war ich froh, denn noch wollte ich über dieses Thema nicht sprechen. Nach einem Albtraum wie diesem fühlte ich mich immer viel zu verletzlich und ungezähmt.

Ich wollte mir eine Zigarette anstecken, aber verweigerte mir dieses Vergnügen. Es fühlte sich falsch an. Es war falsch, sie den ungesunden Schadstoffen auszusetzen und ich würde in ihrer Gegenwart darauf verzichten.

Es raubte mir den Atem, sie nach dem Sex beim Schlafen zu beobachten, ihre Atemzüge zu hören, ihre langen Wimpern, die auf den Wangenknochen ruhten und die Haare ausgebreitet auf dem Kopfkissen zu sehen. Ich wusste, dass ich endlich meinen Engel gefunden hatte und ich würde mit allem, was mich ausmachte, an ihr festhalten.

No more yielding but a dream…

Sie war die einzige, der es jemals gelungen war, mich vor dem drohenden Wahnsinn zu bewahren, der durch die andauernde Folter meiner Gedanken auf mich lauerte. Durch sie wollte ich Dinge, die ich zuvor nie in Betracht gezogen hätte. Ich würde für sie töten. Und es würde mich umbringen, falls ihr jemals etwas zustoßen sollte.

Letztendlich gelang es mir wieder einzuschlafen, und das hatte ich nur ihrer Anwesenheit in meinem Bett zu verdanken.

KAPITEL 9

Ich wachte in einem leeren Bett, einer verlassenen Wohnung und einem wahrhaftigen Albtraum auf. Nach dem, was in der Nacht passiert war, hätte ich nicht erwartet, dass sich Brynne heimlich, still und leise aus der Tür schleichen würde.

Meinen ersten Hinweis bekam ich, als ich mich auf die andere Seite rollte und ein leeres Bett vorfand. Kein weicher, warmer Körper, der nach Blumen und dekadentem Sex duftete. Niemand, den ich an meinen Körper ziehen und in dem ich mich verlieren konnte. Nur Laken und Kissen. Sie lag nicht in meinem Bett. Ich rief nach ihr, aber es begrüßte mich nur die ominöse Stille. Die Furcht machte sich in mir breit.

War die letzte Nacht doch zu viel für sie gewesen?

Zuerst sah ich im Badezimmer nach. Ich konnte sehen, dass sie geduscht hatte. Ihre Kosmetikartikel und die Haarbürste lagen draußen, aber sie war noch immer nicht aufzufinden. Nicht in der Küche, um Kaffee zuzubereiten. Nicht in meinem Büro, um ihre E-Mails zu checken. Auch trainierte sie nicht im Fitnessraum. Sie war nicht in dieser Wohnung.

Auf einem Monitor sah ich mir die Aufzeichnungen der Sicherheitskameras an, die den Korridor und die Eingangstür im Blick hatten. Jeder, der kam oder ging, würde darauf zu sehen sein. Mein Herz schlug so wild, dass man das Pochen sehen musste. Ich spulte eine Stunde zurück und da war sie, in einer Jogginghose und Trainingsschuhen, auf den Fahrstuhl zulaufend und Kopfhörer im Ohr.

„Scheiße!", schrie ich und knallte mit der Faust auf den Schreibtisch. Sie war zum Joggen rausgegangen? Einfach unglaublich. Ich blinzelte bei den Bildern, die ich vor mir sah und rieb eine Hand über meinen Kinnbart.

„Sag mir, dass du ihr auf den Fersen bist!", schrie ich Neil an, als er ans Telefon ging.

„Was?" Er klang, als würde er noch immer im Bett liegen. Mein Magen drehte sich.

„Falsche Antwort, Kumpel. Brynne hat die Wohnung verlassen. Um zu joggen!"

„Ich habe geschlafen, E", sagte er. „Warum sollte ich sie im Blick haben, wenn sie bei dir in der Wohn –"

Ich legte auf und versuchte, Brynne auf ihrem Handy zu erreichen. Natürlich ging die Mailbox dran. Ich stand kurz davor, das Teil gegen die Wand zu schleudern. Stattdessen schrieb ich ihr eine Nachricht: **Wo zur Hölle bist du?**

Ich lief zu meinem Kleiderschrank, zog mir etwas über, schlüpfte in die Schuhe, schnappte nach den

Schlüsseln, dem Geldbeutel, dem Handy und machte mich dann auf den Weg zur Garage. Ich lenkte in einem Affenzahn und mit quietschenden Reifen auf die Straße ein und kalkulierte, wie weit sie wohl gekommen war, seit sie von der Kamera eingefangen wurde. Mein Verstand war dabei, sich allerlei Szenarien auszumalen. Wie einfach es doch für einen professionellen Auftragsmörder wäre, sie zu dieser Zeit außer Gefecht zu setzen und es wie einen Unfall aussehen zu lassen.

Es war noch früh am Morgen, erst kurz nach sieben, und ein typischer, bewölkter Tag in London. Die Stadt erwachte gerade zum Leben. Lieferfahrzeuge und Straßenhändler begannen ihren Tag, der Coffeeshop in der Nachbarschaft war brechend voll, ein paar Jogger drehten ihre Runde, aber die Person die ich suchte, war nicht unter ihnen. Sie könnte überall sein.

Immer wieder fragte ich mich, warum sie einfach gehen würde, ohne mir Bescheid zu geben. Ich hatte so eine Angst, dass ich der Grund sein könnte. Die ganze Sache mit Brynne würde mich noch umbringen; ich war so überfordert, dass es schon wieder lustig war. Gott, wir hatten beide unsere Probleme, aber vielleicht hatte sie letzte Nacht gemerkt, dass ihr diese emotionale Achterbahn einfach zu viel war. Ich rieb mir über den Ort, an dem mein Herz schmerzte und konzentrierte mich dann wieder aufs Fahren.

Mein Handy klingelte. Neil. Ich machte den Lautsprecher an.

„Ich habe sie noch nicht gefunden. Ich bin grad auf der Cromwell und fahre Richtung Süden, aber ich denke, dass ich schon zu weit gefahren bin. Wenn ich von der Zeit der Aufnahmen ausgehe, glaube ich nicht, dass sie es bis hierher geschafft haben könnte."

„Ethan, es tut mir leid."

„Sag mir das nochmal, wenn ich sie gefunden habe."
Ich war wütend, aber es war nicht seine Schuld. Brynne
hatte sich in meiner Wohnung befunden und Neil war
theoretisch gesehen nicht im Dienst gewesen. Meine
Schuld. Was für ein Chaos.

„Dann werde ich Richtung Osten fahren. Dort gibt es
viele Jogger."

„Tu das."

Ich suchte weiter, betete, dass ich sie gleich erblicken
würde, als auf meinem Handy eine Nachricht reinkam: **Du
bist wach? Hole gerade Kaffee. Was willst du haben?**

*Wie wäre es mit deinem hübschen, kleinen Arsch in meiner
Wohnung, Weib!*

Eine Welle der Erleichterung überrollte mich, aber
ich war so wütend auf sie. Draußen, um Kaffee zu holen!
Meine Fresse! Ich fuhr an die Straßenseite und ließ meinen
Kopf gegen das Lenkrad fallen. Ich würde mit ihr reden
und ihr ein paar Dinge erklären müssen. In den nächsten
Monaten müsste sie in ihrem Leben mit Veränderungen
rechnen. Und die Runden am Morgen würde sie aufgeben
müssen. Jedenfalls sollte sie nicht allein rennen.

Gott verdammt!

Meine Hände zitterten, als ich ihr antwortete:
Welcher Coffeeshop?

Kurze Pause und dann: **Hot Java. Bist du sauer???**

Blöde Frage.

Der Coffeeshop, von dem sie sprach, lag einen Block
von meiner Wohnung entfernt. Wir waren sogar schon
mehr als einmal zusammen dort gewesen, wenn sie die
Nacht bei mir verbracht hatte. Brynne hatte sich die ganze

Zeit nicht weit von mir aufgehalten. Ich schrieb ihr wieder:
Bleib dort! Ich hol dich ab!

Es dauerte mindestens zehn Minuten, um mich durch die Straßen meiner Nachbarschaft zu navigieren. Ich war wütend auf mich selbst. Aus mehreren Gründen, aber vor allem weil ich nicht mitbekommen hatte, dass sie die Wohnung verlassen hatte, als ich noch schlief. Ich hatte es so eilig gehabt, ihr nachzufahren, dass ich an dem Coffeeshop, in dem sie sich befand, vorbeigefahren war, und das war einfach nicht akzeptabel. Ich wurde nachlässig.

Den Grund für meinen tiefen Schlaf würde ich erst einmal hinten anstellen.

Lag es vielleicht an dem höllischen Albtraum, der in einem Fick-athon geendet hat?

Oh, ich war mir sicher, dass es nicht lange dauern würde, bis wir dieses Thema erneut aufgreifen würden. Wahrscheinlich früher als später, denn Brynne würde mich fragen. Im Moment fühlte ich mich allerdings zu verletzlich, um mich darum zu kümmern, was mein Unterbewusstsein ausspuckte. Die Sache zu ignorieren, sagte mir momentan mehr zu.

Nicht zu fassen!

Verdammte Scheiße, natürlich hatte sie nicht *im* Coffeeshop gewartet, wie ich ihr das befohlen hatte. Stattdessen stand sie mit zwei Kaffeebechern in der Hand auf dem Bürgersteig, und sie war nicht allein. Irgendein Kerl, der seinen Blick nicht von ihr abwenden konnte und sich mit ihr unterhielt, stand neben ihr. Wer zur Hölle war das denn bitte schon wieder? Kannte sie ihn? Vielleicht war es auch jemand, der sich ihr genähert hatte. Wer konnte schon sagen, was genau er vorhatte! Für diese

Aktion würde sie das Spanking ihres Lebens erhalten, sobald ich sie wieder für mich allein hatte.

Ich musste das Auto auf der gegenüberliegenden Seite parken und dann die Straße überqueren. Sie sah, wie ich auf sie zukam und sagte etwas zu ihrem Begleiter, der daraufhin in meine Richtung sah. Seine Augen weiteten sich etwas und er stellte sich sofort näher zu Brynne.

Falscher Zug, Arschloch.

„Ethan", sagte sie lächelnd, als wäre es völlig normal, so in einen Tag zu starten.

Oh, mein Schatz, wir müssen wirklich ein paar Dinge klarstellen.

„Brynne", sagte ich in einem angespannten Tonfall, als ich bereits meinen Arm um ihre Taille legte und sie an meine Seite presste, bevor ich mich ihrem *Freund* zuwandte, der sich bereits vor zehn Minuten hätte verpissen sollen. Der Typ war mir für meinen Geschmack etwas zu waghalsig. Wie er da stand: als hätte er das Recht, sich mit ihr zu unterhalten. Als hätte er es bereits mehrere Male getan. Als hätte er eine Vergangenheit mit ihr. Scheiße! Er kannte sie. Dieser Mann kannte Brynne.

„Ethan, das ist Paul Langley, ähm... ein Freund, der mit mir im Fachbereich arbeitet. Er unterrichtet... Ich wollte gerade gehen und da kam plötzlich Paul in den Shop."

Sie war nervös. Ich konnte sehen, dass sie sich unwohl fühlte, und wenn ich etwas gut konnte, dann Menschen deuten. Dieser Typ war allerdings eine andere Geschichte. Er sah viel zu selbstzufrieden aus und ein wenig zu privilegiert. Und so wurde es mir klar.

Brynne schien sich zu fangen und sagte: „Paul, das ist Ethan Blackstone, mein...Freund." Sie gab mir einen der

Kaffees. „Ich habe dir einen Caffé Misto geholt." Sie sah mich an und nahm einen Schluck von ihrem Becher. Oh ja. Sie fühlte sich alles andere als wohl.

Der Volltrottel streckte seine Hand zuerst aus und bot sie mir an.

Ich hasse dich.

Ich hatte einen Arm um Brynne gelegt und in der anderen hielt ich den Becher, den sie mir gerade ausgehändigt hatte. Ich musste sie loslassen, um seine Hand schütteln zu können. Ich verabscheute ihn, in seinem Anzug, professionell, gestylt und so wie es den Anschein hatte, fehlte es ihm auch nicht an Geld. Ich entfernte meinen Arm von Brynnes Taille und akzeptierte seine Hand. Ich drückte fest zu und versuchte nicht daran zu denken, wie abscheulich ich heute Morgen aussah, und zwar als wäre ich gerade aus dem Bett gefallen.

„Ist mir ein Vergnügen", sagte Langley, ohne es zu meinen.

Ich erwiderte seine Worte mit einem kleinen Nicken. Mehr brachte ich nicht fertig und es ging mir sowieso am Arsch vorbei, ob ich unhöflich war oder nicht. Er war ein Kerl, der sich zur falschen Zeit am falschen Ort aufhielt, um jemals ein Freund von mir zu werden. Ich hatte ihn auf den ersten Blick verabscheut.

Seine Augen versuchten mich zu deuten. Ich entschied, dass ich der erste sein würde, der den Handschlag beendete. Die Situation ähnelte einem Schwanzlängenvergleich, wenn wir ehrlich waren.

Ich zog meine Hand zurück und presste meine Lippen gegen Brynnes Haare, aber behielt weiterhin ihn im Blick, als ich sprach. „Ich bin aufgewacht und du warst weg." Ich legte meinen Arm wieder um ihren Körper.

Ihr entrang ein nervöses Lachen. „Ich hatte eben heute Morgen Lust auf einen White Chocolate Mocha."

„Du brauchst also immer noch deinen Morgenkaffee, alles klar. Einige Dinge ändern sich eben nie, stimmt's, Süße?" Langley sah Brynne mit einem verschwörerischen Grinsen auf den Lippen an, und in dem Moment wurde mir alles klar. Er hatte sie gefickt. Jedenfalls hatte er es versucht. Sie hatten eine Vergangenheit zusammen, und ich wurde rasend vor Eifersucht. Heilige Mutter Gottes, in diesen Sekunden brachen die gewaltigen Emotionen über mich herein. Ich wollte Langleys Gesicht mit dem Bürgersteig bekanntmachen. Mit Hilfe meiner Faust. Aber meine Priorität bestand darin, Brynne von ihm wegzubekommen.

„Es wird Zeit, dass wir gehen, Baby", gab ich bekannt und übte mit meiner Hand Druck auf ihren Rücken aus.

Brynne spannte sich für einen Moment an, aber gab dann nach. „Ich hab mich wirklich gefreut, dich wiederzusehen, Paul. Mach's gut."

„Das kann ich nur zurückgeben, Süße. Ich habe deine neue Nummer und du hast meine; du weißt also, wie du mich erreichen kannst, okay?" Der Bastard sah kurz zu mir und nein, mir war die Kampfansage in seinem Blick nicht entgangen. Er dachte, ich wäre ein Schwachkopf und ließ mich mit seinen Worten wissen, dass Brynne ihn lediglich anrufen müsste und er dann sofort auf seinem weißen Pferd angaloppiert käme.

Verpiss. Dich. Du. Erbärmlicher. Sack.

Brynne nickte und lächelte ihn an. „Tschüss, Paul."

Genau, mach dich vom Acker…Paul.

Es war so deutlich zu sehen, dass Liebhaber Paul nicht verschwinden wollte. Er wollte sie küssen oder umarmen, irgendeine liebevolle Geste mit ihr austauschen, und er war intelligent genug, dies nicht zu tun. Natürlich wusste ich, dass er nicht dumm war, aber in diesem Moment war er ein Konkurrent für mich.

„Ich werde dich anrufen. Ich will alles über das Mallerton Gemälde hören." Er machte die international bekannte Geste für ein Telefon und hob die Hand an sein Ohr. „Mach's gut, Süße." Er warf mir einen vielsagenden Blick zu und ich tat es ihm gleich. Ich hoffte, dass er Gedanken lesen konnte, denn mir ging so viel durch den Kopf, das er wirklich hören sollte.

Du schwanzschwingendes, wertloses Stück Scheiße! Du wirst sie NICHT anrufen, um dich mit ihr über das Gemälde zu unterhalten. Du wirst sie nicht ansehen und du wirst auch nicht an sie denken! Verstanden?! Mein Mädchen ist NICHT deine Süße, und wird es auch niemals sein. Geh mir aus den Augen, bevor ich etwas tue, dass mir einen Haufen Ärger mit MEINEM Mädchen einhandeln würde.

Wir gingen über die Straße. Mein Herz schlug wie wild in meiner Brust und ich wurde noch wütender, als sie den Mund aufmachte.

„Was zur Hölle war das denn eben, Ethan? Du hast dich unmöglich aufgeführt."

„Lauf weiter. Wir diskutieren das, wenn wir zu Hause sind", schaffte ich es zwischen zusammengepressten Zähnen zu sagen.

Sie funkelte mich mit zusammengekniffenen Augen an, als wäre mir ein zweiter Kopf gewachsen und betrat den Bürgersteig auf der anderen Seite. „Ich habe dir eine Frage gestellt. Rede nicht mit mir, als wäre ich ein unartiges Kind!"

„Steig ins Auto", platzte es aus mir heraus. Ich

versuchte, mich zu beherrschen, damit ich sie nicht hochheben und ins Auto setzen würde. Das würde ich auch gleich tun, auch wenn ihr das nicht bewusst war.

„Tut mir leid, aber das ist mir zu dumm. Ich werde laufen!" Sie spazierte davon.

Ich war so wütend, dass ich kurz vorm Explodieren stand. Ich packte ihre Hand, um sie vom Gehen abzuhalten. „Nein, du wirst nicht laufen, Brynne. Ins Auto, sofort! Ich werde dich heimbringen." Meine Stimme war gesenkt, mein Gesicht nur wenige Zentimeter vor ihrem, was mir erlaubte, die aufglühenden Flammen in ihren Augen zu sehen. Sie war so wunderschön, wenn sie sauer war. Es führte dazu, dass ich sie in mein Bett zerren und mich eineinhalb Tage mit ihr beschäftigen wollte, um mit ihrem Körper viele schmutzige Dinge anzustellen.

„Ich werde mich von dir nicht herumschubsen lassen. Was ist denn nur mit dir los?"

Ich schloss meine Augen und versuchte, mich zu beruhigen. „Nichts ist mit mir los." Wir wurden bereits von Leuten angestarrt. Sie konnten wahrscheinlich auch unsere Unterhaltung hören. Verdammte Scheiße! „Würdest du *bitte* ins Auto einsteigen, Brynne?" Ich zwang mich zu einem Lächeln.

„Du verhältst dich wie das letzte Arschloch, Ethan. Ich habe schließlich ein Leben. Ich werde jeden Morgen joggen gehen und kann an einem Coffeeshop halten, wenn mir danach ist."

„Nicht ohne Neil oder mich, nein. Und jetzt verfrachte deinen süßen, US-amerikanischen Arsch in das scheißverdammte Auto!"

Sie betrachtete mich für einen kurzen Moment und schüttelte ihren Kopf. Ihre Augen sprühten Funken in meine Richtung. Mit erhobenem Kinn stapfte sie zum Rover und stieg schließlich ein. Ich ignorierte ihr Verhalten und fand, dass ich, wenn man die Umstände betrachtete, mich wirklich edelmütig benahm. Ich schrieb Neil, um ihn wissen zu lassen, dass ich sie gefunden hatte. Ich ließ sie warten, als ich die Nachricht verfasste. Sie war im Auto eingeschlossen und könnte sich im Moment nicht davonmachen.

Ich drehte meinen Kopf in ihre Richtung. Sie sah mich an. Sie war wütend auf mich und ich konnte meine eigene Wut kaum zügeln.

„Wage es ja nicht, so etwas noch einmal zu tun", sagte ich ihr unmissverständlich.

„Was, joggen gehen? Kaffee kaufen?" Sie schmollte und sah aus dem Fenster. Ihr Handy kündete leuchtend und vibrierend einen eingehenden Anruf an. Sie sah mir direkt in die Augen, als sie den Anruf annahm. „Ja, Paul, es geht mir gut. Ich muss mich für das, was auch immer das eben war, entschuldigen. Aber du musst dir keine Sorgen machen. Lediglich eine kleine Auseinandersetzung." Sie grinste mich doch tatsächlich an, als sie diesem hochtrabenden Affen erzählte, dass ich nur einen schlechten Tag hatte.

Ich wollte ihr das Handy aus der Hand reißen und aus dem Fenster werfen, und das hätte ich wahrscheinlich auch getan, wenn sie nicht in diesem Moment aufgelegt und es in ihre Tasche gesteckt hätte. „Du weißt, was ich meine, Brynne, und mach dich verdammt nochmal nicht über mich lustig, wenn du mit *ihm* sprichst!"

„Du hast mich eben blamiert, Ethan! Paul denkt, dass du —"

„Und wenn er der erste Fick der Queen von England

166

gewesen wäre; es interessiert mich nicht, was dieser Schwanzlutscher denkt! Was bedeutet dir dieser Kerl?"

„Er ist ein *netter* Kerl und ein Freund." Sie wandte den Blick ab, sah mir nicht in die Augen, als sie mir antwortete. Damit wusste ich es. Oh, verdammte Scheiße, jetzt kannte ich die Antwort!

„Hat er dich ficken dürfen, Brynne? Hat er Kenntnisse über deine Fotze, die zum Ficken wie geschaffen ist? Hatte er seine Hände überall, seinen Schwanz in dir? Hmmm? Ich will es wirklich wissen. Erzähl mir von dir und Paul, dem *super* netten Kerl."

„Unglaublich, was für ein Arschloch du gerade bist." Sie verschränkte die Arme unter ihren Brüsten und sah geradeaus. „Ich werde dir gar nichts erzählen."

„Hast du ihn gefickt?!"

Sie rutschte im Sitz umher und warf mir einen Blick zu, der dazu führte, dass durch meinen Schwanz eine schmerzhafte Welle der Lust schoss. „Wen hast du als letztes gefickt, bevor du deine Aufmerksamkeit auf mich gerichtet hast, Ethan? Wer war die Glückliche? Ich bin mir sicher, dass es keine Woche her war, bevor wir es zum ersten Mal getrieben haben!" Sie fuchtelte mit ihren Händen. „Und das von dem Typ, der denkt, dass eine Woche ohne Sex eine lange Zeit ist!"

Verdammt.

Der Gedanke gefiel mir nicht, denn sie hatte vollkommen recht. Ich hasste es, das zuzugeben, aber ich könnte ihr nicht einmal den Namen von der Frau sagen, für die ich vor ihr das letzte Mal einen hochgekriegt hatte. Pamela? Penelope? Auf jeden Fall mit einem P... Ivan würde es wissen. Er hatte eine lange Liste mit weiblichen *Freunden*, und er hatte mich ihr vorgestellt. Ich runzelte die

Stirn, als mir die Erkenntnis kam, dass ich mich nicht erinnern konnte, aber auch der Fick an sich war nicht erinnerungswürdiger gewesen als ihr Name.

Pauls Name fing auch mit einem P an, dachte ich so bei mir. Allerdings war ich mir ziemlich sicher, dass ich seinen Namen niemals vergessen würde.

„Probleme, dich an ihren Namen zu erinnern?", fragte Brynne.

Korrekt.

„Welche Farbe hatten ihre Haare, hmm?"

Ein natürliches Erdbeerblond. Daran erinnerte ich mich.

„Hättest du sie noch einmal gefickt, wenn du mich nicht kennengelernt hättest, Ethan?", provozierte sie mich.

Ich antwortete nicht. Ich startete den Motor und reihte mich im Verkehr ein, denn ich wollte einfach nur nach Hause und vielleicht die Zeit um ein paar Stunden zurückdrehen. Ich hasste es, mit ihr zu streiten.

„Warum hast du dich rausgeschlichen?", fragte ich schließlich. „Warum hast du mich nach der letzten Nacht einfach allein im Bett zurückgelassen?"

„Das habe ich doch gar nicht, Ethan. Ich bin aufgestanden, habe dein Laufband benutzt, geduscht und dann war mir nach einem Mocha. Wir gehen doch ständig zu diesem Coffeeshop, und ich habe mir schon gedacht, dass dich die letzte Nacht erschöpft hat."

Also hatte sie auch an letzte Nacht denken müssen. Noch wusste ich nicht, ob das für mich zum Vorteil war oder nicht, aber ich hoffte auf das Beste. Ich bog in die Garage meines Gebäudes und parkte den Rover. Ich sah zu ihr rüber, wie sie kochend vor Wut im Beifahrersitz meines Autos saß.

Anscheinend war Brynne noch nicht damit fertig,

mich zurechtzuweisen. „Das mache ich doch fast jeden Morgen. Es hat nicht geregnet und der Tag war einfach perfekt, um den kurzen Weg zu Fuß zu gehen." Sie warf ihre Hände wieder in die Luft. „Ich bin auf dem Laufband gewesen und wollte eben meinen White Chocolate Mocha. Ist das jetzt etwa ein Verbrechen? Ist schließlich nicht so, dass ich in den Tower gerannt bin und die Kronjuwelen entwendet habe."

Ich rollte meine Augen. „Baby, hast du überhaupt eine Ahnung, was ich heute Morgen durchmachen musste, als ich gesehen habe, dass du verschwunden bist? Keine Nachricht, keine Notiz, kein gar nichts!"

Sie warf ihren Kopf gegen die Lehne und richtete ihren Blick nach oben. „Gott, steh mir bei! Ich habe dir eine Notiz geschrieben! Das habe ich. Ich habe sie aufs Kissen gelegt, damit du sie sehen würdest. Darauf stand: *Bin zu Java, um Kaffee zu holen. Komme gleich wieder.* Ich habe *deinen* Fitnessraum benutzt und geduscht, bevor ich los bin. Gibt dir das keinen Hinweis darauf, was ich vorhatte? Ich habe mich nicht davongeschlichen, sondern einfach nur einen normalen Morgen durchlebt, Ethan!"

Nicht die Art von Morgen, die ich jemals wieder erleben möchte, vielen Dank auch!

„Ich habe keine Notiz von dir gefunden! Ich habe dich angerufen und wurde gleich zur Mailbox weitergeleitet! Warum bist du nicht ans Handy, wenn du nur in der Schlange vom Coffeeshop gestanden hast?" Ich stieg aus und riss wenige Sekunden später ihre Tür auf. Ich wollte sie zurück in meiner Wohnung haben, wo wir allein wären. Diese öffentliche Zurschaustellung nervte mich.

Sie schüttelte ihren Kopf und stieg aus dem Auto aus. „Ich habe mit Tante Marie telefoniert."

Ich drückte den Fahrstuhlknopf. „So früh am Morgen?" Ich trieb sie in den Aufzug und in eine der vier Ecken. Meine Arme hielten sie gefangen, um die Kontrolle über sie zu gewinnen. Im Moment war sie unberechenbar. Das Geräusch der sich schließenden Türen, das uns Privatsphäre schenkte, hieß ich mehr als willkommen.

„Tante Marie ist eine Frühaufsteherin und sie weiß, dass ich aufstehe, um joggen zu gehen." Brynnes Blick hing an meinem Mund fest, ihre Augen unruhig, als sie versuchte, mich zu deuten. Ich wünschte, ich wüsste, was sie dachte. Ich wünschte, ich wüsste, was sie in ihrem Herz trug. Ich kam ihrem Körper sehr nah, berührte sie aber nicht. Ich wollte lediglich die Tatsache absorbieren, dass ich sie in einem Stück zurück hatte.

„Mach das nie wieder, Brynne. Ich meine es ernst. Die Tage, an denen du allein aus dem Haus konntest, sind vorbei."

Die Fahrstuhltüren öffneten sich und sie duckte sich unter meinem Arm durch, um auszusteigen. Ich folgte ihr den Korridor entlang und schloss die Eingangstür auf. Sobald wir in der Wohnung waren, ließ sie alles raus. Ihre Augen glühten und sie funkelte mich wütend an. Sie war verdammt sauer und so wunderschön, dass ich steinhart wurde. „Also habe ich nicht einmal die Erlaubnis ins Java zu gehen, um mir einen Kaffee zu holen?", verlangte sie zu wissen.

„Nicht direkt. Es ist dir nicht erlaubt, *allein* zu gehen und vor allem nicht, ohne jemanden etwas von deinen Plänen zu erzählen!" Frustriert schüttelte ich meinen Kopf, wenn ich daran dachte, was sie getan hatte. Ich warf meine Schlüssel zur Seite und vergrub meine Hände in den Haaren. „Warum fällt es dir so schwer, dieses Konzept zu verstehen?"

Sie starrte mich auf eine komische Weise an, als würde sie versuchen, mein Verhalten zu verstehen. „Warum bist du wirklich so wütend, Ethan? Mitten am Tag Kaffee zu holen, wenn so viele Leute auf der Straße sind, kann doch nun wirklich nicht so gefährlich sein." Wieder verschränkte sie die Arme unter ihren Brüsten.

„Es hätte ja schließlich sein können, dass du mich wieder verlassen hast und in deine eigene Wohnung zurück bist!" *Die Wahrheit kann teuflisch sein. Habe ich das gerade laut gesagt?*

„Ethan! Das würde ich nicht einfach ohne Vorwarnung tun." Sie starrte mich wütend an. „Warum solltest du denken, dass ich das tun würde?"

„Weil du es bereits schon einmal getan hast!", schrie ich. *Da zeigte sich die teuflische Wahrheit wieder, und sie kam an die Oberfläche, um sich einen Spaß mit mir und meinen Unsicherheiten zu machen.*

„Fick dich!", fauchte sie, bevor sie sich auf dem Absatz umdrehte, ins Schlafzimmer lief und die Tür hinter sich zuknallte.

Verdammt, sie brauchte eindeutig Sex. Mir fielen ein paar Dinge ein, die sie zum Schweigen bringen würden. Man hätte vielleicht erwartet, dass sie nach den Ereignissen der letzten Nacht als anschmiegsames, unterwürfiges Kätzchen aufwachen würde. Aber das war mir nicht vergönnt gewesen. Stattdessen hatte ich es mit einer wütenden und ungezähmten Wildkatze zu tun.

Ich bemerkte, dass ich den Kaffee, den sie mir gegeben hatte, im Auto vergessen hatte. Scheiß auf den verfluchten Kaffee. Ich brauchte eine Flasche Van Gogh und ungefähr ein Dutzend Zigaretten.

Aber ich brauchte auch eine Dusche und musste meiner frustrierenden Frau ein paar Dinge deutlich vor Augen halten. Mein Gott, sie war eine Herausforderung, wenn sie sich so verhielt. Aber zuerst würde ich duschen gehen und dann würde ich den Versuch unternehmen, mit ihr ein vernünftiges Gespräch zu führen. Um ins Badezimmer zu kommen, nahm ich den direkten Weg, nicht aber den Weg durchs Schlafzimmer. Ich konnte mir gut vorstellen, dass sie sich dort für die Arbeit fertigmachte und ein wenig Privatsphäre wäre wahrscheinlich erwünscht. Vor allem, wenn man bedachte, dass sie mir gerade verständlich gemacht hatte, was sie im Moment von mir hielt. Ich zog meine Schuhe und das T-Shirt aus und trat ins Badezimmer.

Ich musste nach meinen Augäpfeln fischen, als sie mir aus den Sockeln fielen und über den Boden rollten. Brynne stand halbnackt im Raum, in verdammt sexy Dessous, und trug ihr Make-up auf, machte ihre Haare oder etwas in der Art. Keine Ahnung, mein Fokus lag woanders.

Sie drehte sich um und warf mir einen Blick zu, der deutlich machte, dass sie noch immer wütend auf mich war. „Hier ist die Notiz, die ich dir geschrieben habe." Sie griff nach einem Stück Papier, das gleich neben dem Waschbecken lag. „Es hat unter den Laken gelegen, wo du es wahrscheinlich hingeschoben hast", sagte sie mit einem selbstzufriedenen Grinsen auf den Lippen. Dann ließ sie die Notiz fallen, bevor sie sich wieder dem Spiegel zuwandte und mir ihren hinreißenden Hintern anbot, der von einem Spitzenhöschen umhüllt war. Ich war mir fast sicher, dass mir bei dem Anblick Speichel aus dem Mund lief.

Ich dachte an ihren Arsch und damit an letzte Nacht. Was wir getan hatten und was nicht...

Unsere Blicke trafen sich im Spiegel, kurz bevor sie den Blick senkte und sich die Haut über ihren Brüsten rosa färbte. Ich war sogar auf den schwarzen Spitzen-BH eifersüchtig, der ihre Brüste umhüllte.

Das ist mein Mädchen.

Auch sie erinnerte sich. Vielleicht waren ein paar Dinge zwischen uns im Moment nicht optimal, aber wenn es um Sex ging, waren wir uns einig.

„Wir sind noch nicht fertig. Wir müssen immer noch die Maßnahmen besprechen, um deine Sicherheit zu wahren." Ich stellte mich hinter sie, hob meinen Arm und packte eine Handvoll ihrer Haare. Sie sog scharf den Atem ein und ihre Augen loderten lustvoll, als sie mich im Spiegelbild betrachtete. „Du hast dir so viel Ärger eingehandelt." Ich riss ihren Kopf auf die Seite und legte ihren Hals frei, um mir den Zugang zu ermöglichen.

„Ahhh", hauchte sie, und ich konnte hören, dass ihr das Atmen bereits schwerfiel. „Was hast du vor?"

Ich senkte meinen Mund auf ihren Hals ab und ließ meine Lippen über die schlanke Kurve gleiten, während ich hin und wieder mit meinen Zähnen an ihr knabberte. Ich biss nur hart genug zu, um ihr Laute zu entlocken. Sie roch so gut; der Duft von ihr betäubte mich, und ich war mir sicher, mich nicht lange bändigen zu können.

„Ich habe gar nichts vor. Du wirst diejenige sein, die das heute bestimmen wird. Du wirst mir sagen, was ich tun soll, Baby. Was soll ich zuerst mit dir anstellen?" Eine Hand blieb in ihren Haaren und die andere legte ich mit gespreizten Fingern auf ihren flachen Bauch, übte Druck aus, als sich meine Finger langsam unter die feine Spitze schoben.

Sie konnte nicht still halten, aber ich hatte sie in einem festen Griff, als mein Mittelfinger zwischen ihre Falten und über ihre Klitoris glitt. „Das hier?" Ohne in sie einzudringen, rieb ich meinen Finger vor und zurück, bis sie bereit und feucht für mich war. Um sich das zu verdienen, müsste sie kreativ werden.

„Oh, Gott", stöhnte sie.

Ich zog an ihren Haaren. „Falsche Antwort, meine Schöne. Du hast mir noch nicht gesagt, was ich mit dir machen soll. Und jetzt sag: ‚Ethan, ich will, dass du…'" Die Hand, die zwischen ihren Schenkeln lag, nahm ich weg und hob den Finger, der ihre feuchte Höhle umkreist hatte, an meinen Mund. Ich leckte ihn sauber. „Mmm, wie würziger Honig." Ich knabberte an ihrem Hals.

Sie war frustriert und erregt und heiß, und ich genoss es, sie für das zu bestrafen, was sie getan hatte. Sie lehnte sich gegen meinen Oberkörper und rieb ihre Popbacken über meinen Schwanz. Ich zog meine Hüften zurück und ließ ein kehliges Lachen hören, als ich den protestierenden Laut aus ihrem Mund vernahm.

„Ethan…"

Ich schnalzte mit der Zunge und zog wieder an ihren Haaren. „Wir sind aber heute auch ein widerwilliges, kleines Ding, hmm? Ich warte, Baby. Sag mir, was du von mir willst." Meine freie Hand wanderte zu ihrem Arsch und packte eine Pobacke. „Du hast mit diesem kleinen Spielchen begonnen, das weißt du genau, und aus diesem Grund wirst du mir jetzt auch sagen, was ich mit dir anstellen soll." Sie keuchte, als ich meine Finger in ihr weiches Fleisch krallte und unternahm einen weiteren Versuch, sich an meinem Schwanz zu reiben. „Nein. Den bekommst du erst, wenn du mich nett danach gefragt hast." Ich holte mit der Hand aus und gab ihr einen Klaps auf den Arsch. Sie quietschte und richtete sich auf ihre Zehenspitzen auf, wölbte ihren Rücken, wie die wunderschöne Göttin, die sie war.

„Ethan, ich will dich…" Sie wurde nachgiebiger und versuchte, ihren Kopf zu drehen, der gegen meine Brust gelehnt lag.

„Mmmm, es hat dir also gefallen, als ich deinem hinreißenden Arsch einen Klaps verpasst habe, hmm? Sollen wir das noch einmal probieren?", flüsterte ich an ihrem Ohr. „Dieses kleine Spanking hast du verdient, Baby. Du weißt, dass du es verdient hast. Aber du hast noch immer nicht meinen Befehl befolgt, du unartiges Ding. Sag mir, was ich mit dir machen soll, hier gegen das Waschbecken gedrückt."

Ein lieblicher, unterwürfiger Laut kam ihr über die Lippen, der mein Herz wie wild schlagen ließ. Es würde nicht mehr lange dauern und mein Schwanz würde explodieren.

„Sag es mir!" Wieder verpasste ich ihr einen Klaps auf den Arsch und hielt meine Luft an, als ich auf ihre Antwort wartete.

„Ahhh!" Sie keuchte und ihr Körper kurvte sich auf eine elegante Art gegen meinen. Ich wusste, dass ich gewonnen hatte. Ich wusste, dass sie jetzt meinem Befehl Folge leisten würde, und als sie sprach, war das Gefühl, das mich überwältigte, mit nichts zu vergleichen, das ich bisher erlebt hatte. „Ethan, du wirst mich gegen das Waschbecken gepresst ficken!"

„Beug dich vor und halt dich daran fest", befahl ich ihr, bevor ich einen Schritt zurücktrat und darauf wartete, dass sie meine Anordnungen ausführte. Ihr Körper bebte, aber sie brachte sich in die richtige Position. Sie sah so erregt aus, dass ich es kaum fassen konnte, was wir hier zusammen taten. Aber verdammt, es fühlte sich zu gut an, um damit aufzuhören.

Ich schob meine Finger unter den Bund ihres aufreizenden Spitzenhöschens und rupfte es mit einem Ruck ihre Beine runter. Ich spreizte ihre Schenkel, als sie aus dem Stück Stoff heraustrat. Ich konnte den würzigen Geruch ihrer Erregung wahrnehmen, während sie auf etwas wartete, das nur ich ihr geben konnte. Ich schob meine Jogginghose über meinen Hintern und griff nach meinem Schwanz. Ich ließ die Eichel über ihre feuchte Mitte gleiten, bevor ich direkt über ihre Klitoris rieb. Ich ließ sie warten, ohne in sie einzudringen. „Ist es das, was du willst, meine Süße?"

Brynne rieb ihre Pussy über die Spitze meines Schwanzes und versuchte, ihn in sich aufzunehmen. Für den Versuch verdiente sie meinen Respekt, aber ich war derjenige, der hier die Kontrolle hatte und ich brauchte mehr von ihr. Mein Mädchen müsste noch ein bisschen mehr leisten, bevor sie ihre Belohnung bekommen würde.

Ich widmete mich wieder ihren Haaren und packte eine Handvoll, um ihren Kopf in den Nacken zu ziehen und ihren eleganten Hals zu entblößen. „Beantworte die Frage, Baby", sagte ich sanft. Ihre Kehle bewegte sich unter ihrem schweren Schlucken, als wir uns im Spiegel in die Augen sahen. Dass ich an ihren Haaren zog, wirkte für sie wie ein Trigger. Niemals zog ich hart genug an den Strähnen, um sie zu verletzen. Ich wollte lediglich ihren Körper manövrieren und sie während des Sex dominieren. Es machte sie heiß, und wenn sie das nicht erregen würde,

würde ich es auch nicht machen. Meine Priorität bestand darin, mein Mädchen zu befriedigen.

„Ja, ich will deinen Schwanz, Ethan. Ich will, dass du mich fickst und mich kommen lässt! Ich flehe dich an!" Ihr Körper bebte, summte vor heißer Lust.

Ich lachte und dann leckte ich mit meiner Zunge über ihren ausgestreckten Hals. „Gutes Mädchen. Und jetzt sag mir, was ich hören will, Baby." Ich rieb über ihre empfindliche Klitoris und wartete, genoss den Geschmack ihrer Haut und den Duft ihrer Erregung, den ich an ihr wahrnehmen konnte.

„I-ich…gehöre dir, Ethan! Bitte! Jetzt!", bettelte sie, und mein Herz füllte sich bei ihren Worten mit Wärme.

Perfektion. „Ja, das tust du, und mein einziges Ziel ist es, dich zu befriedigen, denn das befriedigt auch mich." Ich positionierte meinen Schwanz und vergrub mich mit einem Stoß in ihrer Hitze. Wir schrien beide, als unsere Körper verschmolzen.

Um ihr im Spiegelbild in die wunderschönen Augen sehen zu können, hielt ich ihr samtweiches Haar in einem festen Griff. Es ging nicht anders. Ich wusste nicht warum, aber ich musste Brynne beim Ficken in die Augen sehen. Ich wollte mich in ihnen verlieren und jede Empfindung sehen, jeden Stoß, jedes Beben unserer Geschlechter spüren, wie wir uns gegenseitig antrieben, bis wir uns einem Gefühl hingaben, dass wir nur miteinander teilen konnten.

Wenn du während eines Orgasmus in die Augen deines Partners schaust, hatte das etwas Ehrliches an sich, und in diesem Moment entstand eine Verbindung, die mit nichts zu vergleichen war und mich Brynne näher brachte. Dieses intensive Gefühl zwischen uns machte mir ein wenig Angst. Es machte mich auch verletzlich, aber es war zu spät. Ich war ihr bereits vollkommen verfallen.

Die Wände ihres Geschlechts zogen sich um mich herum zusammen, als sie ihren Orgasmus erlebte. Sie schrie meinen Namen und erbebte vor meinen Augen. Ich pumpte weiterhin zwischen ihren Beinen, fühlte jedes Zusammenziehen und Beben ihrer Fotze, als ich ihr meinen Schwanz fütterte. Es fühlte sich so gut an, wie sie um meine Länge herum pulsierte, dass mir die Tränen kamen.

Brynnes Körper war wie geschaffen für Sex, aber mir ging es nur um sie. Ich liebte *sie*. In den Sekunden vor meinem Orgasmus stieß ich so tief wie möglich in sie hinein und biss ihr gleichzeitig in die Schulter. Sie schrie, und ich registrierte, dass der Laut von ihr kam, aber konnte nicht deuten, ob es vom Schmerz oder der Lust herrührte. Ich wollte ihr nicht wehtun, aber in diesem Moment war ich von allen Sinnen, wollte mich einfach nur an ihr festhalten und sie mit meinem Sperma abfüllen, um sie für mich zu beanspruchen.

Als mein Saft in sie hinein und aus mir heraus schoss, wiederholte ich die drei Worte.

„Ich liebe dich…"

Ich sah ihr im Spiegel in die Augen, als ich es sagte.

Wir würden es nicht einmal annähernd pünktlich zur Arbeit schaffen. Aber das spielte keine Rolle. Manche Dinge waren einfach wichtiger. Wir waren beide so von dem Sex ausgelaugt, dass wir kaum stehen konnten. Ich hob sie in meine Arme und trug sie in die Duschkabine. Erst wusch ich sie und dann sie mich. Wir redeten nicht. Wir sahen uns einfach nur an, berührten und küssten uns, und waren in unseren eigenen Gedanken versunken. Nach der Dusche wickelte ich sie in ein Handtuch und brachte sie zurück ins Bett. Erst als wir es uns bequem gemacht hatten und sie nachgiebig und zufrieden neben mir lag, sprachen wir miteinander, um ein paar Dinge zu klären.

„Es ist nicht sicher, wenn du alleine rausgehst. Das kannst du nicht mehr machen. Wir kennen die Motive nicht und ich werde dich nicht der Gefahr aussetzen." Ich sprach in einem sanften Tonfall, aber ich wusste, dass ich den entschlossenen Unterton nicht unterdrücken konnte. Ich würde bei diesem Punkt nicht nachgeben und das musste ich ihr klarmachen. „Das ist eine Tatsache."

„Ist es wirklich so schlimm?" Sie sah überrascht aus, und sofort sah ich diesen ängstlichen Ausdruck, den ich schon viel zu oft auf ihrem Gesicht gesehen hatte.

„Es ist nicht bekannt, was unter Oakleys Leuten oder seinen Gegnern abläuft. Wir müssen davon ausgehen, dass dich Oakley im Blick hat, Brynne. Er weiß ganz genau, wo du dich in den letzten Jahren aufgehalten hast, wo du arbeitest, wo du wohnst und wahrscheinlich auch mit wem du befreundet bist. Ich muss mich bald mit Gabrielle und Clarkson unterhalten. Sie sollten eingeweiht werden, weil sie mit dir in Verbindung stehen. Deine Freunde wissen, was dir passiert ist, oder?"

Sie nickte betrübt. „Ich verstehe einfach nicht, warum mir jemand etwas antun will. Ich habe doch nichts getan, und das letzte, was ich will, ist die Vergangenheit wieder ans Licht zu bringen. Ich will doch einfach nur vergessen, dass es passiert ist! Wie kann ich an all dem Schuld haben?"

Ich küsste sie auf die Stirn und rieb mit meinem Daumen über ihr Kinn. „Nichts davon ist deine Schuld. Wir werden einfach nur sehr vorsichtig sein, wenn es um dich geht. Sehr, sehr vorsichtig", sagte ich, während ich sie nach jedem Wort küsste.

„Ich will nichts von Senator Oakley", flüsterte sie.

„Weil du nicht opportunistisch bist. Die meisten Leute würden ihn bestechen, um Geld aus der Sache herauszuschlagen. Schweigegeld. Das hast du nicht getan und sie beobachten dich, um herauszufinden, was du vorhast. Und sie beobachten dich auf jeden Fall, um zu sehen, ob Oakleys politische Gegner versuchen, dir nahe zu kommen. Um ehrlich zu sein: Seine Feinde bereiten mir die größten Sorgen. Das Video und die Tatsache, dass Oakley davon weiß, könnte ihm eine strafrechtliche Verfolgung einhandeln. Sein erwachsener Sohn und seine Freunde haben eine Straftat begangen und er hat alles unter den Teppich gekehrt. Für Oakleys Gegner wäre diese Information ein gefundenes Fressen. Und zudem auch noch eine schäbige Information, an der viele Zeitungen Interesse zeigen würden."

„Oh, Gott…" Sie rollte auf ihren Rücken und bedeckte ihre Augen mit einem Arm.

„Na komm schon." Ich rollte sie wieder auf die Seite, damit sie mich ansehen würde. „Ich will nicht, dass du dir Sorgen machst, okay? Ich habe gute Gründe, um dafür zu sorgen, dass sie dich in Ruhe lassen. Zum einen ist es mein Job und zum anderen bist du ja schließlich mein Mädchen." Ich hielt ihr Gesicht nah an meinem. „Daran hat sich doch für dich nichts geändert, oder?" Ich ließ sie nicht los, denn ich brauchte die Bestätigung. Ich musste es einfach wissen. „Die letzte Nacht ist so…beschissen gelaufen —"

„An meinen Gefühlen für dich hat sich nichts geändert", unterbrach sie mich. „Ich bin immer noch dein

Mädchen, Ethan. Die letzte Nacht hat daran nichts geändert. Du hast deine Dämonen, genau wie ich auch. Das verstehe ich sehr gut."

Ich drückte sie gegen die Laken und küsste sie lang und tief, um ihr zu verstehen zu geben, wie sehr ich diese Worte aus ihrem Mund hören musste. Trotzdem wollte ich mehr von ihr. Immer mehr. Wie könnte ich jemals das Gefühl haben, genug von ihr zu bekommen, wenn sie doch so liebevoll und wunderschön und bezaubernd war?

„Es tut mir leid, was heute Morgen passiert ist", sagte sie, als sie die Konturen meiner Lippen nachzeichnete. „Ich habe dir versprochen, dass ich dich nie wieder auf diese Art und Weise verlassen würde, und das meinte ich auch so. Ich bin traurig, dass du denkst, ich wäre dazu fähig. Es hat mir Angst gemacht, als du aus deinem Albtraum aufgewacht bist, Ethan. Ich hasse es, dich so sehen zu müssen."

Ich küsste ihren Finger. „Der egoistische Teil von mir war so froh, dass du hier warst. Dich neben mir zu sehen, als ich aufgewacht bin, war eine derartige Erleichterung, dass es mir nicht einmal möglich ist, die Emotionen zu beschreiben, die mir in dem Moment durch den Kopf gegangen sind. Aber der andere Teil von mir hasst es, wovon du Zeuge geworden bist." Ich schüttelte meinen Kopf. „Ich *hasse* es, dass du mich so gesehen hast, Brynne."

„Du hast mich doch auch nach einem Albtraum gesehen und es hat nichts daran geändert, was du für mich empfindest", sagte sie.

„Nein, das hat es nicht."

„Warum sollte es mir dann anders gehen, Ethan? Und du willst mir nichts erzählen... Du willst mich nicht reinlassen." Das verletzte sie; das konnte ich hören.

„I-ich kann es nicht erklären... Aber ich gebe mein Bestes, okay? Eigentlich habe ich nie wirklich jemandem erzählt, was passiert ist. Ich weiß nicht, ob ich das kann... und ich weiß, dass ich dich diesem dunklen Ort nicht aussetzen möchte. Ich will nicht, dass du mich dorthin begleitest, Brynne."

„Oh, Baby." Sie rieb mit ihren Fingern über meine Schläfen und sah mir tief in die Augen. „Aber für dich würde ich an diesen Ort gehen." Sie betrachtete mich aufmerksam. „Ich will dir wichtig genug sein, dass du mir deine Geheimnisse anvertraust, und auch du musst mich reinlassen. Ich bin eine gute Zuhörerin. Worum ging es in dem Traum?"

Für sie wollte ich versuchen, normal zu sein. Ich wusste nur nicht, ob ich das sein könnte. Ich nahm an, dass ich mich damit auseinandersetzen müsste, wenn ich sie behalten wollte. Brynne war dickköpfig, und ein Teil von mir wusste, dass sie die Sache nicht einfach loslassen würde, nur weil ich ihr sagte, dass ich nicht darüber sprechen wollte.

„Du bist mir bereits wichtig genug, Brynne. Du bedeutest mir einfach alles."

Ich zeichnete ihre Gesichtszüge nach und küsste sie noch einmal, drang mit meiner Zunge tief in ihren Mund ein, genoss den süßen Geschmack und liebte es, dass sie sich mir so bereitwillig hingab. Aber irgendwann musste der Kuss enden, und schließlich musste ich mich noch dem Gedanken stellen, der mir keine Ruhe ließ.

Ich nahm allen Mut zusammen, atmete tief ein, rollte auf meinen Rücken und richtete meinen Blick gen Himmel. Der Tag war so grau wie meine Stimmung, und es hatte den Anschein, dass es bald regnen würde. Das harmonisierte wirklich prima mit den Gedanken in meinem Kopf – alles vernebelt. Brynne blieb auf ihrer Seite, wartete darauf, dass ich etwas sagte.

„Es tut mir leid, was letzte Nacht passiert ist und wie ich dich danach behandelt habe. Ich muss dich überwältigt haben, das war einfach zu viel." Ich senkte meine Stimme zu einem Flüstern. „Vergibst du mir?"

„Natürlich tue ich das, Ethan. Aber ich will auch verstehen, warum es passiert ist." Sie streckte ihre Hand aus und legte sie auf meine Brust, direkt über mein pochendes Herz.

„Der Albtraum hat etwas mit der Zeit zu tun, als ich noch bei den Special Forces war. Mein Team wurde in einen Hinterhalt gelockt; die meisten wurden umgebracht. Ich war der Offizier und meine Waffe blockierte. Ich wurde gefangen genommen… die Afghanen hatten mich für zweiundzwanzig Tage in ihrer Gewalt."

Sie sog scharf den Atem ein. „Bist du so zu den Narben auf deinem Rücken gekommen? Haben die dir das angetan?" Sie sprach sanft, aber ich konnte die Sorge in ihrer Stimme hören.

„Ja. Sie haben immer wieder mit einem Seil auf meinen Rücken eingeschlagen… und auch mit anderen Dingen."

Sie packte mich etwas fester und ich schluckte schwer, als ich fühlte, wie dieses beklemmende Gefühl in mir aufstieg. Ich fuhr fort, aber ich hatte ein schlechtes Gewissen, dass ich ihr Einzelheiten vorenthielt. Wie sollte ich ihr erklären, dass die schlimmsten Narben nicht auf meinem Rücken zu finden waren.

„Ich habe von etwas geträumt, dass wirklich passiert

ist… und zwar bin ich an den Ort zurück, als ich dachte, ich würde gleich –" Ich musste stoppen. Ich atmete so schnell ein und aus, dass ich kein Wort herausbrachte. Ich konnte es einfach nicht aussprechen. Nicht vor ihr.

„Dein Herz schlägt wie wild." Sie senkte ihre Lippen auf meine Brust und küsste die Stelle, an der mein pochender Muskel das Blut durch meinen Körper jagte. Ich legte meine Hand auf ihren Hinterkopf und streichelte immer und immer wieder über ihre Haare. „Schon okay, Ethan, du musst nicht weitererzählen, bis du dazu bereit bist. Und wenn es soweit ist, werde ich für dich da sein." Ihre Stimme wurde wieder von diesem traurigen Ton begleitet. „Ich will nicht, dass du wegen mir Schmerzen erleiden musst."

Mit der Rückseite eines Fingers streichelte ich ihr über die Wange. „Bist du real?", flüsterte ich.

Sie sah mich an und nickte.

„Als ich heute Morgen aufgewacht bin und du nicht hier warst, dachte ich, dass du mich vielleicht wegen dieser verkorksten Situation von letzter Nacht verlassen hast. Dann habe ich die Nerven verloren. Brynne… ich kann nicht mehr ohne dich sein. Das weißt du doch, oder? Das würde ich einfach nicht schaffen." Ich berührte die rote Markierung auf ihrer Schulter, die Stelle, an der ich mit meinen Zähnen an ihr geknabbert hatte, als ich mich auf dem Höhepunkt meiner explosiven Erlösung befunden hatte. „Ich habe eine Markierung hinterlassen. Das tut mir auch leid." Ich ließ meine Zunge über die kleine Wunde gleiten.

Sie erschauerte bei der Berührung. „Hör mir gut zu." Sie nahm mein Gesicht in ihre Hände und hielt mich fest. „Ich liebe dich und ich will mit dir zusammen sein. Ich weiß, dass ich dir das nicht oft sage, aber das bedeutet nicht, dass es weniger wahr ist. Ethan, wenn ich nicht mit dir zusammen sein wollen würde, oder nicht könnte, dann wäre ich das auch nicht; aber dann hätte ich dir das schon gesagt."

Ich atmete erleichtert aus, das Gefühl so intensiv, dass ich eine Minute brauchte, um meine Stimme wiederzufinden. „Sag das noch einmal."

„Ich liebe dich, Ethan Blackstone."

KAPITEL 10

Wir waren im Gladstone's zum Mittagessen verabredet und Ivan war spät dran. Keine Ahnung, warum ich bei meinem Cousin noch immer die Hoffnung hatte, dass er pünktlich sein könnte, denn er gab sich nicht einmal Mühe. Ich sah auf meine Uhr, bevor ich meine Augen durch den Raum schweifen ließ. Im letzten Jahrhundert hatte dieses Restaurant noch als Gentleman's Club gedient, aber für die heutige Zeit war es mit weißen Tischdecken, viel Glas und hellem Holz neu gestaltet worden. Jetzt erinnerte es nicht mehr an einen von Männern dominierten Ort, in dem sich nur die Elite von London herumgetrieben hatte.

Allerdings würde Ivan in diese Kategorie passen. Mein Cousin gehörte dem Adel an, auch wenn er es hasste, daran erinnert zu werden. Aber er benahm sich auch nicht so. Niemand konnte beeinflussen, in welchem Umfeld er auf die Welt kam. Ivans Vater war der ehemalige Baron von Rothvale gewesen. Eine Tatsache, die Ivan nicht hätte ändern können, auch wenn er das gewollt hätte. Und ich hätte keinen Einfluss darauf nehmen können, ob mein Vater ein Taxi durch London fahren würde oder nicht. Wir hatten eine Verbindung, die weitaus tiefer war und die mit Geld nichts zu tun hatte.

Wem machte ich hier etwas vor? Wenn es nach mir ginge, könnte Ivan von einer Klippe springen. Schließlich saßen mir am Tisch zwei wunderschöne Frauen gegenüber, die glücklich und hinreißend aussahen – mein Mädchen und ihre beste Freundin.

„Ihr zwei seht aus, als wäre es eine erfolgreiche Shoppingtour gewesen." Ich schenkte den beiden etwas von dem Riesling ein, den ich zuvor bestellt hatte.

Brynne und Gabrielle grinsten sich verschwörerisch an. Sie schienen ein Geheimnis zu teilen, das wahrscheinlich die Vorstellungen eines Mannes übertreffen würde. Sie waren gerade auf einer Shopping-Tour für Kleider gewesen, als ich eine Nachricht von Brynne bekam, in der sie mich fragte, was ich um die Mittagszeit vorhätte. Da sie sich nicht weit vom Gladstone's rumtrieben, hatte ich ihnen vorgeschlagen, sich meinem Mittagessen mit Ivan anzuschließen. Ich wollte ihm Brynne sowieso vorstellen. Auch weil ich darauf hoffte, dass er seine Verbindungen zur National Gallery nutzen könnte. Zur Hölle nochmal, ich war nicht zu stolz, um nach einem Gefallen zu fragen. Die Frage war, ob er sich kümmern würde. Der Kerl saß schließlich im Vorstand eines der bekanntesten Kunstmuseen der Welt, aber diese Ehre könnte ihm nicht noch mehr am Arsch vorbeigehen. Ich war mir sogar ziemlich sicher, dass

Ivan diese Sache aufgeben würde, wenn ihm das möglich wäre.

„Das kann man wirklich sagen, Ethan. Brynne hat für die Mallerton-Gala ein fabelhaftes Vintage-Kleid gefunden. Du wirst schon sehen", warnte mich Gabrielle.

Ich verzog mein Gesicht. „Willst du mir damit sagen, dass sie noch bezaubernder aussehen wird als sonst?" Ich fand Brynnes Blick und sah, dass sie rot wurde, bevor ich mich wieder Gabrielle zuwandte. „Genau, was ich brauche – noch mehr Bewunderer, die ihr nachjagen. Ich dachte, dass ich mich auf dich verlassen könnte, Gabrielle, dass du mir etwas behilflich bist?" Ich hakte nach. „Warum hast du sie nicht in ein Geschäft gezogen, das unattraktive Bademäntel verkauft?" Die Worte, die aus meinem Mund kamen, klangen vielleicht scherzhaft, aber insgeheim meinte ich sie todernst. Ich hasste es, wenn Brynne von Männern angestarrt wurde und es so aussah, als würden sie sich mein Mädchen nackt vorstellen.

Gabrielle zuckte mit den Achseln. „Tante Marie hat uns auf den Laden aufmerksam gemacht. Diese Frau hat ein unglaubliches Talent, wenn es um einzigartige und seltene Dinge geht. Ein wunderschöner, kleiner Laden mit Vintage-Sachen, der in einer abgelegenen Ecke von Knightsbridge liegt. Ich weiß jetzt schon, dass ich mich dort bald wieder finden werde." Sie schmunzelte mich an. „Außerdem brauchst du die Konkurrenz, Ethan. Das tut dir gut." Sie nahm einen Schluck von dem Wein und richtete ihre Aufmerksamkeit auf ihr Handy, um ihre Nachrichten zu checken.

„Gar nicht wahr. Ich hab es schon schwer genug!" Ich nahm Brynnes Hand in meine und küsste diese. „Ich bin froh, dass wir uns zum Mittag getroffen haben."

Sie lächelte mich einfach nur auf ihre geheimnisvolle Art an, sagte aber nichts. Ich wünschte, wir wären allein.

Soweit ich das sehen konnte, war Gabrielle eine hingebungsvolle Freundin und würde einfach alles für Brynne tun. Wir hatten eine Abmachung, solange sie mich als einen Freund und nicht als Feind ansehen würde. Es hatte den Anschein, als hätte ich den Test bestanden. Auch sie war eine wunderschöne Frau; aber sie war nicht mein Typ. Mit ihren langen, braunen Haaren, die einen kaum erkennbaren Rotstich aufwiesen, in Verbindung mit diesen grünen Augen, sah sie einfach atemberaubend aus. Und dann hatte sie auch noch eine Bombenfigur. Auch wenn sie nicht mein Typ war, hatte ich schließlich Augen im Kopf.

Die Farbe ihrer Augen erinnerte mich an Ivans. Ein ähnliches Grün. Ich fragte mich, was er von ihr halten würde, wenn er sie kennenlernte. Der Frauenheld schlechthin. Ich könnte wetten, dass sie ihm sehr, sehr gut gefallen würde. Ich musste ein Lachen unterdrücken. Gabrielle würde ihm wahrscheinlich ins Gesicht sagen, dass er sie am Arsch lecken könnte und er würde sich über die Lippen lecken und sie fragen, wann sie dafür denn Zeit hätte. Wäre bestimmt amüsant, die beiden zu beobachten. Jedenfalls wenn er es jemals schaffen würde, seinen Arsch ins Restaurant zu bekommen.

Brynnes Mitbewohnerin war auch eine Amerikanerin, die in London wohnte, an der Uni Kunst studierte und versuchte, weit weg von zu Hause ihren Weg zu finden. Allerdings war ihr Vater ein britischer Staatsbürger, der bei der Londoner Polizei arbeitete. Robert Hargreave, Hauptkommissar bei Scotland Yard. Ich hatte mir seine Informationen geben lassen, und bisher wirkte er grundsolide, ein respektierter Kriminalbeamter. Es wäre wahrscheinlich nicht verkehrt, ein Treffen mit ihm anzusetzen, auch wenn es an der Oakley Front zurzeit ruhig schien. Keine Neuigkeiten waren gute Neuigkeiten…hoffte ich jedenfalls.

„Welche Farbe hat dieses Wahnsinns Kleid, bei dem ich nicht fähig sein werde, meine Eifersucht zu kontrollieren, wenn Männern sofort das Wasser im Mund zusammenläuft, sobald sie dich darin sehen?", fragte ich Brynne.

„Es ist lavendelblau." Sie lächelte mich an. „Tante Marie hat sich dort mit uns getroffen und wir hatten so viel Spaß mit ihr. Sie hat wirklich ein Auge für Mode."

„Du hättest sie mitbringen sollen."

„Es hätte mir gefallen, wenn sie mit uns gegessen hätte, aber sie hat sich stattdessen mit ihrem Buchclub zum Mittag getroffen. Sie hat mich aber noch gebeten, dir auszurichten, dass sie es gar nicht abwarten kann, dich kennenzulernen." Wieder wurde Brynne rot, als wüsste sie nicht, was sie davon halten sollte, dass sich unsere Verwandten bald kennenlernen würden.

In der Öffentlichkeit hatte sie diese schüchterne Art an sich, die ich wirklich bezaubernd fand. Aber sobald es um den sexuellen Aspekt unserer Beziehung ging, war davon nichts mehr zu sehen. Nein. Mein Mädchen war nicht schüchtern, wenn sie mit mir intim wurde, und auch das gefiel mir. Ich rechnete kurz nach, wie viele Stunden wir noch bis heute Abend überbrücken müssten, bis ich sie endlich wieder in unser Schlafzimmer bringen und sie mir zeigen konnte, dass sie alles andere als schüchtern war.

In letzter Zeit ließen wir wirklich nichts anbrennen. Wir trieben es einfach überall. Im Bett, in der Dusche, auf dem Schreibtisch in meinem Büro, auf dem Kaminvorleger, auf den Liegen des Balkons und sogar im Fitnessraum. Ich rutschte auf dem Stuhl hin und her, als ich mich mit Freude an das heutige *Workout* erinnerte. Wer hätte schon ahnen können, wie viel Spaß ich auf einer Hantelbank haben würde, wenn Brynne nackt war und auf meinem harten –

„Du wirst Marie lieben, Ethan", unterbrach Gabrielle meine erotischen Gedankengänge, während sie noch immer ihre Nachrichten checkte. Eigentlich müsste ich meinen Schwanz etwas entlasten, stattdessen zwang ich mich zu einem Lächeln.

Noch musste ich die verehrte Tante Marie kennenlernen, aber das würde bald passieren. Wir hatten uns dazu entschieden, die Familie zusammenzubringen. Bei einem Abendessen in meiner Wohnung. Mein Vater, Brynnes Tante, Gabrielle, Clarkson, Neil und Elaina standen auf der kleinen Liste. Wir hatten die Sache diskutiert und hatten das Gefühl, dass es höchste Zeit war, alle auf den neuesten Stand zu bringen. Einerseits wegen dem, was sich zwischen Brynne und mir entwickelte, aber auch wegen den möglichen Gefahren für mein Mädchen. Sie alle spielten eine bedeutende Rolle in unserem Leben und wussten bereits über Brynnes Vergangenheit Bescheid. Daher sollten sie wissen, mit welchen Risiken wir es zu tun hatten..

„Na ja, ich kann es nicht erwarten, sie kennenzulernen. Es klingt, als würde sie euch ebenso vergöttern." Ich sah wieder auf meine Uhr. „Ich kann einfach nicht glauben, dass Ivan noch immer nicht aufgetaucht ist. Er ist unmöglich."

„Warum rufst du ihn nicht an?", schlug Brynne vor.

„Das wäre eine totale Zeitverschwendung. Er geht nie an sein Handy. Ich bezweifle sogar, dass er es überhaupt jemals anmacht", antwortete ich trocken.

„Oh, verdammt!" Gabrielle sah von ihrem Handy hoch. „Ich muss zur Uni. Es gibt Probleme. Ein Unfall, bei dem Lösungsmittel auf einem seltenen Gemälde von – halt dich besser fest – Abigail Wainwright gelandet ist." Gabrielle sah uns geschockt an, stand im nächsten Augenblick auf und suchte ihre Sachen zusammen. „Keine gute Kombination."

„Nein, das ist alles andere als gut", sagte Brynne und schüttelte ihren Kopf, „das Lösungsmittel wird sich durch die Leinwand fressen, wenn sie nicht…"

Ich versuchte, mit dem Fachchinesisch mitzuhalten, aber das fiel mir nicht leicht. Künstlerisch gesehen, war ich eine totale Niete. Aber ich konnte das Talent würdigen. Meiner Meinung nach war das Gemälde, an dem Brynne arbeitete, der Inbegriff der Kunst.

„Brauchst du eine Mitfahrgelegenheit? Neil kann dich zur Uni bringen, wenn du das möchtest", bot ich an.

„Nein, ich komm schon klar. Ich ruf mir ein Taxi – das geht schneller. Ich muss sofort los, aber danke für das Angebot. Wir sehen uns morgen Abend, Ethan. Genießt noch euer Essen."

„Gib mir Bescheid, wie es gelaufen ist", sagte Brynne zu ihrer Freundin. „Wenn jemand das Chaos richten kann, dann bist du das, Gaby!"

Gabrielle umarmte Brynne zum Abschied und winkte uns noch ein letztes Mal zu, bevor sie Gladstone's verließ und viele anerkennende Blicke von Männern auf sich zog.

Ich lächelte Brynne an und nahm ihre Hände in meine. „Jetzt hab ich dich ganz für mich allein." Die nächsten Worte flüsterte ich. „Eine Schande, dass wir in der Öffentlichkeit sind."

„Ich weiß. Allerdings kommen wir nicht oft dazu." Sie drückte meine Hände. „Du warst in letzter Zeit sehr beschäftigt. Ich kann mir kaum vorstellen, was du wegen den Olympischen Spielen alles zu tun hast. Gott, das ist eine wirklich große Sache, Ethan. So viele Leute." Sie grinste. „William und Kate."

Ich nickte. „Das ist wahr. Die beiden werden bei den Events sein. Prinz Harry auch. Amüsanter Kerl."

„Du kennst ihn?", fragte sie ungläubig.

Wieder nickte ich. „Ich kann versuchen, euch vorzustellen, wenn du magst... aber nur, wenn du kein Interesse an Prinzen mit roten Haaren hast."

„Nicht im Geringsten", teilte sie mir mit einem sinnlichen Augenaufschlag mit. „Mir gefallen eher Sicherheitsmänner mit dunklen Haaren."

Wer hatte bitte die Heizung aufgedreht? Ich sah mich sogar im Raum um, in der Hoffnung, eine Tür mit dem Wort ,Privat' zu entdecken. Denn in dem Fall hätte ich sie in wenigen Sekunden hinter der Tür und in ihrer ganzen Nacktheit vor mir stehen.

„Du kannst wirklich fies sein, Miss Bennett."

Sie sah sehr selbstzufrieden aus, als sie mir im Restaurant gegenüber saß. So selbstzufrieden, dass ich mich wieder an das Spanking erinnerte, dass ich ihr im Badezimmer verpasst hatte. Mein Gott, sie war wirklich sexy, wenn sie entschlossen war, mich in den Wahnsinn zu treiben.

„Also, um wieder aufs Thema zurückzukommen. Du kümmerst dich um das Sicherheitskonzept für die Olympischen Spiele, Ethan!" Ihre Aufregung brachte mich wieder zurück in die Realität. Was im Moment wahrscheinlich gut war.

„Na ja, ich beschwere mich nicht. Der Auftrag ist gut fürs Geschäft, aber ohne den Stress könnte ich auch gut leben. Ich möchte einfach nur, dass alles glatt geht. Keine Verschwörungen oder irgendwelche Verrückte mit einer Axt und wahnwitzigen Vorstellungen. Keine Bomben oder Peinlichkeiten. Dann kann ich wieder durchatmen. Solange ich meine Klienten beschützen kann, bin ich zufrieden." Ich griff nach meinem Wein. „Lass uns bestellen. Ich glaube nicht, dass Ivan noch auftaucht. Der muss sich einfach bei allem verspäten!" Ich motzte vor mich hin, als ich die Speisekarte öffnete.

Brynne sagte mir ihre Bestellung, falls der Kellner auftauchen sollte. Dann entschuldigte sie sich, um sich frisch zu machen. Ich beobachtete sie, als sie sich auf den Weg zu den Toiletten machte und sah die Blicke, die sie von anderen bekam. Ich seufzte. So zurückhaltend Brynne auch war, sie hatte trotzdem dieses gewisse Etwas, das die Aufmerksamkeit der Leute auf sich zog. Eine Sache, auf die ich verzichten könnte, aber ich verstand, dass es dazu gehörte, wenn ich mit ihr zusammen sein wollte. Männer würden sie immer ansehen. *Und sie begehren. Und versuchen, sie mir wegzunehmen.*

Bei der Arbeit ging es gerade drunter und drüber, und je mehr ich zu tun hatte, desto mehr wurde meine Aufmerksamkeit beim Job verlangt, wodurch ich weniger Zeit hatte, um für ihre Sicherheit zu sorgen. In den letzten beiden Wochen war es zwischen Brynne und mir gut gelaufen, aber natürlich war ich besorgt. Ich würde mir immer Sorgen machen. Ich war schon lange genug in diesem Business tätig, um zu wissen, dass es keine gute

Idee war, seine Deckung zu vernachlässigen, nur weil es den Anschein hatte, dass alles gut lief. Sie war noch immer sehr verletzlich und der Gedanke bereitete mir schlaflose Nächte.

„Sorry, E. Ich hab nicht auf die Zeit geachtet", unterbrach Ivan meine Gedankengänge und ließ sich gegenüber von mir auf den Stuhl plumpsen.

„Wie rücksichtsvoll von dir, doch noch aufzutauchen. Für das Treffen, das *du* wolltest. Und dort kannst du nicht sitzen; Brynne leistet mir Gesellschaft." Ich zeigte auf einen anderen Stuhl. „Sie kommt gleich wieder."

Ivan setzte sich um. „Es kam etwas dazwischen und mir wurde aufgelauert."

„Richtig", schnaubte ich. „Deinem Schwanz wurde aufgelauert. Wer hat dich nicht aus dem Bett gelassen?"

„Halt's Maul; so war es gar nicht. Die verfluchten Reporter haben mich verfolgt. Ich brauch wirklich etwas Härteres als das." Er starrte den Wein an und winkte einen Kellner an unseren Tisch. Der leere und schmerzerfüllte Blick in seinen Augen zeigte sich nur für einen kurzen Moment, bevor er diesen wieder unter Kontrolle hatte.

Ich ließ ihn. Mein Cousin hatte seine Fehler, aber wer hatte die nicht. Ich meinte damit auch nicht, dass er es verdiente, was er durchmachen musste. Oh ja, Ivan war genauso verkorkst wie der Rest von uns.

Wenige Minuten später kam Brynne wieder auf unseren Tisch zugelaufen, ihr Gesichtsausdruck schwer zu deuten; aber wenn ich raten müsste, würde ich sagen, dass ihr etwas durch den Kopf ging. Ich fragte mich, was es war.

Ich stand auf, streckte meine Hand nach ihrer aus und trat gegen Ivans Stuhlbein, damit er seinen Arsch hochbekam. Er sprang auf und seine Augen weiteten sich, als er sie sah. Jetzt wünschte ich mir, dass ich stattdessen *sein* Bein getroffen hätte.

„Brynne, mein Cousin, Ivan Everley. Ivan, Brynne Bennett, *meine* wunderschöne Freundin. Und nur um sicherzugehen, wiederhole ich es gerne noch einmal: Sie ist vergeben."

„Enchanté, Brynne." Er nahm ihre Hand und küsste diese auf eine Art und Weise, die kaum noch als neutral angesehen werden konnte, jedenfalls nicht, wenn es nach mir ging. Aber hatte ich tatsächlich etwas anderes von ihm erwartet?

Wirklich eine dumme Frage.

Sie betrachtete ihn mit einem bezaubernden Lächeln und grüßte Ivan höflich, als ich ihr den Stuhl zurechtrückte, bevor auch ich mich wieder setzte. Ivan stand noch immer, der Volltrottel.

„Du kannst dich jetzt hinsetzen, Cousin. Und roll die Zunge zurück in deinen Mund", sagte ich.

„Also, Brynne, ich war bereit, dich zu fragen, wie du dir Ethan geangelt hast. Aber jetzt, da ich dich kennengelernt habe, denke ich, es wäre besser, *ihm* diese Frage zu stellen." Mit einem dramatischen Ausdruck auf dem Gesicht sah er nun mich an. „Wie zur Hölle ist es dir gelungen, ein derart exquisites Geschöpf an Land zu ziehen, E? Also wirklich, sieh sie dir nur an! Und dann sieh dich an. Na ja, du bist immer so langweilig und mürrisch." Sein Blick fiel wieder auf Brynne. „Meine Liebe, was gefällt dir nur an ihm?" Er setzte einen Gesichtsausdruck auf, der wahres Interesse heucheln sollte und stützte sein Kinn auf den Händen ab.

„Mein Gott, du bist wirklich ein Idiot, Ivan!"

Brynne lachte und erzählte ihm, dass ich so hartnäckig gewesen war, bis ich bekommen hatte, was ich wollte: Ein Date mit ihr. „Er war sehr hartnäckig, Ivan. Ethan hat nicht aufgegeben und schließlich bin ich mit ihm ausgegangen." Sie trank von ihrem Wein und zwinkerte mir zu. „Ihr seid so verschieden. Wart ihr euch schon immer so nah?", fragte Brynne.

„Ja", sagten Ivan und ich gleichzeitig. Ivan fand meinen Blick und wir kommunizierten mit den Augen. Aber so schnell wie dieser Moment kam, war er auch wieder vorbei. Dieses Gespräch würden wir an einem anderen Tag führen. Das war ein privates Essen.

„Immer nah dran, uns umzubringen!" Ich grinste Brynne an. „Aber mal ehrlich, ich halte ihn am Leben und toleriere seine nervigen Angewohnheiten, und Ivan gibt vor, dankbar zu sein, richtig, Ivan?"

„Ich schätze, das ist besser, als mich tot zu wollen", antwortete er.

Brynne lachte. „Wer will dich tot sehen, Ivan?"

„Sehr viele Leute!" Wieder sprachen Ivan und ich gleichzeitig.

Als wir Brynnes amüsierten Gesichtsausdruck sahen, mussten wir beide lachen. Dann kam der Kellner, um sein Ding durchzuziehen, was bedeutete, dass es ein paar Minuten dauerte, bis ich mehr von meinem Cousin erzählen konnte.

„Hmmm, wo soll ich anfangen?" Ich legte eine dramatische Pause ein. „Unsere Mütter sind Schwestern und wir haben schon immer viel Zeit miteinander verbracht. Ich bezweifle allerdings, dass wir uns auch nur begegnet wären, wenn wir nicht blutsverwandt wären. Ivan gehört zur Elite, weißt du. Von Geburt an, und auch wenn man den Weltverband der Bogenschützen fragt." Ivan sah mich mit zusammengekniffenen Augen an. „Brynne, du hast gerade Lord Rothvale, den dreizehnten Baron, vor dir sitzen. Oder wie er von seinen Sportkameraden genannt wird: *Lord Ivan*." Ich machte eine wedelnde Bewegung mit meiner Hand. „Wie er leibt und lebt."

Jetzt war es Brynne, die geschockt aussah. „Rothvale... reden wir von der Galerie, in der ich Gemälde restauriere?"

„Na ja, ja. Die Galerie wurde aber nach meinem Ur-ur-urgroßvater benannt. Ich habe mit der Rothvale Galerie nichts zu tun", sagte er.

„Mit der National Gallery aber schon", erinnerte ich ihn.

Brynne sah mich ungläubig an, dann Ivan. „Du sitzt im Vorstand der National Gallery, Ivan?"

Er seufzte schwer. „Richtig, meine Liebe, aber nicht aus freien Stücken. Ich habe den Posten geerbt und kann mich einfach nicht aus der Verpflichtung zurückziehen. Ich muss zugeben, dass mein Wissen in diesem Bereich recht dürftig ist. Ganz im Gegenteil zu dir. E hat mir erzählt, dass du eine Expertin bist, wenn es um das Restaurieren von Gemälden geht."

„Ich liebe, was ich tue. Zurzeit arbeite ich an dem wunderschönsten Mallerton, den du dir vorstellen kannst." Brynne sah mich an und griff nach meiner Hand. „Ethan hat mir dabei geholfen, das Geheimnis des Buches zu lösen, das die Frau im Gemälde in den Händen hält."

„Brynne ist diejenige, der die Ehre gebührt", sagte ich, während ich mit meinem Daumen über die Hand streichelte, die ich nie wieder loslassen wollte, „ich habe einfach nur ein bisschen Französisch übersetzt."

Ivan klang amüsiert. „Wow... ihr steht wirklich beide auf diesen Kram. Soll ich euch vielleicht allein lassen, damit du noch mehr Französisch für sie übersetzen kannst?"

Brynne entriss mir ihre Hand und ich funkelte Ivan wütend an.

Ivan antwortete mit einem Schmunzeln auf den Lippen. „Ich hätte vielleicht ein Jobangebot. Vielleicht sogar für eine gesamte Crew." Er zuckte mit den Achseln. „Mein Anwesen in Irland, Donadea, hat mehrere Räume, die mit Gemälden aus dem neunzehnten Jahrhundert vollgestopft sind. Auch scheiß viele von Mallerton." Ivan legte ein verlegenes Lächeln auf. „Entschuldige meine Ausdrucksweise, aber ich will die Teile katalogisiert und aus meinem Haus heraus haben. Die sind bestimmt seit Jahrzehnten nicht mehr angefasst worden. Er schüttelte seinen Kopf und hob seine Hände hoch, als ob er sich von der Aufgabe distanzieren wollte. „Ich weiß nicht einmal, was sich alles darunter verbirgt. Aber es sind sehr, sehr viele Bilder und die brauchen eine professionelle Hand. Das steht auf meiner Liste von Dingen, die ich aus der Welt schaffen will." Ivan legte seinen Kopf auf die Seite, sein Fokus auf Brynne. Er warf ihr einen Blick zu, den er nicht auf meine Freundin richten sollte. „Interessiert?"

Nein, sie ist definitiv nicht interessiert. Weder will sie zu deinem irischen Anwesen fahren noch deine Gemälde katalogisieren. Du würdest sowieso nur versuchen, sie in dein Bett zu bekommen!

„Ja!", sagte Brynne.

„Kotz", stöhnte ich. „Nur wenn ich sie als Anstandsdame begleiten kann, und mein Terminkalender ist bis August dicht gefüllt." Ich bedachte ihn mit einem Blick, der deutlich machen sollte, dass ich Brynne nur über meine Leiche und dahinvegetierenden Körper allein zu seinem Anwesen in Irland fahren lasse.

„Was denn? Vertraust du mir etwa nicht, E? Dein eigen Fleisch und Blut?" Er schüttelte seinen Kopf. „Das ist wirklich traurig."

„Mit ihr? Niemals!" Ich nahm wieder Brynnes Hand in meine. Der Drang, sie zu berühren, verdrängte die Tatsache, dass ich mich bei jedem wie ein eifersüchtiger Bastard verhielt, der versuchte, mit ihr zu flirten, und das schloss meinen Cousin mit ein.

„Weißt du was? Ich sollte dir Gabrielle vorstellen, meine Mitbewohnerin. Sie schreibt ihre Masterarbeit über Mallerton. Sie ist die Richtige für den Job, Ivan. Gaby war gerade noch hier, musste aber los. Es ist wirklich eine Schande, dass ich euch nicht schon heute vorstellen konnte." Brynne lächelte, mehr als stolz auf ihren Vorschlag. Mit etwas Kraftanstrengung und einem tadelnden Blick entzog sie mir ihre Hand.

„Ja!", sagte ich, plötzlich sehr interessiert. „Gabrielle wäre wirklich perfekt, Ivan." Ich konnte es gar nicht abwarten, die Funken zwischen den beiden sprühen zu sehen. Und zur Hölle nochmal. Die ganze Geschichte war Brynnes Idee gewesen, also war ich sicher. Alles, was seine Aufmerksamkeit von Brynne wegreißen würde, gefiel mir außerordentlich gut. „Ich stell euch bei der Mallerton Gala einander vor. Versuch, nicht zu viel zu reden, dann wird alles gut laufen", sagte ich trocken. „Zeig ihr einfach die Gemälde."

Er ignorierte mich und richtete seinen Charme auf meine Freundin. „Das ist so nett von dir, Brynne. Vielen Dank. Es würde mir über alle Maßen gefallen, deine Freundin kennenzulernen, damit sie sich sofort an den Job machen kann. Das ist ein Problem, das sich schon vor Jahrzehnten in Luft hätte auflösen sollen…"

Ha! Warte nur, bis du die volle Breitseite von Gabrielle zu spüren bekommst. Dann wirst du dir wünschen, wieder zu deinen alten Problemen zurückzukehren!

In dem Moment kam unser Essen. Ivan konnte aber auch dann nicht aufhören, Brynne einen Haufen Blödsinn zu erzählen, bevor er sich mir zuwandte, um über sein Sicherheitsproblem zu sprechen, bevor es schließlich Zeit war aufzubrechen.

Ich ließ Brynne bei Ivan, als ich schon mal das Auto holte, das um die Ecke parkte. Ivan zwinkerte mir zu und versicherte mir, dass er ein Auge auf sie haben würde. Ich bedankte mich bei ihm, dass er das Essen bezahlt hatte und warf ihm einen eindeutigen Blick zu; eine Warnung, um ihm zu verstehen zu geben, dass ich seine Hilfe bei Brynne nicht brauchte. Ich kannte meinen Cousin und wusste, dass er mich nur aufzog. Noch nie hatte er mich so mit einem Mädchen beobachten können; der arme Kerl war über mein Verhalten wahrscheinlich total schockiert und würde mir in einer privaten Unterhaltung einiges zu sagen haben. *Einfach super.*

Ich gab dem Parkservice mein Ticket und suchte dann die Gegend ab. Eine Angewohnheit, die ich mir vor langer Zeit angeeignet hatte. Ein Kerl in einem braunen Jackett lehnte gegen ein Gebäude und wartete. Er hatte diesen sensationsgeilen Ausdruck in den Augen und eine Kamera um seinen Hals. Mir war gleich klar, dass er ein Paparazzo war. Paparazzi lebten von Bildern, die sie von berühmten Leuten machten und vor dem Gladstone's zu warten, gehörte zu diesem Lebensstil dazu. Ein Restaurant, in dem ständig jemand –seiner Meinung nach–

Bedeutendes auftauchen könnte.

Der Parkservice übergab mir mein Auto, und ich stieg ein und wartete. Ich machte das Radio an und es wurde „Butterfly" von Crazy Town gespielt. Passender Song, dachte ich, als ich mit meinen Daumen gegen das Lenkrad trommelte, während sich Brynne und Ivan beim Verlassen des Restaurants verdammt viel Zeit ließen.

Mir gefiel auch nicht gerade, wo ich Brynne jetzt hinfahren würde. Zu einem Fotoshooting. Wenn ich etwas an meinem Mädchen ändern könnte, dann wäre es das. Ich verabscheute und hasste es, dass sie sich für die Kamera auszog und andere Männer ihren Körper sahen. Sie war eine Schönheit, das stimmte; aber ich wollte nicht, dass andere sahen, was mir gehörte.

Meine Gedanken fanden ein jähes Ende, als Ivan für Brynne die Autotür öffnete, er sie auf beide Wangen küsste und aus dem Abschied eine riesige Show machte.

Und dann fing dieser Fotograf auch noch an, Bilder zu machen! Sie sahen wie berühmte Persönlichkeiten aus, auch wenn sie das nicht waren. Okay, Ivan war schon irgendwie bekannt. *Mein Gott!*

Brynne sah umwerfend aus, als sie neben meinem Cousin auf der Straße stand und sich mit ihm unterhielt. Ich fragte mich wirklich, wie ich das überleben sollte. Der Drang nach einer Zigarette war greifbar, aber mein Laster müsste warten.

„Mach's gut, Ivan! Es hat mich wirklich gefreut, dich kennenzulernen, und es wäre toll, wenn ich dich bei der Mallerton Gala wiedersehen würde." Brynne stieg ein und lächelte mich an.

„Mich hat es auch gefreut, deine Bekanntschaft zu machen, Brynne Bennett", Ivan grinste und beugte sich dann vor, um mit mir zu sprechen. „Tu mir einen Gefallen und kümmere dich gut um dieses bezaubernde Mädchen, in Ordnung? Keine Ausraster oder Wutanfälle, E. Du schaffst das; ich glaube an dich." Er lachte, als er die Tür zumachte.

„Na war das nicht spaßig", sagte ich in einem sarkastischen Tonfall, als ich mich in den Verkehr einreihte.

„Ich mag deinen Cousin wirklich sehr gern, Ethan. Er ist ein Charakter für sich. Ich bin froh, dass du uns vorgestellt hast. Ich kann einfach nicht fassen, dass er im Vorstand der National Gallery ist und du davon wusstest, ohne mir etwas zu sagen!" Spielerisch schlug sie gegen meine Schulter, was ich unglaublich heiß fand.

„Was soll ich sagen. Sorry? Ich weiß, dass er kein Interesse an der Kunst hat. Er ist einfach nur im Vorstand." Ich erinnerte mich an mein Versprechen, ihr immer alles zu erzählen, weshalb ich weitererzählte: „Ich habe ihm schon vor einer Weile von dir erzählt. Ich wollte herausfinden, ob es bei der National Gallery Zukunftsaussichten für dich gibt. Auch will ich, dass wir dir dieses Arbeitsvisum besorgen." Ich sah kurz zu ihr rüber. Sie war so wunderschön und strahlte, und ich wusste, dass ich alles tun würde, damit sie bei mir in England bleiben könnte. *Aber würde ich auch die Möglichkeit in Betracht ziehen, die Ivan am Telefon erwähnt und wahrscheinlich nur scherzhaft gemeint hat?*

„Oh, Ethan." Sie berührte mein Bein. „Das ist so süß von dir, aber ich kann mich auch allein um ein Gespräch bemühen. Das allein zu schaffen, bedeutet mir so viel. Ich will es mir verdienen, ohne einen Gefallen von deinem Cousin einfordern zu müssen. Egal, wie viele

Verbindungen er hat… oder wie sehr er es auch liebt zu flirten. Mein Gott, der Kerl ist echt unglaublich!"

„Erinnere mich nicht. Es gab während des Mittagessens einige Momente, in denen ich ihn erwürgen wollte."

„Aber das ist alles nur Theater, Ethan. So gut musst du ihn doch kennen. Er respektiert dich, und ich sehe, was für eine Art Beziehung ihr habt. Schon fast wie Brüder."

„Stimmt schon. Im Inneren ist Ivan ein wirklich guter Kerl. In letzter Zeit hat er viel durchgemacht." *Haben wir das nicht alle?* „Das hat ihn abgestumpft."

„Haben wir das nicht alle?", sprach sie meinen Gedanken aus.

Als Antwort nahm ich ihre Hand in meine und hielt sie in meinem Schoß. Ich wusste nicht, was ich dazu sagen sollte, wusste aber, dass wir es nicht mehr weit hatten.

Nichts wünschte ich mir im Moment sehnlicher, als dass diese Fahrt länger dauern könnte. Meine Stimmung verschlechterte sich mit jedem weiteren Meter, den wir näher an den Zielort kamen. Als ich schließlich vor dem Studio parkte, in dem sie heute arbeiten würde, war ich das reinste Nervenbündel. Ich hatte irrationale Gedanken und musste dagegen ankämpfen. Mein innerer Mr. Hyde bestritt mit meinem inneren Dr. Jekyll einen Kampf. Er trat dem guten und noblen Doktor in den Hintern und teilte mit Vergnügen kräftige Faustschläge aus.

„Was für Fotos werden heute gemacht?", verlangte ich zu wissen. *Und bitte sag mir, dass Kleidung dabei eine Rolle spielt.*

„Ethan", warnte sie. „Das haben wir doch bereits besprochen. Du kannst nicht mit reinkommen und du musst aufhören, dir darüber Gedanken zu machen. Nur ich und der Fotograf verbringen Zeit mit der Kamera. Wir gehen damit alle professionell um." Sie hielt inne. „Dessous kommen zum Einsatz."

„Welcher Fotograf?", fragte ich.

„Marco Carvaletti. Du bist ihm schon einmal begegnet."

„Oh, ich erinnere mich an den aalglatten Italiener sehr, sehr gut, mein Liebling. Er mochte es, dir Küsse aufzudrücken."

„Du kannst jetzt aufhören. Benimm dich nicht wie ein Idiot, Ethan", versuchte sie mir unmissverständlich klarzumachen. „Das ist mein Job, genauso wie du deinen Job hast."

Ich starrte sie an und wollte ihr sagen, dass sie nicht hineingehen und ihre Kleidung ausziehen konnte. Ich wollte in der Ecke des Raumes stehen und genau beobachten, was Carvaletti machte, jede Bewegung im Blick haben, jede Andeutung, die er an sie richtete. Ich wollte da sein, falls er sie berühren oder sein Blick an einen Ort wandern sollte, der mir nicht zusagte. Ich wollte das Auto umdrehen und sie nach Hause bringen. Ich wollte sie gegen die Wand gepresst ficken, sobald wir durch die Tür wären. Ich wollte, dass sie meinen Namen keuchte, wenn sie kam. Ich wollte, dass sie meine Länge in ihrer Pussy spürte – sie sollte fühlen, dass ich in ihr vergraben war. Ich wollte so viel.

Und nichts davon konnte ich jetzt haben. Nichts.

Ich müsste ihr einen Abschiedskuss geben und zu meinem Büro fahren. Ich müsste ihr sagen, dass sie Neil anrufen sollte, wenn sie bereit war, abgeholt zu werden, weil mein Nachmittag mit Meetings vollgestopft war und ich sie nicht holen konnte. Ich würde sie gehen lassen müssen. Ich müsste warten, bis die Tür hinter ihr ins Schloss gefallen und sie sicher im Gebäude wäre. Ich müsste losfahren und mein Mädchen in diesem Gebäude zurücklassen.

Das müsste ich alles tun.

Und ich hasste jede einzelne Sekunde.

AUCH als ich das Büro schließlich verließ, hatte sich meine Laune noch nicht gebessert. Ich rief Brynne an und wurde von der Mailbox begrüßt. Ich sprach ihr eine Nachricht drauf und sagte ihr, dass ich mich um das Abendessen kümmern würde, da ich wusste, wie müde sie immer nach den Fotoshootings war. *Denk nicht an diese verdammten Fotoshootings.*

Ich machte mir keine Sorgen, als sie nicht abnahm, da ich wusste, dass sie bereits Zuhause war. Neil meldete sich immer bei mir, nachdem er sie abgesetzt hatte. Ich hatte gehofft, dass wir die Nacht bei mir verbringen könnten, aber Brynne schien diese Idee nicht zu gefallen. Ich hatte nachgefragt und sie hatte sich dagegen gesperrt. Sie hatte gemeint, dass sie heute Nacht ihr eigenes Bett bräuchte und dass sie morgen wegen dem Familienessen sowieso zu mir kommen würde. Ich versuchte, sie jeden Abend bei mir zu haben, aber sie verhielt sich noch immer etwas zurückhaltend, wenn es um Kompromisse bei ihrer Unabhängigkeit ging. Sie war genervt von mir, wenn ich mich in ihre Entscheidungen einmischte oder versuchte, sie zu beeinflussen.

Ein Beispiel dafür: Ihre Beschäftigung als Aktmodell. *Du denkst wieder daran, Arschloch.*

Verdammt, Beziehungen waren echt harte Arbeit, und das die ganze Zeit.

Aber da ich so intelligent war, konnte ich meine Optionen abwägen – meine Wohnung ohne Brynne vs. das Gesamtpaket mit Brynne in ihrer winzig kleinen Wohnung, und auch mit weniger Privatsphäre, wenn Gabrielle in der Nähe war.

Die Entscheidung fiel mir nicht schwer. Brynne würde immer gewinnen.

Zur Hölle nochmal, ich träumte noch immer von einer Wiederholung des Wand-Ficks und fragte mich, ob ich sie vielleicht mit einem überraschen sollte, sobald ich bei ihr ankam.

Wo sollte ich das Essen für heute Abend holen? Wir mochten verschiedene Dinge. Ich hätte Lasagne von *Bellisima's* mitgebracht, aber da ich sofort daran erinnert wurde, dass Carvaletti Italiener war, hatte ich die Idee verworfen. *Dieser Bastard hat sie heute nackt gesehen.*

Brynne liebte mexikanisches Essen, aber wenn sie es selbst zubereitete, schmeckte es besser als mein Lieblingsmexikaner in der Stadt. Ich mochte den südamerikanischen Einfluss, den sie in das Essen hineinbrachte, wirklich sehr gern. Ich entschied mich für Indisch und rief an, um meine Bestellung für Butter-Hähnchen, Lamm-Curry und etwas Salat aufzugeben. Ich verließ gerade das Restaurant mit dem Essen in meiner Hand und schickte Brynne eine kurze Nachricht: **Bin bald bei dir, Baby. Ich habe uns indisches Hähnchen und Lamm geholt.**

Es dauerte nicht lange, bis ich eine Antwort bekam: **Hi. Bin sehr müde und will einfach nur ins Bett. Hunger hab ich auch nicht.**

Bitte? Mir gefiel nicht, wie diese Nachricht klang, und ich versuchte herauszufinden, was sie mir damit sagen wollte. Ich hatte ein komisches Gefühl. Wollte sie mir sagen, dass ich heute nicht vorbeikommen sollte oder einfach nur, dass sie keinen Hunger hatte? Der Inhalt der Nachricht machte dies nicht deutlich, auch wenn ich sie gefühlte zehn Mal gelesen hatte.

Ich war auch müde, schlecht gelaunt und litt an Nikotinentzug. Auch war ich mir nicht sicher, ob mein Gehirn für eine Unterhaltung mit dem unvernünftigen Verstand einer Frau bereit war. Ich wollte eigentlich nur etwas essen, duschen und mit ihr unter die Bettdecke krabbeln. Ich könnte sogar auf den Sex verzichten, aber auf die Nacht mit ihr zu verzichten, stellte keine Option dar.

Wir hatten eine Vereinbarung, wenn es darum ging, bei wem wir übernachten würden, denn egal in welcher Wohnung wir am Ende des Tages auch schliefen, ich wollte sie neben mir haben. Ich hatte ihr das am Anfang unserer Beziehung unmissverständlich klargemacht. Im Auto rief ich sie an und fuhr los.

„Hi. Ich habe keinen Hunger, Ethan." Sie klang merkwürdig.

„Was ist denn los, Brynne? Fühlst du dich nicht gut?" Das war mir neu. Bisher war sie noch nie krank gewesen, abgesehen von den Kopfschmerzen in der Nacht, in der wir uns kennengelernt hatten.

„Mein Bauch tut weh. Ich habe mich hingelegt."

„Denkst du, dass du krank wirst? Soll ich bei der Apotheke vorbeifahren und dir Medikamente holen?", bot ich an.

Sie schwieg kurz, bevor sie mir eine kryptische

Antwort gab. „Nein… ich habe Krämpfe."

Ahhh. Sie hatte ihre Periode. Das kannte ich bereits von meiner Schwester. Allerdings hatte ich mich damit noch nie in einer Beziehung auseinandersetzen müssen. Aber natürlich hatte ich auch noch nie so eine Beziehung gehabt wie die, die ich mit Brynne eingegangen war. Wenn du dich nur mit Frauen trafst, um Sex zu haben, dann kamen Unbequemlichkeiten wie „sie braucht Tampons und Schokolade" nicht zur Sprache. Aber ich bekam die Beschwerden von Freunden schon seit Jahren mit, und schließlich hatte ich eine Schwester. Durch sie hatte ich gelernt, dass es besser war, einer hormongesteuerten Frau Freiraum zu geben. Ich musste also annehmen, dass der Wand-Fick damit abgehakt war. Verdammt.

„Okay… ich kann dir eine Massage geben, sobald ich bei dir bin. Ist sonst alles in Ordnung? Wie ist das Fotoshooting gelaufen?" Ich fühlte, wie sich mein Körper anspannte, als ich auf ihre Antwort wartete.

„Ähm, das Shooting war okay. Gut." Sie schwieg kurz und dann hörte ich ein Schniefen. „Ich habe mit meiner Mutter telefoniert." Sie klang traurig und ich fragte mich, ob sie verschnupft klang, weil sie geweint hatte. Klang logisch. Beim dem Telefonat, das ich mit dieser Frau geführt hatte, hätte sie mich auch fast zum Weinen gebracht.

„Unser Gespräch ist nicht gut gelaufen."

„Das tut mir leid, Baby. Ich bin gleich bei dir, dann können wir darüber reden."

„Ich will nicht über sie sprechen!", antwortete sie. Sie war auf diese bezaubernde Weise stocksauer, die mich steinhart werden ließ, mich aber auch in Alarmbereitschaft versetzte.

Ich schwieg für einen kurzen Moment. „Das ist auch okay. Ich bin gleich bei dir."

„Warum seufzt du ins Handy?"

Mein Gott. Ich öffnete meinen Mund, schloss ihn aber wieder. Ich war mir sicher, dass ich wie ein Goldfisch aussehen musste. Ich hatte keine Ahnung, was ich auf diese Frage antworten sollte. „Das habe ich nicht."

„Du hast es doch gerade schon wieder getan!", tadelte sie mich. „Wenn du mich nur wegen dem Fotoshooting und meiner Mutter ausfragen möchtest, dann solltest du vielleicht gar nicht erst vorbeikommen. Darauf habe ich heute Abend nämlich wirklich keinen Bock, Ethan."

Haben teuflische Hormone mein Mädchen in Medusa verwandelt, die mich in Stein verwandeln will?

„Hast du keinen Bock, mit mir zu reden oder keinen Bock, mich überhaupt bei dir zu haben? Denn ich würde mich gern mit dir unterhalten." Ich versuchte, meinen Tonfall neutral zu halten, auch wenn ich mir nicht sicher war, ob mir das gelang. Aber noch besonnener würde ich nicht mit ihr sprechen können. Dieses dämliche Gespräch gefiel mir ganz und gar nicht. Es kotzte mich an.

Stille.

„Hallo, Brynne? Soll ich zu dir kommen oder nicht?"

„Ich weiß nicht."

Ich zählte bis zehn. *„Ich weiß nicht. Ist das deine Antwort?" Was zur Hölle ist denn seit unserem netten und romantischen Mittagessen im Gladstone's passiert? Ich will mein bezauberndes Mädchen zurückhaben!*

„Du hast schon wieder geseufzt."

„Verklag mich. Hör zu. Ich habe ein Auto, das mit indischem Essen gefüllt ist und weiß nicht, wo ich hinfahren soll. Kannst du mir bei der Entscheidung helfen,

Baby?"

Ich lehnte es verdammt nochmal ab, mich wegen diesem Scheiß mit ihr zu streiten. Sie hatte einen schlechten Tag und ihre Hormone spielten verrückt; damit würde ich klarkommen. Es würde mich ankotzen, wenn ich sie heute Abend nicht in meinen Armen halten könnte. Aber solange wir uns wegen so einem Scheiß nicht trennten... Medusa ruinierte mir vielleicht meinen Abend, aber in ein paar Tagen wäre sie wieder vom Erdboden verschwunden. Jedenfalls hoffte ich das.

„Okay... komm mich abholen", sagte sie in einem entschlossenen Tonfall.

Ich traute meinen Ohren nicht. „Dich abholen? Ich dachte, dass du heute Abend in deiner Wohnung bleiben wolltest. Vorhin hast du gesag –"

Sie unterbrach mich, ihre Zunge wie ein scharfkantiges Schwert. „Ich habe eben meine Meinung geändert. Ich will hier nicht bleiben. Ich werde eine Tasche packen und in fünf Minuten für dich bereitstehen. Ruf mich an, wenn du unten stehst, dann komme ich runter."

„Geht klar, Boss", sagte ich fassungslos und wartete, bis sie aufgelegt hatte, bevor ich einen langen und lauten Seufzer durch meine Lippen ließ. Ich schüttelte meinen Kopf und pfiff sogar, als ich ausatmete. Dann fuhr ich zu meiner scharfzüngigen, unvorhersehbaren und sehr verwirrenden Freundin, die heute Schlangen auf ihrem Kopf umhertrug. Ich war eben ein vernarrter Trottel.

Frauen... unheimliche Geschöpfe.

KAPITEL 11

„D as wird Tante Marie sein! Ethan, kannst du sie reinlassen? Ich hab die Hände voll." Von der Küche aus zeigte Brynne auf die Vorbereitungen fürs Abendessen, mit denen sie in letzter Minute begonnen hatte.

„Kein Problem." Ich warf ihr einen Luftkuss zu und sagte: „Showtime, richtig?"

Sie nickte. Wie immer sah sie wunderschön aus, in ihrem langen, schwarzen Rock und dem lilafarbenen Oberteil. Die Farbe stand ihr wirklich gut, und da ich nun wusste, dass es ihre Lieblingsfarbe war, musste ich einfach glauben, dass mir das Glück zugewandt war, nachdem ich ihr gleich beim ersten Mal lilafarbene Blumen geschickt hatte.

All-in, Baby. Alles oder nichts.

Ich öffnete die Tür und auf der anderen Seite stand

eine bezaubernde Frau, von der ich keine Vorstellung hatte, abgesehen davon, dass sie Brynnes Großtante war. Die Schwester ihrer Großmutter mütterlicherseits. Aber die Person auf meiner Türschwelle kam nicht einmal annähernd an das heran, was ich mir unter dem großmütterlichen Typ vorstellte. Mit ihrer perfekten Haut und den dunkelroten Haaren sah sie jung und stylisch aus und... na ja... recht heiß für eine Frau, die bereits das Alter von fünfundfünfzig überschritten hatte.

„Du musst dieser Ethan sein, von dem ich so viel gehört habe", sagte sie mit einem englischen Akzent.

„Und du musst Marie sein, Brynnes Tante?" Ich zögerte etwas, nur für den Fall, dass ich falsch liegen sollte. Aber mal ehrlich, die Frauen in Brynnes Familie waren alle hinreißend, und wieder musste ich mich fragen, was für eine Schönheit Brynnes Mutter sein musste.

Sie ließ ein charmantes Lachen hören. „Du klingst ein wenig unsicher."

Ich ließ sie rein und machte die Tür zu. „Nicht im Geringsten. Allerdings habe ich Brynnes Großtante erwartet und nicht ihre ältere Schwester. Brynne hat in der Küche alle Hände voll zu tun und hat mich als Begrüßungskommando vorgeschickt." Ich streckte ihr meine Hand entgegen. „Ethan Blackstone. Es freut mich, Tante Marie. Ich habe bisher nur Gutes von Brynne gehört und konnte es kaum abwarten, dich endlich kennenzulernen."

„Oh, bitte nenn mich Marie", sagte sie und nahm meine Hand. „Was für ein Charmeur du doch bist, Ethan. Ihre Schwester, hmmm?"

Ich lachte und zuckte mit den Schultern. „Zu viel? Glaube ich nicht. Herzlich Willkommen. Ich bin froh, dass du uns heute Abend Gesellschaft leisten konntest."

„Und ich danke dir für die Einladung. Ich bekomme meine Nichte nicht oft genug zu sehen, also sehe ich das heute als einen Bonus an. Und deine Bemerkung war reizend, auch wenn es viel zu schmeichelhaft war. Allerdings kannst du dir meiner Stimme jetzt sicher sein, Ethan." Sie zwinkerte mir zu und ich war mir ziemlich sicher, dass sie genau in diesem Moment mein Herz für sich gewonnen hatte.

Brynne kam aus der Küche und umarmte ihre Tante. Ich konnte das breite Grinsen auf Brynnes Gesicht sehen. Es wurde deutlich, dass sich die Probleme, die sie mit ihrer Mutter hatte, nicht auf die Beziehung mit ihrer Tante auswirkten. Das freute mich. Jeder brauchte jemanden, der einem bedingungslose Liebe entgegenbringen konnte. Sie gingen beide in die Küche und ich kümmerte mich um die Getränke, bevor ich wieder die Klingel hörte. Ich schmunzelte, als ich mir vorstellte, was mein Dad von Marie halten würde. Ich wusste, dass sie eine Witwe ohne Kinder war. Aber sie war eine Schönheit, also standen die Männer wahrscheinlich Schlange, nur damit sie ein wenig Aufmerksamkeit erhaschen konnten.

Clarkson und Gabrielle standen vor der Tür, und da sie bereits mit Marie bekannt waren, musste ich lediglich Getränke machen und sie verteilen. Clarkson und ich hatten eine Art Waffenstillstand, ähnlich meiner Beziehung zu Gabrielle. Wir alle mochten Brynne sehr gern und wollten, dass sie glücklich war. Mir gefiel es ganz und gar nicht, dass er Fotos von ihr machte, aber schließlich konnten wir zivilisiert miteinander umgehen, weil er schwul war. Im Ernst jetzt: Mir war klar, dass das alles mein Problem war, aber wenn er hetero wäre und von

Brynne Aktbilder machen würde? Dann wäre er im Moment nicht hier.

Als Elaina und Neil kamen, fühlte ich mich in meiner eigenen Wohnung schon etwas wohler. Clarkson ging in die Küche, um Brynne und Marie zur Hand zu gehen, während Gabrielle und Elaina sofort ein gemeinsames Thema fanden: Bücher. Irgendein Buch, das wohl gerade voll angesagt war. Über einen jungen Milliardär und seine Besessenheit mit einer noch jüngeren Frau... und Sex. Unmengen an erotischen Sexszenen im Buch. Anscheinend auf jeder Seite?

Neil und ich tauschten mitfühlende Blicke aus und hatten absolut keine Ahnung, was wir zu der Unterhaltung beitragen sollten. Denn mal ehrlich: Wer las denn bitte so einen Müll? Wer hatte die Zeit? Warum sollte man überhaupt über Sex lesen, wenn man den doch einfach haben könnte? Das wollte einfach nicht in meinen Kopf rein. Und Milliardäre in den Zwanzigern? Mental schüttelte ich meinen Kopf und gab vor, mich für das Thema zu interessieren. Ich war wirklich ein Bastard.

Ich sah auf meine Uhr und als hätte ich ihn heraufbeschworen, klingelte es an der Tür. Mein Vater, endlich. Ich sprang vom Stuhl hoch, um zur Tür zu gehen. Neil, der arme Kerl, sah so aus, als wäre er mir am liebsten nachgelaufen.

„Dad. Ich habe mir schon Sorgen gemacht. Komm rein, damit ich dich meinem Mädchen vorstellen kann."

„Sohn." Er gab mir einen liebevollen Klaps auf den Rücken, unsere Standardbegrüßung, und grinste mich an. „Du siehst viel glücklicher aus als das letzte Mal, als ich dich gesehen habe. Hannah hat mir gesagt, dass du nach Somerset möchtest, um sie zu besuchen. Und du willst

Brynne mitnehmen."

„Das stimmt. Ich will, dass sich alle kennenlernen. Apropos, folge mir, Dad, sie ist in der Küche." Ich ging voraus und wurde von einer strahlenden Brynne begrüßt, sobald sie sah, dass ich meinen Dad im Schlepptau hatte. Mein Herz machte einen Salto. Die Familie kennenzulernen und einen guten Eindruck zu hinterlassen, war eine wichtige Sache. Es bedeutete mir viel, dass sich alle gut verstanden.

„Das muss also die bezaubernde Brynne sein, und ihre…ältere Schwester?", sagte Dad zu Brynne und Marie.

„Hey! Du hast meinen Spruch geklaut, Dad!"

„Da hat er recht", sagte Marie. „Dein Sohn hat bei meiner Ankunft genau den gleichen Spruch benutzt."

„Wie der Vater, so der Sohn", sagte Dad und grinste zwischen Brynne, Marie und Clarkson hin und her.

„Mein Vater, Jonathan Blackstone." Ich schüttelte mich aus meiner Starre heraus und stellte alle vor, während ich mit meiner Hand über Brynnes Rücken streichelte. Ich fragte mich, wie sie die ganze Sache verarbeitete. Unsere Beziehung war so schnell vorangeschritten, dass wir bereits kaum folgen konnten. Aber wie ich das bereits schon mehrmals gesagt hatte: Wir konnten die Richtung nicht mehr ändern. Wir rasten den Berg runter und nichts würde uns stoppen. Sie lehnte sich gegen mich und ich drückte ihre Hand, um sie zu ermutigen.

Mein Dad nahm Brynnes andere Hand in seine und küsste diese, so wie er das bei Frauen bereits mein ganzes Leben gemacht hatte. Er sagte ihr, dass es ihm ein wahres Vergnügen sei, endlich die junge Dame kennenzulernen, die mich eingefangen hatte, und wie wunderschön sie doch war. Sie wurde rot und stellte ihm Marie und Clarkson vor.

Und ja, der alte Charmeur küsste auch Maries Hand. Ich schüttelte meinen Kopf, denn ich wusste, dass er das heute bei jeder anwesenden Frau tun würde. Wenn sie eine Hand hatten, dann würden seine Lippen auch dort landen. Oh, und natürlich fand er, dass Marie heiß war. Das entging mir nicht.

„Deine Hand werde ich aber nicht küssen", sagte Dad zu Clarkson, als sie sich die Hände reichten.

„Wenn du es wirklich willst, werde ich dich nicht aufhalten", sagte Clarkson und brach damit das Eis.

„Vielen Dank, Junge. Ich glaub du hast ihn sprachlos gemacht", sagte ich zu Clarkson.

Brynne fand meinen Blick, bevor sie wieder zu meinem Vater sah. „Jetzt weiß ich auch, warum Ethan so gut darin ist. Ich liebe es, wenn er meine Hand küsst, Mr. Blackstone. Ich kann sehen, dass er bei einem wahren Meister in die Lehre gegangen ist", teilte sie ihm mit einem hinreißenden Lächeln auf den Lippen mit. Ein Lächeln, das die Macht hatte, den ganzen Raum zu erleuchten.

„Nenn mich doch bitte Jonathan. Außerdem musst du bei mir noch etwas Geduld beweisen, meine Liebe, da ich mir noch eine weitere Freiheit herausnehmen werde." Dad lehnte sich vor und küsste sie auf die Wange. Sie errötete und wurde etwas schüchtern, aber sie sah trotzdem noch sehr glücklich aus. Ich streichelte weiterhin über ihren Rücken und hoffte wirklich, dass ihr das alles nicht zu viel war... zu viel von allem.

„Übertreib es nicht, alter Mann", sagte ich und schüttelte meinen Kopf. „Mein Mädchen. Meins." Ich zog sie so nah an meinen Körper, dass sie quietschte.

„Ich denke, das haben jetzt alle verstanden", sagte sie, als sie ihre Hand auf meine Brust legte.

„Okay, solange es auch niemand vergisst."

„Das ist gar nicht möglich, Baby."

Sie hat mich Baby genannt. Alles war gut, dachte ich, und ich war froh, dass ich über mich selbst lachen konnte, als wir uns schließlich auf das konzentrierten, wozu wir uns heute Abend zusammengefunden hatten.

„Chicken Tikka Masala… mmm. Brynne, was ist das hier?", fragte Dad zwischen zwei Bissen. „Es ist ausgesprochen köstlich."

„Ich habe Schokoladenwein benutzt, um das Hähnchen anzuschwitzen."

„Interessant. Ich liebe, was es zum Geschmack beiträgt." Dad zwinkerte Brynne zu. „Du bist also eine Gourmetköchin?"

„Dankeschön, aber nein, eigentlich nicht. Ich genieße das Kochen einfach nur sehr und habe es mir beigebracht, um nach der Scheidung meiner Eltern für meinen Dad kochen zu können. Ich habe diese tollen Kochbücher von Rhonda Plumhoff auf meinem E-Reader. Sie kreiert ihre Rezepte auf der Basis berühmter Bücher. Wo ich herkomme, kennt man sie. Ich verehre ihre Rezepte."

Er legte seinen Kopf auf die Seite und betrachtete mich. „Ich habe wirklich einen klugen Sohn."

„Schließlich bin ich ja kein Idiot, Dad, und sie kann kochen. Nicht, dass mir das am Anfang unserer Beziehung bewusst war. Ihre erste Mahlzeit mit mir ist schließlich ein Energieriegel gewesen. Du kannst dir also vorstellen, wie überrascht ich war, als sie angefangen hat, mit Töpfen und Messern zu jonglieren. Und meine erste Reaktion war es, den Rückzug aus der Gefahrenzone anzutreten."

„Ich wiederhole: Du bist schon immer ein kluges Bürschle gewesen", sagte Dad zwinkernd.

Alle lachten und es hatte den Anschein, dass sich alle gut verstanden. Das half mir, aber ich war trotzdem noch etwas nervös, wenn ich daran dachte, was ich ihnen erzählen müsste. Nicht im Hinblick auf den Sicherheitsaspekt. In dem Bereich kannte ich mich schließlich aus, und zwar sehr gut. Was mich aus dem Gleichgewicht brachte, war, dass ich die Informationen in Brynnes Anwesenheit offenlegen müsste. Ich wollte sie nicht nur als einen Job abstempeln, wenn sie doch so viel mehr war. Auch wollte ich nicht, dass sie emotional und traurig wurde, denn schließlich wollte ich nicht unsere Beziehung aufs Spiel setzen. Ich wollte unsere Beziehung in Sicherheit wissen. Ich wollte sie in Sicherheit wissen. Oh ja, und das würde sich auch niemals ändern, genauso wenig wie meine Gefühle für sie. Ich würde es nicht ertragen, ihr mit diesem Scheiß noch mehr wehzutun, und ich würde das auch keinem anderen erlauben.

Also hatten wir eine Vereinbarung. Zuerst würde ich Clarkson und Gabrielle in mein Büro bringen, während Brynne die Gastgeberin für die anderen mimte. Danach wären Marie und mein Dad an der Reihe. Auf diese Weise stellte ich sicher, dass sich Brynne bei der PowerPoint-Präsentation nicht unwohl fühlen musste. Ich würde Ereignisse wiedergeben und allen Fotos zeigen. Ich wollte, dass jeder die wichtigsten Gesichter kannte und Namen zuordnen konnte. Es war wichtig, dass die Menschen, die ihr am nächsten waren, die Einzelheiten über die Personen, die Ereignisse, die Orte und die möglichen Motive kannten, die mit der Bedrohung zu tun hatten. Es war kaum möglich, eine noch größere Motivation zu haben als die Nomination zum Vizepräsident der USA. Und die Opposition würde genauso hart daran arbeiten, die

Geschichte um Brynne auszubeuten, wie die andere Partei versuchen wird, die Einzelheiten aus der Welt zu schaffen. Ich wusste nicht, wie ich sie sonst beschützen sollte, ohne die Informationen an die Leute weiterzutragen, die uns etwas bedeuteten. Elaina und Neil wussten bereits Bescheid und Brynne hatte mir versichert, dass es in Ordnung ginge, wenn die beiden und mein Dad über alles in Kenntnis gesetzt werden würden. Natürlich wussten Gabrielle, Clarkson und Marie bereits alles über ihre Vergangenheit.

Zudem hatten wir einen Termin mit Dr. Rosswell vereinbart, um ein paar Dinge als Pärchen zu besprechen. Ich hatte zugestimmt, als Brynne mich gefragt hatte. Sie war noch immer der Überzeugung, dass ich sie nicht wirklich lieben könnte, wenn ich doch darüber Bescheid wusste, was diese Kerle mit ihr angestellt hatten. Als würde sie denken, dass sie im zarten Alter von siebzehn für immer als Hure abgestempelt worden war. Es machte mich sehr traurig, dass sie sich selbst die Schuld gab. Ihre Vergangenheit stellte ein Problem für sie dar, nicht aber für mich. Aber sie davon zu überzeugen, dass ich sie wegen diesem unmenschlichen Angriff nicht weniger liebte, war die Hürde, die mir alles abverlangen würde. Wir hatten einiges, an dem wir arbeiten mussten und dabei hatten wir meine Dämonen noch nicht einmal ins Visier genommen. Und nicht zum ersten Mal fragte ich mich, ob ich vielleicht mit jemandem über meine Probleme reden sollte. Der Gedanke, dass ich einen weiteren Albtraum haben könnte, machte mir wirklich Angst. Vor allem, dass mich Brynne wieder in diesem Zustand sehen könnte.

Über den ganzen Abend hinweg hatte ich sie aufmerksam beobachtet. Äußerlich sah sie wunderschön aus und war charmant, aber ich konnte mir gut vorstellen, dass sie mit dem Verlauf des Abends Probleme hatte. Als ich mit Dad und Marie fertig war, fand ich sie in der Küche, in der sie gerade Kaffee und das Dessert für unsere Gäste zubereitete. Sie hob nicht ihren Kopf, obwohl sie wusste, dass ich im Zimmer war. Ich wickelte meine Arme von hinten um ihre Taille und legte mein Kinn auf ihren Kopf. Sie war nachgiebig und ihre Haare dufteten nach Blumen.

„Was haben wir denn hier, mein Liebling?"

„Brownies mit Vanilleeis. Das beste Dessert der Welt." Ihre Stimme klang flach.

„Es sieht köstlich aus. Fast so köstlich wie du."

Ihr entrang ein kleiner Laut, bevor sie ruhig wurde. Ich sah, dass sie etwas unter ihren Augen wegwischte und dann war mir alles klar. Ich drehte sie zu mir und nahm ihr Gesicht zwischen meine Handflächen. Ich hasste es, wenn sie weinte. Nicht die Tränen per se, sondern die Traurigkeit, die ich in ihren Augen sehen konnte. „Dein Vater –" Sie konnte den Satz nicht beenden, aber das musste sie auch nicht. Ich zog sie in meine Arme und führte uns in eine abgelegene Ecke, damit uns niemand sehen konnte. Dann hielt ich sie einfach für ein paar Minuten in meinen Armen.

„Du machst dir darüber Gedanken, was er denken könnte?"

Sie nickte an meiner Brust.

„Er verehrt dich, genau wie die anderen auch. Mein Dad ist niemand, der Leute verurteilt. Das ist nicht seine Art. Er ist einfach nur glücklich, mich glücklich zu sehen. Und er weiß, dass *du* mich glücklich machst." Ich legte meine Hände wieder auf ihre Wangen. „Du machst mich glücklich, Baby."

Sie sah mich mit ihren traurigen und wunderschönen Augen an, die aufleuchteten, als sie meine Worte verarbeitete. „Ich liebe dich", hauchte sie.

„Da siehst du es." Mit meinem Finger zeigte ich auf meine Brust. „Wahnsinnig glücklicher Kerl."

Sie küsste mich auf die Lippen und ließ mein Herz schneller schlagen.

„Dessert...", sagte sie und zeigte auf die Arbeitsfläche. „Das Eis wird sonst schmelzen."

Gut, dass wenigstens sie daran gedacht hatte, denn ich hätte es fast vergessen. „Lass mich dir dabei helfen", sagte ich. „Je früher wir ihnen das Dessert servieren, desto schneller haben wir sie aus dem Haus, richtig?" Sofort nahm ich die Dessertteller in die Hände, um sie zu unseren Freunden und Familienmitgliedern zu bringen. Schließlich war ich ein Mann der Tat.

ICH wurde von lautem Gestöhne und unruhigen Bewegungen aus dem Schlaf gerissen. Brynne hatte einen Traum. Und ich meinte keinen Albtraum, sondern einen von *diesen* Träumen. Jedenfalls hatte es den Anschein. Sie krümmte sich und kreuzte ihre Beine, packte ihr T-Shirt und wölbte ihren Rücken. Sie musste wirklich einen verfickt netten Traum haben. Und es wäre besser, wenn sie in diesem Traum mich fickte!

„Baby." Ich legte eine Hand auf ihre Schulter und schüttelte sie sanft. „Du träumst... hab keine Angst. Ich bin's nur."

Ihre Augen flogen auf und sie schoss in eine aufrechte Position, sah sich im Raum um, bis sich ihr Blick auf mich fixierte. Mein Gott, sie sah unglaublich aus, ungezähmt und wunderschön, mit ihren Haaren über den Schultern und ihrer bebenden Brust. „Ethan?" Sie streckte ihre Hand nach mir aus.

„Ich bin bei dir, Baby." Ich nahm ihre Hand in meine. „Hast du geträumt?"

„Yeah… und es war komisch." Sie stieg aus dem Bett und ging ins Badezimmer. Ich hörte, dass der Wasserhahn lief und ein Glas abgestellt wurde. Ich wartete im Bett darauf, dass sie zurückkam und wenige Minuten später tat sie das auch.

Und wie sie das tat.

Splitterfasernackt stand sie in der Tür, und sie betrachtete mich mit einem Blick, den ich bereits sehr gut kannte. Ein Blick, der sagte: *Ich will Sex und zwar sofort.*

„Brynne? Was ist los?"

„Ich denke, das weißt du", sagte sie mit sinnlicher Stimme. Im selben Moment setzte sie sich rittlings auf mich und fand meinen Blick. Eine Sexgöttin, die vorhatte, mir Vergnügen zu bereiten.

Verdammt, ja!

Ohne groß nachzudenken, bedeckte ich ihre Brüste mit meinen Händen. Gott! Ich umfasste das weiche Fleisch und brachte einen Nippel an meinen Mund. Sie wölbte sich mir entgegen und fing an, ihre Mitte über meinen Schwanz zu reiben, der jetzt genauso wach war wie mein Gehirn. Ich ignorierte, dass sie eigentlich ihre Tage hatte, denn es fühlte sich nicht so an, als hätte sie Einwände.

Ich umhüllte ihren Nippel mit meinen Lippen und saugte ihn tief in meinen Mund. Ich liebte den Geschmack ihrer Haut und könnte ewig so weitermachen, bis ich bereit war, von ihren Titten abzulassen. Ich saugte an dem anderen Nippel und biss sanft zu, denn ich wollte sie an den Ort bringen, an dem ein wenig Schmerz die Lust versüßte. Sie schrie und drückte mir ihren Nippel tiefer in den Mund.

Ich spürte, wie sich ihre Hand in meine Boxershorts schob und meinen Schwanz umfasste.

„Das hier will ich, Ethan."

Sie hüpfte von meinem Schoß und mit einem poppenden Laut entzog sie mir ihren Nippel. Zum Protestieren blieb keine Zeit, denn sie machte sich bereits daran, mir die nervigen Shorts über meine Beine zu ziehen, um ihre Lippen um die Eichel meines Schwanzes zu legen. „Ahhh, Gott!" Ich warf meinen Kopf zurück und ließ sie machen. Es fühlte sich so gut an, dass meine Eier schmerzten. Sie wusste genau, was sie tat. Ich packte eine Handvoll ihrer Haare und hielt ihren Kopf fest, als sie mich bis an den Rand eines Höhepunktes saugte. Ich wünschte mir so sehr, dass ich mich in ihrer Pussy und nicht ihrem Mund ergießen könnte. Ich bevorzugte es, tief in ihr zu sein und ihr tief in die Augen zu sehen, wenn ich kam.

Aber mein Mädchen hatte noch mehr Überraschungen für mich parat. „Ich will, dass du in mir bist, wenn du kommst."

Hat sie etwa meine Gedanken gelesen?

„Alles okay?", schaffte ich es zwischen einem Keuchen durch die Lippen zu pressen, als sie sich wieder über mich schob.

„Hmmm", stöhnte sie, als sie sich rittlings auf mich setzte, nur um sich auf meine harte Länge fallen zu lassen, bis sie meinen Schwanz bis hin zu meinen Eiern in sich aufgenommen hatte.

Ich wusste nicht, wie ihr das nicht wehtun konnte. Vielleicht hatte es das, aber mich konnte sie nicht beschuldigen. Sie war diejenige, die sich nahm, wonach sie sich sehnte. *Wenn du darauf bestehst!*

„Ohhh, verdammte Scheiße", brüllte ich und krallte mich an ihren Hüften fest, um ihr zu helfen.

Brynne wurde wilder und wilder, ritt mich hart, rieb ihr Geschlecht über den Ort, der ihr am meisten Befriedigung brachte. Unser Rhythmus trieb uns in neue Höhen und unsere Erlösung würde alles bisher Dagewesene übertreffen. Ich fühlte die Anspannung in meinen Hoden, und es verlangte mir danach, Brynne mit mir in den Abgrund zu ziehen. Auf keinen Fall würde ich ohne sie kommen. Ich wollte, dass sie den gleichen Höhenflug erlebte. Etwas anderes würde ich nicht erlauben.

Sie ritt mich, und ich fühlte, wie sich ihre Wände heiß und eng um meine Länge zusammenzogen. Ich schob eine Hand zwischen ihre Schenkel, an den Ort, an dem sich unsere Körper vereinten, und fand zwischen der Feuchtigkeit ihre Klitoris. Ich wünschte, dass es meine Zunge wäre, aber meine Finger mussten ausreichen, als ich über ihre empfindliche Knospe schnellte.

„Ich komme…", keuchte sie.

Immer wenn sie diese beiden Worte sagte, so sanft und sehnsüchtig, brachte sie mich um den Verstand. Jedes Mal wartete ich auf diese beiden Worte. Ich war derjenige, der sie zum Orgasmus führte, und wenn es passierte, gab sie sich mir vollständig hin.

Und durch ihre sanft gesprochenen Worte konnte auch ich mich nicht länger zurückhalten.

„Ja, das tust du, Baby. Komm. Komm um meinen Schwanz herum!"

Ich beobachtete den Moment, in dem sie meinem Befehl nachkam. Ihr Körper spannte sich an, während ihre Pussy um mich herum erbebte.

„Ohhh, Ethan! Ja. Ja. Ja!"

Auf Befehl. Mein gutes Mädchen, das immer kam, wenn ich ihr das sagte. Ich war so ein verdammt glücklicher Bastard.

Ich liebte einfach alles daran, sie zu beobachten und ihre Lust zu spüren. Und als ich fühlte, dass auch ich kurz davor stand, ließ ich sie ein letztes Mal auf meine Länge fallen. Gleichzeitig stieß ich so hart und tief wie möglich in ihre Hitze, bis ich mich schließlich in ihr ergoss.

Das heiße Sperma schoss aus mir heraus und in ihre Pussy. Ich fühlte jeden einzelnen Strahl, wie kleine Explosionen, als ich die Welle der Lust in meinem berauschten Zustand ritt und mir kaum bewusst war, nach was ich mit meinen Händen packte oder was mein Körper machte. Aber es gelang mir, dabei in ihre wunderschönen Augen zu sehen.

Etwas später – keine Ahnung, wie viel Zeit vergangen war – kam sie auf meiner Brust wieder zu Bewusstsein und hob ihren Kopf. Ihre Augen loderten in der Dunkelheit und sie lächelte mich an.

„Was war das denn bitte?"

„Ein wahnsinnig geiler Mitternachts-Fick?", scherzte sie.

Ich grinste. „Ein wirklich verdammt geiler Mitternachts-Fick."

Ich küsste ihre Lippen und hielt ihren Kopf fest, bis ich bereit war, sie wieder loszulassen. Nach dem Sex war ich immer noch besitzergreifender. Ich mochte es nicht, mich sofort von ihr zu trennen, und da sie auf mir saß, musste ich mir keine Gedanken darüber machen, ob ich sie erdrücken würde und konnte mich ihr etwas länger zuwenden.

Ich stieß ein weiteres Mal tief in sie hinein und ihr entrang an meinen Lippen ein heißes Stöhnen.

„Willst du mehr?", fragte sie in einem Ton, der zugleich zufrieden und überrascht klang.

„Nur wenn du auch willst", sagte ich. „Ich würde dir niemals etwas verweigern, und ich mag es, wenn du mich anspringst, auch wenn ich eigentlich dachte, dass du im Moment deine Periode hast."

„Nein. Bei mir läuft das wegen den Pillen, die ich nehme, etwas anders. Ist kaum erwähnenswert und manchmal bekomme ich es gar nicht..." Sie fing an, meinen Oberkörper mit Küssen zu bedecken und kratzte mit den Zähnen über einen Nippel.

Meine Fresse, das fühlte sich gut an. Ihre Aufmerksamkeiten katapultierten mich wieder zurück in den Moment und kamen begleitet von einer gesunden Begierde, um die zweite Runde einzuleiten.

„Ich bin mir ziemlich sicher, dass du mich noch umbringen wirst, Weib. Und ich werde mit einem Grinsen auf den Lippen dahinscheiden", presste ich heraus. Aber das war auch das Letzte, was wir in der nächsten Zeit herausbekamen. Meine Medusa hatte sich in Aphrodite verwandelt, und ihre Wertschätzung galt Eros. Mein Glück kannte keine Grenzen.

„DIE Tageszeitungen aus den USA", sagte Frances und legte den Stapel auf meinem Schreibtisch ab. „In der *Los Angeles Times* steht ein interessanter Artikel über die Abgeordneten im Kongress und deren Kinder, die im Militärdienst aktiv sind. Rate mal, wen sie interviewt haben?"

„Er muss eine Ausnahme sein. Oakley wird diese Tatsache bis zum geht nicht mehr ausschlachten. Vielen Dank dafür." Ich tippte auf den Zeitungsstapel. „Was hat sich bei der anderen Sache ergeben?"

Frances wirkte sehr selbstzufrieden. „Werde ich in der Mittagspause abholen. Mr. Morris meinte, dass es sich wunderschön restaurieren ließ, obwohl es so lange im Bankfach eingeschlossen war."

„Danke, dass du dich für mich darum gekümmert hast." Frances war eine großartige Assistentin. Durch sie lief das Büro wie eine gut geölte Maschine. Ich kümmerte mich vielleicht um den Sicherheitsaspekt, aber sie sorgte dafür, dass mein Business organsiert war. Nicht für einen Moment zweifelte ich daran, was ich an ihr hatte.

„Sie wird es lieben." Frances hielt an der Tür an. „Willst du noch immer, dass ich deinen Montag freihalte?"

„Ja, bitte. Die Mallerton-Sache ist heute Abend und morgen früh fahren wir nach Somerset, und wir machen uns erst Montagabend auf den Rückweg."

„Ich werde mich darum kümmern. Sollte kein Problem darstellen."

Als Frances das Büro verließ, griff ich nach der *Los Angeles Times*, um mir den Artikel über den Senator durchzulesen. Mir wurde übel. Die falsche Schlange erwähnte natürlich nicht, dass sein toller Sohn erst vor kurzem dazu gezwungen worden war, länger im

Militärdienst zu bleiben; aber das wunderte mich nicht. Ich fragte mich, was der Sohn wirklich über seinen Vater dachte. Ich konnte mir gut vorstellen, dass der Familienzusammenhalt nicht besonders stark war. Sicher nicht angenehm.

Ich legte die Zeitung auf den Stapel zurück, was dazu führte, dass unten etwas zum Vorschein kam. Ein Briefumschlag. Das Teil war zwischen den Zeitungen drapiert worden. Das allein war schon komisch, aber die Worte auf dem Umschlag EINE ÜBERLEGUNG WERT und die Tatsache, dass mein Name darunter stand, ließen mich aufhorchen.

„Frances, wer hat dir heute Morgen die Zeitungen übergeben?", brüllte ich durch die Gegensprechanlage.

„Muriel hat sie jeden Morgen zum Abholen bereit. Sie legt sie zur Seite, so wie sie das bereits den ganzen Monat getan hat. Sie haben einfach auf mich gewartet." Sie zögerte. „Ist alles in Ordnung?"

„Ja. Danke."

Mein Herz schlug wie verrückt, als ich den Umschlag auf meinem Schreibtisch anstarrte. Wollte ich hineinsehen? Ich streckte meine Hand nach der Lasche aus und öffnete den Umschlag, in dem ich den roten Faden aufwickelte. Ich steckte meine Hand hinein und zog Fotos heraus. Zwanzig mal dreißig Zentimeter, schwarz-weiß Fotografien, die Ivan und Brynne zeigten, als sie sich vorm Gladstone's unterhalten hatten. Wie er sie auf die Wange küsste, als ich im Auto gesessen und auf sie gewartet hatte. Wie sich Ivan vorlehnte, um mit mir zu sprechen, bevor er uns winkend verabschiedet hatte. Ivan auf dem Bürgersteig, als wir davonfuhren. Ivan, der auf der Straße auf sein eigenes Auto wartete.

War der Fotograf, den ich vor dem Restaurant gesehen hatte, speziell für Ivan dort gewesen? Er hatte bereits zuvor Morddrohungen erhalten und jetzt gab es Bilder, die ihn mit Brynne und mir zeigten? Das war nicht gut für ihre Situation. Ivan hatte seine eigenen Probleme, und was ich wirklich nicht brauchte, waren Komplikationen und dass derjenige, der bereits Ivan belästigte, auch noch Brynne in diese Scheiße mit reinzog. Verdammt!

Ich sah mir die Bilder ganz genau an. Nichts. Bis ich zum letzten Foto kam.

Versuche niemals einen Mann umzubringen, der drauf und dran ist, Selbstmord zu begehen.

Ich hatte solche Dinge schon oft in meiner Karriere sehen müssen. Natürlich musste es ernst genommen werden. Oft stellte sich heraus, dass es ein durchgedrehter Vollidiot war, der meinte, er hätte mit einer namhaften Person ein Hühnchen zu rupfen, und dann dauerte es nicht lange, bis die Drohungen und die tätlichen Angriffe folgten. Sportler mussten sich diesen Scheiß oft gefallen lassen. Ivan hatte in seiner Karriere eine Menge Leute vor den Kopf gestoßen und er hatte die Goldmedaillen, um das zu beweisen. Als ehemaliger Bogenschütze, der mehr als einmal an den Olympischen Spielen teilgenommen hatte, war er noch immer Großbritanniens Goldjunge und wurde ständig von den Medien belagert. Da er zu meiner Familie gehörte, war es natürlich klar, dass ich etwas für seine Sicherheit unternehmen würde. Mit ihm wurde es nie langweilig.

Diese Fotos waren vor zwei Wochen gemacht worden. Hatte dieser Fotograf nur wegen Ivan vor dem Restaurant gestanden oder hatte er einfach nur Glück gehabt und Bilder von Ivan dem Olympiasieger im Bogenschießen gemacht, um sich ein paar Pfund zu verdienen? Paparazzi lungerten ständig an Orten herum, wo sich viele Berühmtheiten aufhielten. Also war es schwierig einzuschätzen, ob die Bilder geplant oder reiner Zufall gewesen waren.

Und wenn du ein Verrückter warst, der vorhatte eine berühmte Persönlichkeit umzubringen, warum würdest du dann den privaten Sicherheitsexperten darüber informieren, was du vorhattest? Machte einfach keinen Sinn. Warum die Fotos zu mir schicken? Wer auch immer im Besitz der Fotos war, wollte, dass ich sie zu Gesicht bekam. Sie hatten sich die Mühe gemacht, diese zwischen den Zeitungen zu platzieren, die ich regelmäßig am Zeitungsstand kaufte.

Muriel.

Ich machte mir eine mentale Notiz, auf dem Weg nach draußen mit Muriel zu sprechen. Wegen der Mallerton Veranstaltung später am Abend, würde ich heute das Büro sowieso früher verlassen. Also müsste es mir eigentlich möglich sein, sie zu erwischen, bevor sie den Stand für den heutigen Tag zumachte.

Ich öffnete meine Schreibtischschublade und holte eine Zigarette und das Feuerzeug heraus. Mein Blick fiel auf Brynnes altes Handy, das gleich danebenlag. Auch das holte ich heraus. Viel war in den letzten zwei Wochen nicht passiert, da sich alle ihre Kontakte jetzt auf dem neuen Handy befanden. Der Typ von der *Washington Review* hatte sich nicht noch einmal gemeldet. Wahrscheinlich nahm er an, dass diese Brynne nicht seine Brynne war; was mir ganz recht wäre. Ich steckte es ans Ladekabel, damit ich es nicht nur heute Abend mitnehmen könnte, sondern auch auf unseren Wochenendausflug.

Ich zündete die erste Zigarette des Tages an. Der erste Zug war perfekt. Ich fand, dass ich jetzt wirklich weniger rauchte. Brynne motivierte mich dabei. Aber sobald es schwierig wurde, landete ich wieder beim Kettenrauchen. Vielleicht sollte ich die Nikotinpflaster versuchen.

Schlussendlich entschied ich mich dazu, diese eine Kippe zu genießen, während ich an das kommende Wochenende dachte. Unser erster Trip zusammen. Ich hatte mir drei Tage freigenommen, um mit meinem Mädchen nach Somerset an die Küste zu fahren und Zeit in dem Landhaus meiner Schwester zu verbringen. Das Haus diente zudem als erstklassiges Bed & Breakfast, und mir war sehr wohl bewusst, dass ich meine Schwester bei vorherigen Besuchen noch nie gefragt hatte, ob ich einen Gast mitbringen dürfte.

Brynne war aus so vielen Gründen eine Ausnahme, und auch wenn ich noch nicht ganz dazu bereit war, meine Gefühle in die Welt hinauszuschreien, erkannte ich sie doch für das, was sie waren. Ich wollte mit ihr darüber sprechen, in welche Richtung wir uns bewegten und sie fragen, was sie wollte. Der einzige Grund, warum ich das noch nicht getan hatte, war, weil es mich nervös machte, wenn ich mir ihre Antwort vorstellte. Was wäre, wenn sie nicht dasselbe wollte wie ich? Was wäre, wenn ich nach dem, was sie durchgemacht hatte, einfach nur ihre erste richtige Beziehung war? Was wäre, wenn sie einen anderen kennenlernen würde?

Ich könnte immer so weitermachen. Ich musste mir einfach immer wieder in Erinnerung rufen, dass Brynne sehr ehrlich war und wenn sie mir sagte, was sie für mich empfand, dann entsprach das auch der Wahrheit. Mein Mädchen war keine Lügnerin. *Sie hat dir gesagt, dass sie dich liebt.*

Der Plan war, am Morgen nach der Gala loszufahren, um nicht in den Verkehr zu kommen, und ich konnte es gar nicht abwarten, Brynne nach Somerset zu bekommen. Ich wollte etwas romantische Zeit mit meinem Mädchen verbringen. Wir mussten für eine paar Tage aus der Stadt rauskommen und etwas frische Luft tanken. Ich liebte London; trotzdem war das Bedürfnis groß, das Stadtleben hinter mir zu lassen, damit ich meinen Verstand nicht verlieren würde.

In dem Moment kam ein Anruf rein, der mich aus meinen Gedanken riss und zurück in die fordernde Gegenwart meines Jobs warf, dem ich nicht entkommen konnte und viel von mir abverlangte. Der Tag verging wie im Flug und bevor ich es merkte, war es bereits an der Zeit, mich auf den Weg zu machen.

Ich rief Brynne an, als ich das Büro verließ, um ihr zu sagen, dass ich bald bei ihr wäre. Ich erwartete, dass sie mir in einem gestressten Ton sagen würde, was wir vor der Veranstaltung heute Abend und dem anstehenden Wochenende noch alles zu erledigen hätten. Stattdessen wurde ich auf die Mailbox weitergeleitet. Also schickte ich ihr eine kurze Nachricht: **Bin auf dem Weg. Brauchst du noch was?** Und bekam keine Antwort.

Das gefiel mir nicht und ich musste erkennen, dass es nie einen Moment geben würde, in dem ich mir keine Sorgen um sie machen würde. Meine Sorgen würden mich nie loslassen. Das hatte ich bereits von Leuten mit Kindern gehört. Dass sie nicht gewusst hatten, was es wirklich bedeutete, sich Sorgen zu machen, bis jemand so

Wichtiges in ihr Leben getreten war, der sie hatte erkennen lassen, wie sehr man eine Person tatsächlich lieben konnte. Mit dieser Liebe kam die Bürde, diese Person verlieren zu können – eine Vorstellung, an die ich nicht einmal denken wollte.

Ich erinnerte mich an den Umschlag zwischen den Zeitungen und lief auf dem Weg zum Auto an Muriels Zeitungsstand vorbei. Sie sah mich, als ich auf sie zukam und folgte meinen Schritten mit ihren seelenvollen Augen. Sie hatte vielleicht ein hartes Leben hinter sich sowie eine harte Existenz, aber das änderte nichts an der Tatsache, dass sie sehr intelligent war. Ihren wachen Augen entging nichts.

„Hallo, Muriel."

„Hallo, Hübscher. Was kann ich für dich tun? Ich habe jede US-amerikanische Zeitung, wie du es gewünscht hast, eh?"

„Sehr gut. Danke." Ich lächelte sie an. „Eine Frage, Muriel." Ich studierte ihre Körpersprache, suchte nach Anzeichen, um zu sehen, ob sie wusste, wovon ich sprach. Ich zog den Umschlag mit den Fotos von Ivan hervor und hielt ihn hoch. „Was kannst du mir darüber sagen? Weißt du wer es mir zwischen den Zeitungsstapel von heute gesteckt haben könnte?"

„Nichts weiß ich." Sie richtete ihren Blick nicht nach links. Sie wandte nicht den Blick ab. Diese zwei Dinge wiesen darauf hin, dass sie die Wahrheit sagte. Ich konnte nur raten, meinem Bauchgefühl vertrauen und mich daran erinnern, mit wem ich es zu tun hatte.

Ich gab ihr einen Zehner. „Ich brauche deine Hilfe, Muriel. Wenn dir irgendetwas auffallen sollte, das dir komisch vorkommt, oder du jemanden siehst, der hier nicht hingehört, dann möchte ich, dass du mir das erzählst. Das ist wirklich wichtig. Ein Menschenleben könnte davon abhängen." Ich nickte ihr bedeutungsvoll zu. „Wirst du das für mich tun?"

Sie sah auf die Zehn-Pfund-Note und dann wieder in meine Augen. Sie ließ diese furchtbaren Zähne aufblitzen, als sie mich angrinste und sagte: „Für dich, mein Hübscher, werde ich das tun." Muriel schnappte sich den Zehner und steckte ihn in ihre Jackentasche.

„Ethan Blackstone, vierundvierzigstes Stockwerk", sagte ich und zeigte auf mein Gebäude.

„Ich kenn deinen Namen und werd's nicht vergessen."

Ich musste annehmen, dass ich den bestmöglichen Deal herausgeschlagen hatte, wenn ich bedachte, mit wem ich ihn eingegangen war. Ich lief zu meinem Auto und konnte es kaum erwarten, endlich mein Mädchen zu sehen.

Ich wählte Brynnes Nummer ein zweites Mal und wieder wurde ich zur Mailbox geleitet, also hinterließ ich ihr eine Nachricht und ließ sie wissen, dass ich auf dem Weg nach Hause war. Ich fragte mich, was sie gerade machte, wenn sie nicht einmal Zeit hatte, ans Telefon zu gehen. Ich stellte mir vor, dass sie vielleicht ein Bad nahm oder trainierte und dabei die Kopfhörer aufhatte, oder es könnte auch sein, dass sie den Ton am Handy ausgeschaltet hatte.

Ich kämpfte mit meinen Sorgen. Zuerst einmal hatte ich mich an diese Emotion noch nicht richtig gewöhnt, aber zur gleichen Zeit war es nicht etwas, das ich einfach ignorieren konnte. Ich machte mir ständig Sorgen um Brynne. Und nur weil mir das alles noch neu war, bedeutete das nicht, dass es mir leichter fiel, die Sache zu verstehen. Ich war ein blutiger Anfänger.

Ich trat in die Wohnung und es war so ruhig wie auf einem Friedhof. Während ich nach ihr suchte, konnte ich die aufkeimende Unruhe in mir wahrnehmen. „Brynne?"

Wieder wurde ich von Stille begrüßt. Sie trainierte nicht und sie war auch nicht im Büro. Nicht auf dem Balkon. Das Badezimmer war meine letzte Hoffnung. Mein Herz pochte in meiner Brust, als ich die Tür öffnete. Und es brach entzwei, als ich sie auch dort nicht finden konnte.

Scheiße verdammt! Brynne, wo bist du?

Ihr wunderschönes Kleid hing an der Tür an einem Haken. Das lilafarbene Kleid, das sie an dem Tag mit Gabrielle in dem Vintage-Shop gekauft hatte, als wir uns danach zum Mittagessen im Gladstone's getroffen hatten. Ich konnte die Beweise sehen, dass sie gepackt hatte. Kosmetikartikel lagen überall verteilt und eine kleine Tasche war halb fertig. Also war sie hier gewesen, um sich für heute Abend fertigzumachen und alles für unser Wochenende vorzubereiten.

Ich wollte ihr wirklich vertrauen, aber sie war bereits zuvor allein losgezogen. Was wäre also, wenn sie das erneut getan hatte? Nach den verrückten Fotos von heute drehte sich mir der Magen um, und ich musste einfach wissen, wo sie war!

Ich durchquerte das Badezimmer um zum Schlafzimmer zu kommen und wählte gleichzeitig Neils Nummer. Ich stand kurz davor, in den Panikmodus umzuschalten. Und dann sah ich sie. Eine Vision, die Ihresgleichen suchte. Zwischen den Kleidungsstücken und halb fertiggepackten Taschen lag Brynne, zusammengerollt auf dem Bett, und sie schlief.

„Ja?", antwortete Neil. Ich war vollkommen erstarrt, das Handy immer noch an meinem Ohr.

„Äh… falscher Alarm. Sorry. Wir sehen dich in ein paar Stunden in der National Gallery." Ich legte auf noch bevor er antworten konnte. Der arme Kerl musste denken, dass ich meinen Verstand verloren hatte.

Du hast deinen Verstand verloren!

Ich bewegte mich leise, zog mein Jackett aus, schlüpfte aus meinen Schuhen, krabbelte vorsichtig ins Bett und schmiegte mich an ihre schlafende Form. Ich atmete ihren lieblichen Duft ein und erlaubte meinem Herz, wieder zur Ruhe zu kommen. Das Bedürfnis, eine Zigarette zu rauchen, war intensiv, aber ich konzentrierte mich stattdessen auf ihre Wärme, die sich gegen mich presste und hoffte, dass meine Sucht irgendwann nachlassen würde.

Brynne war völlig weggetreten, schlief tief und fest, und ich fragte mich, warum sie so müde war. Stören wollte ich sie aber nicht. Sie lag direkt neben mir. Und ich hatte kein Problem damit, sie einfach für eine Weile zu beobachten. In dieser Zeit konnte ich darüber nachdenken, was ich gerade gelernt hatte. Brynne war anscheinend nicht die einzige, die Probleme damit hatte, einer Person Vertrauen zu schenken. Daran müsste ich noch arbeiten. Ich musste ihr vertrauen. Wenn sie sagte, dass sie nicht alleine rausgehen würde, dann war das auch so.

Ich öffnete meine Augen und sie beobachtete mich. Sie lächelte, sah glücklich, umwerfend und vielleicht auch ein wenig selbstzufrieden aus. „Ich mag es, dir beim Schlafen zuzusehen."

„Wie spät ist es?" Ich richtete meinen Blick gen

Himmel und sah, dass sich der Tag noch nicht ganz verabschiedet hatte. „Bin ich eingeschlafen? Ich kam heim und habe dich im Bett gefunden. Da konnte ich einfach nicht widerstehen und habe mich dazugesellt. Ich nehme an, dass ich auch eingeschlafen bin, du Schlafmütze."

„Es ist gleich halb sechs und wir sollten uns fertigmachen." Sie streckte sich wie eine Katze, sinnlich und erotisch in ihren Bewegungen. „Ich weiß nicht, warum ich so müde war. Ich wollte mich nur für ein paar Minuten hinlegen und als ich meine Augen wieder öffnete, hast du neben mir gelegen." Sie wollte sich aus dem Bett rollen.

Ich packte ihre Schulter und rollte sie zurück zu mir, schob mich über sie und fixierte sie mit meinen Hüften zwischen ihren Schenkeln. „Nicht so schnell, meine Schöne. Zuerst würde ich gerne noch ein wenig Zeit allein mit dir verbringen. Wir haben einen langen Abend vor uns und bei dieser Veranstaltung muss ich dich mit einem Haufen Idioten teilen."

Sie hob ihre Hände, umfasste mein Gesicht und grinste mich an. „Was genau stellst du dir denn unter ‚Zeit allein mit mir' vor?"

Ich küsste sie langsam und zärtlich, erkundete ihren Mund mit meiner Zunge, bevor ich ihr antwortete. „Dass wir nackt sind und du meinen Namen schreist." Ich stieß meine Hüften gegen ihre weiche Mitte. „Das stelle ich mir darunter vor."

„Mmm, du bist wirklich sehr überzeugend, Mr. Blackstone", sagte sie, mein Gesicht noch immer zwischen ihren Handflächen, „aber wir müssen uns langsam für heute Abend fertigmachen. Wie gut bist du im Multitasking?"

„Ich bin in vielen Dingen gut", antwortete ich, bevor

ich sie wieder küsste. „Mach einen Vorschlag."

„Na ja, ich liebe deine Grottendusche fast so sehr wie deine Badewanne", sagte sie mit einem schüchternen Ausdruck in den Augen.

„Ahhh, du zeigst also nur wegen meiner Ausstattung Interesse an mir?"

Sie kicherte und schob ihre Hand zwischen meine Beine, um meinen Schwanz zu packen, der bereits hart wurde. „Eine wirklich exzellente Ausstattung. Das kann man so stehen lassen."

Ich lachte und stöhnte zur gleichen Zeit, hüpfte von ihr runter und ging ins Badezimmer. „Ich lass das heiße Wasser schon mal laufen und werde auf dich warten."

Ich musste nicht lange auf sie warten, bevor sie mir in der Dusche Gesellschaft leistete, nackt und wie immer atemberaubend sexy. Ich gehörte vollkommen ihr, weshalb ich mir im Moment nichts sehnlicher wünschte, als ihren Körper für mich zu beanspruchen, und zwar mit Sex, der jedes Mal meine dominante Seite zum Vorschein brachte. Ich konnte einfach nicht anders, wenn wir zusammenkamen. Meine ultimative Belohnung und meine größte Angst. Ich hatte über die Gala heute Abend Witze gerissen, darüber, sie mit anderen teilen zu müssen. Aber die Worte waren ernster gemeint, als ich zugeben wollte. Ich hasste es, sie mit anderen Männern teilen zu müssen, die sie verehrten. Meiner Meinung nach war diese Emotion sogar viel zu stark ausgeprägt.

Aber wenn es um Brynne ging, war das meine Realität, und wenn ich mein Mädchen behalten wollte, müsste ich mich wie ein Mann verhalten und diese Tatsache akzeptieren.

Wir nutzten unsere Zeit unter dem heißen Wasser

optimal aus. Ja, Multitasking gehörte zu meinen Stärken, und ein Angebot wie dieses würde ich natürlich nicht abweisen.

„Du siehst einfach wunderschön aus."

Im Spiegelbild sah ich, dass sie rot wurde und wie sich die Schamesröte über ihren Hals zu den Wölbungen ihrer Brüste bis unter den Ausschnitt ihres dekadenten Kleides ausbreitete. Es war aus Spitze und schmiegte sich an ihre Form. Der Rock war aufgebauscht – durch ein Material, das ich nicht benennen konnte. War aber auch egal. Das Kleid würde mich heute Abend so oder so ins Grab bringen. Ich war so im Arsch.

„Du siehst auch nicht übel aus, Mr. Blackstone. Sieht so aus, als hätten wir uns abgesprochen. Hast du die Krawatte wegen der Farbe meines Kleides ausgewählt?"

„Natürlich. Ich habe Unmengen an Krawatten." Ich beobachtete sie, als sie ihr Make-up auftrug und ich war dankbar, dass es ihr nichts ausmachte, wenn ich mich so eindringlich auf sie fokussierte. Aber ich war nervös, als ich daran dachte, was ich gleich tun würde.

„Wirst du den silbernen Vintage-Krawattenclip tragen, den ich so gerne mag?"

Perfekte Einleitung. „Sicher." Ich ging zu dem Kästchen, das auf der Kommode stand, um es zu holen.

„Ist es ein Familienerbstück?", fragte sie, als ich es an meiner Krawatte anbrachte.

„Das ist es. Mütterlicherseits. Meine Großeltern kommen von sehr altem Geld und hatten nur zwei Töchter – meine Mutter und Ivans Mutter. Als die beiden gestorben sind, wurde alles zwischen den Enkelkindern aufgeteilt. Zwischen Hannah, mir und Ivan."

„Es ist wunderschön und ich liebe antike Stücke wie

diesen Krawattenclip. Vintage-Stücke werden auf besondere Weise angefertigt, und wenn sie dann auch noch einen sentimentalen Wert haben, umso besser, richtig?"

„Ich habe nur ein paar Erinnerungen an meine Mutter. Ich war noch sehr jung, als sie gestorben ist. Aber ich erinnere mich an meine Großmutter. Wir sind über die Festtage immer zu ihr gefahren, und sie hat uns Geschichten erzählt und Fotos gezeigt. Sie hat meiner Schwester und mir dabei geholfen, unsere Mutter doch noch kennenzulernen. Sie hat immer gesagt, dass sich das meine Mutter so gewünscht hätte."

Brynne legte ihren Make-up-Pinsel weg und kam zu mir. Sie schob ihre Hand über meinen Ärmel und richtete dann meine Krawatte, bevor sie ihre Finger über das Material gleiten ließ, bis sie bei dem silbernen Clip ankam. „Deine Großmutter klingt bezaubernd, genau wie deine Mutter."

„Beiden hätte es gefallen, dich kennenzulernen." Ich küsste sie behutsam, um nicht ihren Lippenstift zu verschmieren und zog dann eine Box aus meiner Hosentasche. „Ich habe etwas für dich. Es ist etwas ganz Besonderes... und für dich bestimmt." Ich hielt es ihr hin.

Ihre Augen weiteten sich, als sie die schwarze Samtbox erblickte, bevor sie wieder meinen Blick fand. Ich konnte sehen, dass sie das nicht erwartet hatte. „Was ist das?"

„Einfach nur ein Geschenk für mein Mädchen. Ich will, dass du es bekommst."

Ihre Hände zitterten, als sie die Schachtel öffnete. Und noch bevor sie die Hand auf den Mund legen konnte, entrang ihr ein sanftes Keuchen. „Oh, Ethan... es-es ist einfach wunderschön."

„Es ist ein kleines Vintage-Stück von meiner Mutter, und es ist perfekt für dich und drückt aus, was ich für dich empfinde."

„Aber du solltest deine Familienerbstücke nicht mir geben." Sie schüttelte ihren Kopf. „Das ist einfach nicht richtig, das wegzugeben –"

„Ich will es dir geben und genau das mache ich auch", sagte ich entschlossen. „Darf ich es dir umlegen?"

Sie sah wieder auf den Anhänger, dann in meine Augen, nur um diese Bewegung zu wiederholen.

„Ich will, dass du es heute Abend trägst und mein Geschenk akzeptierst."

„Oh, Ethan…" Ihre Unterlippe bebte. „Warum dieser Anhänger?"

Echt jetzt? Der Herzanhänger mit den Amethysten, Diamanten und Perlen war ein hübsches Teil; aber warum ich der Meinung war, dass sie es haben sollte? Es schrie förmlich Brynnes Namen. Als ich mich erinnerte, dass es zu der Kollektion meines Anteils gehörte, das von dem Anwesen meiner Mutter stammte, war ich zum Bankschließfach gegangen und hatte es öffnen lassen. In dem Fach hatten sich auch andere Dinge befunden, aber wir würden wahrscheinlich mehr Zeit brauchen, um uns auch an diese Schmuckstücke wagen zu können.

„Es ist nur eine Halskette, Brynne. Ein erlesenes Stück, das mich an dich erinnert. Es ist ein Herz, Vintage und deine Lieblingsfarbe." Ich nahm ihr die Box ab und entnahm die Kette. „Ich hoffe, dass du es akzeptieren und tragen wirst, und dass du dich daran erinnerst, wie sehr ich dich liebe, wenn du es dir ansiehst." Ich neigte meinen Kopf und hielt die beiden Enden zwischen meinen

Fingern, als ich darauf wartete, dass sie mir in dieser Sache entgegenkam.

Sie spitzte ihre Lippen, holte tief Luft und dann konnte ich sehen, dass ihre Augen diesen glitzernden Ausdruck annahmen. „Du wirst mich noch zum Weinen bringen, Ethan. Der Anhänger ist einfach w-wunderschön. Ich liebe ihn, genauso wie ich es liebe, dass du ihn mir geben möchtest. Aber vor allem liebe ich dich." Sie drehte sich um, ihr Blick auf den Spiegel gerichtet, und schob ihre Haare aus dem Weg.

Triumph fühlte sich so verdammt gut an! Ich war mir sicher, dass ich ein breites Lächeln auf dem Gesicht hatte. Noch nie in meinem Leben war ich so glücklich gewesen wie in diesem Augenblick, als ich ihr die Kette um ihren wunderschönen Hals legte, den Verschluss verhakte und beobachtete, wie sich das juwelenbesetzte Herz gegen ihre Haut legte und nach Jahrzehnten der Dunkelheit endlich seinen Platz fand.

Genau wie mein Herz.

KAPITEL 12

Die National Portrait Gallery war für Veranstaltungen dieser Art ein beeindruckender Ort. In diesem Fall war es einer, der mir sehr gut vertraut war, da ich schon oft hier gewesen war. Um zu arbeiten, als Besucher und ein oder zwei Mal auch mit einem Date.

Aber nichts war mit dem heutigen Tag zu vergleichen.

Das Bedürfnis, jemanden vollkommen in Besitz zu nehmen, hatte ich bisher so nur bei Brynne erlebt. Ich war mir ziemlich sicher, dass ich das Ende der Veranstaltung nicht mehr erleben würde, wenn ich mich auch weiterhin darauf konzentrierte, wie viele Leute ein Stück von meinem Mädchen abhaben wollten.

In diesem lavendelblauen Kleid und den silberfarbenen Schuhen sah sie einfach wunderschön und perfekt aus. Sie zeigte durch ihr Outfit, dass sie es verdiente, Model genannt zu werden. Aber sie hatte den Verstand eines Künstlers, brillant und respektiert für ihre Arbeit. Mein Mädchen war heute Abend ein Star. Und verdammt nochmal, es half mir, dass ich meine Kette an ihrem Hals sehen konnte. *Sie gehört mir, Leute! Mir ganz allein! Und wagt es nicht, das zu vergessen!*

Lady Percival war ein Riesenerfolg. Es war eine Präsentation über den Restaurierungsprozess angesetzt worden, obwohl sie das Gemälde noch nicht beendet hatte. Natürlich wurde Brynne als Restauratorin des Projektes angegeben. Als es Zeit für das Dinner war, wurde sie in der Eröffnungsrede erwähnt. Den stolzen Blick auf ihrem Gesicht werde ich niemals vergessen. Alle Einnahmen der heutigen Veranstaltung würden in die Rothvale Stiftung für moderne Künste fliesen. Ich sah mich im Raum um und erkannte, welche Namen anwesend waren. Ich konnte das Geld förmlich schmecken. Es hatte wirklich den Anschein, dass Mallerton eine Art Renaissance durchlebte, und Brynnes Entdeckung hatte dabei geholfen, das Interesse für seine Gemälde erneut zu entfachen, und auch das Wohltätigkeitsprojekt profitierte davon.

„Brynne, deine Lady Percival ist wirklich etwas Besonderes", sagte Gabrielle. „Ich habe sie mir genau angesehen, kurz nachdem ich angekommen bin. Ich finde es wirklich toll, dass sie das Gemälde dazu verwenden, um über Konservierungsmethoden und die Arbeit zu sprechen, die in ein Kunstwerk wie dieses hineinfließen. Und Ethan, ich habe gehört, dass du bei der Aufdeckung des Geheimnisses helfen konntest."

„Na ja, das würde ich jetzt nicht sagen. Ich habe nur ein paar Wörter übersetzt; aber ich danke dir, Gabrielle.

Ich bin einfach nur froh, dass ich meinem Mädchen mit meinen Französischkenntnissen aushelfen konnte." Ich zwinkerte Brynne zu. „Sie hat so glücklich ausgesehen, als sie das Geheimnis gelüftet hat."

„Es war berauschend. Das Gemälde hat mich in meiner Karriere weit voran gebracht. Und das habe ich alles dir zu verdanken, Baby." Sie hob ihren Arm und legte ihre Hand auf meine.

Mein Gott, wie sehr ich es liebte, wenn sie mich mit derartigen Gesten verwöhnte. Ich hob ihre Hand an meine Lippen und es war mir egal, wer es sehen konnte. Vollkommen egal.

„Ich frage mich, wo Ivan bleibt. Denkst du, dass er bald hier sein wird?", fragte mich Brynne.

Meine Glücksgefühle kippten innerhalb einer Sekunde in rasende Eifersucht um. Ich war mir sicher, dass sich meine Stirn runzelte. Ich konnte nichts gegen meine Reaktion unternehmen, obwohl ich wusste, dass sie lediglich eine höfliche Frage gestellt hatte. Aber die Erwähnung seines Namens erinnerte mich auch daran, dass ich ihm von den Fotos erzählen müsste. Aber verdammt nochmal, sobald Ivan sah, wie wunderschön sie heute wieder aussah, würde er nur noch Augen für Brynne haben.

Brynne wandte sich ihrer Freundin zu und erzählte ihr aufgeregt: „Gab, ich hoffe wirklich, dass er heute kommt. Ich will, dass du Ethans Cousin kennenlernst. Sein ganzes Haus ist vollgestopft mit Mallertons und wer weiß, was dort noch zu finden ist. Du *musst* diesen Mann einfach kennenlernen. Ich meine es ernst."

Gabrielle lachte. Sie sah heute Abend unglaublich glücklich und bezaubernd aus. Das grüne Kleid in

Verbindung mit den Augen in der gleichen Farbe, dem Hautton und den Haaren ließ sie strahlen. Sie könnte eine gute Ablenkung darstellen. Wenn sich Ivan auf Gabrielle fixierte, würde ihn das davon abhalten, mit Brynne zu flirten. Und ich hatte so ein Gefühl, dass Ivan von Gabrielle hin und weg wäre, sobald er einen Blick auf sie werfen würde. Da würde ich sogar drauf wetten. Und ich würde gewinnen; in dem Punkt war ich mir sicher.

„Schwer zu sagen, Baby. Ivans innere Uhr folgt ihren eigenen Gesetzmäßigkeiten. Treibt mich schon seit Ewigkeiten in den Wahnsinn…" Meine Worte verebbten, als ich am Tisch ein bekanntes Gesicht sah. *Verdammt.* Erdbeerblonde Haare auf drei Uhr – aufgedonnert und bereit, auf die Jagd zu gehen. *Nicht gut.*

Ich senkte schnell den Blick und konzentrierte mich auf Brynne. Sie folgte der Richtung meines Blickes und sah mir dann wieder in die Augen. Ich war mir sicher, dass ihr Verstand auf Hochtouren arbeitete. Brynne war ein kluges Mädchen. Ich versuchte, die Sache runterzuspielen und betete, dass Pamela oder Penelope genauso wenig Grund hatte, sich zu erinnern wie ich. Allerdings hatte ich nur wenig Hoffnung. Sie war eine Freundin von Ivan und ich wusste einfach, dass es nicht lange dauern würde, bis ich mich mit ihr auseinandersetzen musste. Wo war nur das Regelwerk für eine derartig unangenehme Situation zu finden? Wäre es nicht total unangebracht, die Frau, die jetzt an meiner Seite war, der Frau vorzustellen, die ich vor ihr gevögelt hatte? Wirklich ätzend.

„Ist alles in Ordnung?", fragte Brynne.

„Sicher." Ich griff nach meinem Weinglas und legte den anderen Arm über Brynnes Stuhllehne. „Alles gut." Ich lächelte.

„Oh, sieh nur, da ist Paul." Sie grinste und winkte meinem Feind zu, der sein Glas als Gruß in unsere Richtung erhob. Ich hatte erwartet, ihn hier zu sehen, weil er das an dem Morgen erwähnt hatte, als ich sein Gesicht mit dem Bürgersteig bekannt machen wollte. „Benimm dich. Denk nicht einmal daran, wieder vor ihm auszurasten", murmelte sie mir zu.

„Fein", sagte ich, hob mein Glas und wünschte mir insgeheim, dass mir die dunklen Mächte zugetan wären, damit ich ihn in eine Kröte verwandeln könnte. Augenblick. Er war bereits eine Kröte; es müsste etwas anderes sein. Vielleicht eine Kakerlake?

„Was geht dir durch den Kopf?"

„Wie sehr ich bestimmte Insekten verachte", sagte ich, bevor ich erneut von meinem Wein trank.

Sie rollte ihre Augen. „Tatsächlich?"

„Oh ja. Kein Witz. Kakerlaken sind wirklich ekelhafte Viecher. Sie kriechen an Orten herum, an denen sie nichts zu suchen haben."

Sie lachte. „Du bist wirklich so süß, wenn du eifersüchtig bist." Sie kniff ihre Augen zusammen und lehnte sich zu mir. „Aber falls du mich noch einmal vor ihm demütigen solltest, wie du das an dem Tag gemacht hast, als wir ihn vor dem Coffeeshop getroffen haben, werde ich dir wehtun, Blackstone. Und es wäre mit entsetzlichen Schmerzen verbunden." Sie senkte ihren Blick auf meinen Schoß.

Ich lachte, aber nur weil es wirklich lustig war und uns die Kakerlake gerade von der anderen Seite des Raumes beobachtete. Ihre Drohung zweifelte ich für keine Sekunde an. „Ich werde mich wie der perfekte Gentleman verhalten. Jedenfalls solange er seine Fühler nicht nach dir ausstreckt."

Wieder rollte sie ihre Augen und ich bemerkte, dass durch die Farbe des Kleides, das Blau ihrer Augen besonders hervorstach.

Nachdem das Essen vorbei war, hatte ich die Ehre, der sehr weiblichen und sehr anmutigen Alex Craven vorgestellt zu werden, die im *Victoria and Albert* Museum arbeitete. Ich schickte ein Stoßgebet an meine Mom, dass ich niemals diese böse Nachricht an Ms. Craven geschickt hatte, die ich mit „Ethan mit dem großen Messer" unterzeichnen wollte. Ich war mir sicher, dass meine Mutter an diesem Tag über mich gewacht haben musste. Niemals würde ich mein Glück als selbstverständlich ansehen.

Es dauerte nicht lange, bis Brynne von Gönnern der Stiftung entführt wurde, die alles über Lady Percival und ihre Konservierung hören wollten. Nach einer gewissen Zeit musste ich das einfach akzeptieren und machte mich auf den Weg zur Bar, um mir einen neuen Drink zu holen. Ich fühlte, dass mich jemand beobachtete und drehte mich um, nur um zu sehen, dass Erbeerblond mit einem entschlossenen Schritt auf mich zukam. *Scheiße.* Ich hatte es geahnt.

„Hi, Ethan. Es ist schön, dich hier zu sehen. Ich habe Ivan erst vor ein paar Tagen nach dir gefragt."

„Ist das so?" Ich nickte ihr zu und wünschte mir verzweifelt, dass mir ihr Name wieder einfallen würde. „Was zu trinken…äh…?" Ich senkte meinen Blick und wünschte, dass sich ein Loch auftun würde. Ich war ein Arschloch.

„Priscilla."

Na gut, der erste Buchstabe hatte also gestimmt. Ich

schnippte meine Finger und zeigte an die Decke. „Richtig. Priscilla, möchtest du etwas trinken? Ich wollte gerade wieder in die Victorian Galerie zurück." *Bitte sag nein.*

„Ja! Ich hätte gerne einen Cosmo", schnurrte sie, und ihre Augen leuchteten. Wahrscheinlich weil sie annahm, dass mein höfliches Benehmen, Interesse sein könnte. Sie ließ ihren Blick über meinen Körper schweifen, was mir mehr als unangenehm war. Seit Jahren musste ich mir das von Frauen gefallen lassen. Natürlich hatte ich es zugelassen, wenn ich Sex wollte. Man musste es den Frauen erlauben, einen Körper zu bewundern und vorgeben, sich von der Aufmerksamkeit geehrt zu fühlen. Wer würde einen schon vögeln wollen, wenn man das nicht zuließe? Aber mal ehrlich: Ich mochte es nicht, und es war immer nur Teil des Spiels gewesen. Das traf auf alles zu, was vor Brynne passiert war. *Damals hatte ich den Titel Bastard wirklich verdient.*

„Und was hat dir Ivan über mich erzählt?"

„Er meinte, dass dich dein Job ganz schön auf Trab hält, genauso wie die Olympischen Spiele… und deine neue Freundin."

„Ahhh… dann hat er dir wenigstens die Wahrheit gesagt", sagte ich, als ich mich nach einem Fluchtweg umsah, ohne wie ein Arschloch zu wirken. „Ich habe eine Freundin." *Und ich will wirklich nicht mehr hier stehen und mich mit dir unterhalten.*

„Ich habe sie beim Dinner gesehen. Sie ist ein junges Ding, huh?" Priscilla rückte mir auf die Pelle und legte ihre Hand auf meinen Arm, ihre Stimme mit einem giftigen Ton unterlegt.

„So jung ist sie gar nicht." Ich nahm einen großen Schluck von dem Wodka und betete, dass es Gott gut mit mir meinte und mich aus dieser Situation befreien würde, als plötzlich die Kakerlake zusammen mit Brynne in den Raum gelaufen kam.

Hier siehst du, wie sehr Gott dich liebt, Arschloch.

„Baby." Ich löste mich von Priscilla und lief zu Brynne. „Ich habe mir gerade einen Drink geholt und bin... ähm... zufällig Priscilla begegnet." Natürlich kannte ich ihren Nachnamen auch nicht. So ein Scheiß. Für diesen Scheiß hatte ich wirklich keine Geduld mehr. Nicht, dass ich die jemals hatte, aber diese Situation war sowas von unangenehm.

„Blackstone." Paul Langley warf mir einen anklagenden Blick zu. „Brynne hat sich nicht gut gefühlt und brauchte eine kleine Pause."

Ich nahm ihre Hand und küsste ihre Fingerknöchel. „Ist alles in Ordnung?"

„Ich denke, dass ich einfach nur etwas Wasser brauche", sagte sie. „Mir war plötzlich so heiß und etwas schlecht."

„Komm mit. Ich will, dass du dich hinsetzt, und dann kann ich dir etwas Wasser besorgen." Aber noch bevor ich das tun konnte, stand Super Langley neben mir und überreichte ihr ein Kristallglas. Ich versuchte es mit Gedankenübertragung. *Du kannst dich jetzt vom Acker machen, Langley.*

Es funktionierte nicht.

„Danke, Paul." Brynne schenkte ihm ein dankbares Lächeln und nahm einen Schluck.

„War mir ein Vergnügen, Süße", schnurrte die Kakerlake.

Ich habe gehofft, dass dieser Trottel den Raum bereits verlassen hat. Aber dem war leider nicht so. Verdammt. Langley, der

Inbegriff des guten Benehmens, streckte seine Hand aus, um sich Priscilla vorzustellen. „Paul Langley."

„Priscilla Banks. Freut mich, dich kennenzulernen."

Hinreißend. Könnt ihr euch jetzt abmachen und auf der Toilette eine Nummer schieben oder hinter unseren Rücken über uns reden? Mit beiden Varianten wäre ich verdammt nochmal einverstanden.

Glücklicherweise gingen sie zur Seite, um sich zu unterhalten. Ich richtete meine gesamte Aufmerksamkeit auf Brynne und fragte: „Fühlst du dich besser?"

„Ja, viel besser." Sie warf einen Blick auf Paul und Priscilla, bevor sie mich mit ihren Augen festnagelte. „Wer ist das, Ethan?", flüsterte sie.

„Eine Bekannte von Ivan."

Sie glaubte mir nicht und sah mich mit einem Blick an, der nichts Gutes verhieß, wenn ich nicht gleich mit der Wahrheit rauskommen würde. „War sie auch schon mal eine *Bekannte* von dir?"

„Nicht wirklich."

„Was soll das heißen: *Nicht wirklich?*"

Ich sagte nichts, da ich mir nicht sicher war, was ich sagen sollte. Eine öffentliche Wohltätigkeitsveranstaltung war wirklich nicht der richtige Ort für eine derartige Diskussion, aber ich war noch nie gut darin, meine Gedanken zu filtern und öffnete meinen Mund. „Es heißt, dass wir einmal miteinander ausgegangen sind und wir keine Freunde im eigentlichen Sinne sind. Nicht so wie das bei dir und Langley der Fall ist." Ich zog eine Augenbraue hoch.

„Okay. Verstanden", sagte sie. Mit einem nachdenklichen Blick auf Priscilla leerte sie ihr Wasserglas.

Es hatte den Anschein, dass sie das Thema für den

Moment fallen lassen wollte. Gott sei Dank. Wenn wir jetzt noch der Kakerlake und Erdbeerblond entfliehen könnten, wäre das wirklich prächtig.

„Sollen wir zurück in die Galerie gehen? Deine Fans warten doch sicher bereits ungeduldig auf dich."

„Wenn du es sagst", lachte sie und schüttelte ihren Kopf. „Aber ja, wir sollten wirklich zurück. Ich will, dass Lady Percival heute Abend die Ehre zukommt, die sie verdient. Sie hat sich viel zu lange in der Dunkelheit versteckt."

Als ich Brynne zurück in die Victorian Galerie führte, kam mir der Gedanke, dass sie damit vielleicht auch sich selbst gemeint haben könnte: *Sie hat sich viel zu lange in der Dunkelheit versteckt.* Irgendwie machte mich das glücklich.

Es dauerte nicht lange, bis Brynne wieder von Scharen von Leuten in Gespräche verwickelt wurde, und ich hielt mich im Hintergrund und ließ sie ihr Ding machen. Sie stand noch am Anfang ihrer Karriere und ich wollte aus mehreren Gründen, dass sie Erfolg hatte. Zum einen war es ihr Traum und zum anderen würde ein guter Job in ihrem Fachbereich dazu führen, dass sie in London bleiben könnte. Bei mir. Ich war ebenso motiviert wie mein Mädchen.

„Genießt du die Show?", hörte ich Ivan sagen, der sich von hinten an mich herangeschlichen hatte.

„Du hast es also doch noch geschafft. Wir haben uns schon gefragt, wann du uns mit deiner Anwesenheit beehren würdest. Brynne will dich mit ihrer Freundin bekanntmachen." Ich sah mich nach Gabrielle und ihrem grünen Kleid um, konnte sie aber nicht entdecken.

„Brynne hat im Moment alle Hände voll zu tun." Mit einem bewundernden Blick sah er mein Mädchen an.

„Vielleicht später."

„Hör mal, Ivan, es wurde heute eine Morddrohung zu meinem Büro geschickt. Ich bin deswegen nicht ernsthaft besorgt, aber ich wollte, dass du in der Sache über alle Einzelheiten auf dem Laufenden bist." Ich gab ihm den Umschlag mit den Fotos, die ich nur in der Hoffnung mitgebracht hatte, dass er auftauchen würde. Ich war der Meinung, dass jeder wissen sollte, wenn es eine Bedrohung auf die eigene Person gab, egal wie unbedeutend sie auch scheinen mag. Verrückte Leute wurden nicht von heute auf morgen geheilt, weshalb es wichtig war, dass man über eventuelle Probleme bereits im Vorfeld aufgeklärt wurde.

Ivan und ich hatten das bereits sehr oft erlebt; also war es nichts Neues. Er grunzte, als er sich die Fotos ansah, und eine Minute später gab er mir den Stapel wieder. „Danke, E, dass du beide Augen offenhältst. Ich bin mir sicher, dass sich all dies wieder im Sand verlaufen wird, sobald die Olympischen Spiele nur noch eine Erinnerung darstellen." Er sah auf das Getränk in meiner Hand. „Man darf ja schließlich noch hoffen, richtig?"

„Mehr können wir nicht tun." Ich nickte und gab ihm einen Klaps auf die Schulter.

„Ich brauche schnellstmöglich etwas in der Art, das du in der Hand hältst." Er verabschiedete sich mit einer Handbewegung und machte sich auf den Weg zur Bar.

Für eine Weile konzentrierte ich mich lediglich auf meinen Wodka, bevor ich entschied, eine rauchen zu gehen. Ich konnte Brynne nicht stören, da sie noch immer beschäftigt war. Also sagte ich Neil, wo ich hingehen würde. Ich suchte nach einem Ausgang auf dem Straßenlevel. Bevor ich in die kühle Nachtluft trat, öffnete ich die Tür weit genug, damit ich auf demselben Weg zurück ins Gebäude kommen würde, auf dem ich es jetzt verließ.

Die Zigarette war so befriedigend, dass ich mit großer Wahrscheinlichkeit etwas hart geworden war. Nur noch ein paar Stunden, dann würden wir London für eine Weile hinter uns lassen und ich hätte Brynne ganz für mich allein. Die Stadtlichter und die Geräusche, zusammen mit dem Rauch der Nelkenzigarette, waren ein Trost für mich und umgaben mich wie ein Schleier. Als ich hier stand und einen weiteren Sargnagel rauchte, fragte ich mich, wie ich es schaffen sollte, das Rauchen jemals völlig aufzugeben. Ich versuchte wirklich, meinen Konsum zu reduzieren, aber ich hatte diese Angewohnheit einfach schon so lange, dass ich nicht wusste, wie ich darauf verzichten sollte. Sucht war eine mächtige Komponente, die den Körper und die Seele im Griff hatte. Zudem hatten die Zigaretten mehr Kontrolle über mich als das Nikotin. Ich musste annehmen, dass ich professionelle Hilfe nötig hatte und es an der Zeit war, mich dieser Realität zu stellen, genau wie ein paar anderen.

Ich fühlte eine Vibration an meiner Brust. Ich runzelte die Stirn, als ich versuchte, diese Vibration zuzuordnen. Brynnes altes Handy war in meiner Innentasche. Bis zu diesem Zeitpunkt hatte das Teil keinen Mucks von sich gegeben. Ich hatte fast vergessen, dass ich es heute Abend dabei hatte. Nur aus Gewohnheit hatte ich es aufgeladen und mitgenommen.

Ich holte es heraus und sah, dass eine MMS gekommen war. Das Blut in meinen Adern gefror zu Eis, als die Angst mein Herz umklammerte. Ich öffnete die Nachricht und versuchte, Luft in meine Lungen zu bekommen.

ArmyOps17 hat Brynne auf Spotify ein Musikvideo geschickt.

Scheiße verdammt, nein! Das passierte doch gerade nicht wirklich, oder? Ich akzeptierte die Nachricht, obwohl ich es besser wissen sollte. Der Profi in mir musste es einfach sehen. Ich erkannte den Song bereits nach wenigen Sekunden. „Closer" von Nine Inch Nails. Das Lied, das auch in dem Video von Brynne zu hören war. Ich hörte es mir bis zum Ende an. Das musste ich, auch wenn mir noch nie so schlecht gewesen war. Aber es wurde nur das Musikvideo abgespielt, nicht das Video, in dem Brynne zu sehen war.

Gott. Sei. Dank.

Bilder von einem Affen am Kreuz, ein Schweinekopf, der sich um seine eigene Achse drehte, Trent Reznor in einer Ledermaske und gefesselt von der Decke schwingend, dann mit Ballknebel, bevor Bilder des weiblichen Geschlechtsorgans gezeigt wurden…

Ich atmete tief ein, als das Video zum Ende kam und starrte einfach nur auf den Bildschirm. ArmyOps17? Wer zur Hölle hatte diesen Müll geschickt? Oakley? Ich hatte so viele Informationen über ihn, wie das möglich war. Lance Oakley war im Irak und würde in nächster Zeit nirgendwo hingehen, es sei denn er würde in einem Leichensack nach San Francisco zurückkommen. Aber so viel Glück konnte ich gar nicht haben. Aber die Möglichkeit bestand.

Einen Moment später folgte eine Nachricht: **Brynne, hilf mir, denn ich bin am Ende. Brynne, hilf mir; ich habe keine Seele mehr zu verkaufen. Brynne, hilf mir, mich vor mir selbst zu retten. Brynne, hilf mir, meine Gedanken niederzureißen. Brynne, hilf mir, jemand anderes zu sein. Brynne, HILF MIR!!**

Meine Finger zitterten, als ich auf diese unheimliche Nachricht antwortete: **Wer bist du und was willst du von mir?**

Die Antwort ließ nicht lange auf sich warten: **Nicht du, Blackstone. Ich will Brynne. Mach die Kippe aus, geh rein und übermittle ihr meine Nachricht.**

Mein Kopf schoss hoch und sofort scannte ich die Umgebung und die Dächer. Dieser Hurensohn beobachtete mich in diesem Augenblick?! Ich glaubte nicht, dass ich mich jemals so schnell in Bewegung gesetzt hatte, aber ich hatte ein Ziel vor Augen – nur eins -, und zwar musste ich Brynne finden und sie verdammt nochmal hier rausbringen.

Ich ging wieder zurück ins Gebäude und rannte los. Ich sprach mit Neil über das Headset und teilte ihm nur kurz mit, dass wir jetzt verschwinden würden.

„Die Sicherheitsleute von der Galerie haben mir gerade mitgeteilt, dass sie eine Bombendrohung erhalten haben. Sie evakuieren das Gebäude, E."

Wie bitte? Ich versuchte, die Puzzleteile zusammenzusetzen, aber im Moment hatte ich keine Zeit, um Scherlock zu spielen. „Bleib an Brynne dran und warte auf mich!", befahl ich.

Neil antwortete nicht. Kein gutes Zeichen.

„Verdammt nochmal, wage es nicht, mir zu sagen, dass du sie verloren hast!"

„Ich denke, dass sie auf die Toilette wollte, außerdem hat mich ein Sicherheitsmann angesprochen. Aber ich werde sie jetzt suchen gehen."

„Scheiße!"

Ich änderte die Richtung und in dem Moment ging der Alarm los. Ein verdammt lauter Alarm. Alle Ausgänge blinkten auf und die Türen öffneten sich. Ein paar Meter vor mir kam Gabrielle plötzlich aus einer der Türen vor mir gerannt, als würde sie in einem Wettrennen mitlaufen; was wirklich beeindruckend war, wenn man sich in Erinnerung rief, welche Höhe ihre Absätze heute Abend hatten. Als sie die Flucht ergriff, sah ich, dass ihre Haare das reinste Durcheinander waren, genau wie der Rock ihres grünen Kleides.

Allerdings hatte ich keine Zeit, sie zu fragen, was los war. Ich musste mein Mädchen finden. Hinter mir hörte ich Schritte und ich drehte mich wieder um. Ivan. Er sah nicht besser aus als Gabrielle. Seine Haare waren völlig zerwühlt und sein Hemd steckte nur halb in der Hose. Ich fragte mich, ob sich die beiden dort hinten... Für solche Überlegungen hatte ich jetzt nun wirklich keine Zeit!

„Bombendrohung." Ich zeigte auf die Notfallleuchten. „Alle werden evakuiert."

„Willst du mich verarschen?! All das hier wegen mir?", explodierte Ivan.

„Ich kenne keine Einzelheiten. Ich war draußen, um eine zu rauchen, als der Alarm losging. Neil hat mir erzählt, dass der Sicherheitsdienst des Museums eine Bombendrohung erhalten hat und sie jetzt alles dicht machen. Wir kümmern uns später darum. Mach, dass du verdammt nochmal hier raus kommst!"

Ich ließ Ivan stehen und rannte zur Victorian Galerie. In dem Raum war das totale Chaos ausgebrochen. Leute schrien und rannten panisch umher. So wie ich.

Brynne, wo bist du?!

Ich suchte in der Menge nach einem Hauch von lavendelblau, konnte aber nichts entdecken. Mein Herz rutschte mir in die Hose.

„Hast du sie gefunden?", fragte ich Neil über das Headset.

„Noch nicht. Ich habe mir zwei Badezimmer auf dieser Etage vorgenommen. Nichts. Ich habe Elaina gesagt, dass sie Brynne mitzerren soll, falls sie ihr auf dem Weg nach draußen über den Weg laufen sollte. Ich suche weiter."

In meiner Verzweiflung wäre ich wahrscheinlich einen Deal mit dem Teufel eingegangen. Ich wollte mein Mädchen einfach nur finden und sichergehen, dass ihr nichts fehlte. Ich ging zu Lady Percival zurück und hoffte insgeheim auf einen Hinweis von ihr. Ich erinnerte mich daran, wie Brynne gesagt hatte, dass sie Zugang zum Hinterzimmer hatte, in dem sie ausgeholfen hatte, als Lady Percival von der Rothvale Galerie für die Veranstaltung geliefert worden war. Ich sah mich nach einer Tür um und dort, nicht weit weg von mir, eingebettet in die Wand, sah ich den Umriss und ein kleines Schild auf dem *Privat* stand.

Jackpot!

Ich legte meine Hand auf die Türklinke und drückte, nur um mich in einem Lagerraum wiederzufinden, der weitere Türen bereithielt. Auf einer stand WC.

„Brynne?!", rief ich ihren Namen, als ich an die Tür klopfte. Ich versuchte den Türknauf, aber die Tür war abgeschlossen.

„Ich bin hier", ertönte eine schwache Stimme. Aber Gott sei Dank, sie war es!

„Baby! Mein Gott..." Wieder rüttelte ich an dem Türknauf. „Lass mich rein. Wir müssen hier raus!"

Ich hörte, wie die Verriegelung aufklickte und vergeudete keine Zeit. Ich riss das letzte Hindernis zwischen mir und meinem Mädchen auf. Ich hätte die Tür aus den Angeln gerissen und sie beiseite geworfen, wenn mir das möglich gewesen wäre.

Dann sah ich sie. Sie stand in diesem wunderschönen, lavendelblauen Kleid vor mir. Im Moment war das die schönste Farbe aller Zeiten! Aber sie war blass. Schweiß zeichnete sich auf ihrer Stirn ab und mit einer Hand bedeckte sie ihren Mund. Dennoch würde ich niemals vergessen, wie ich mich in diesem Moment gefühlt hatte. Die Erleichterung, sie gefunden zu haben, brachte mich vor Dankbarkeit fast auf die Knie.

„Der Feueralarm? Was geht denn hier vor?", fragte sie.

„Geht es dir gut?" Ich wickelte meine Arme um sie, aber sie presste eine Hand gegen meine Brust, um mich auf Abstand zu halten.

„Ich habe mich gerade übergeben, Ethan. Komm mir nicht zu nah." Mit einer Hand bedeckte sie noch immer ihren Mund. „Ich weiß nicht, was mit mir los ist. Gott sei Dank habe ich mich an dieses Badezimmer erinnert und dass es so nah war. Ich war hier, über die Schüssel gebeugt, als der Alarm losging –"

„Oh, Baby." Ich küsste ihre Stirn. „Wir müssen sofort hier raus! Kein Feuer. Es gab eine Bombendrohung!" Ich packte ihre Hand und zog an ihr. „Kannst du laufen?"

Ihr Gesicht wurde noch blasser, aber sie schien sich etwas besser zu fühlen. „Ja."

Ich gab Neil schnell ein Update, als wir so schnell wie möglich aus dem Gebäude rannten.

Adrenalin wirkte sich auf besondere Weise auf den Körper aus. Es gab viele Dinge, für die ich dankbar sein konnte, und das, was mir das Wichtigste war, befand sich sicher in meinen Armen.

WAS für ein Chaos die letzten Stunden doch gewesen waren. Als ich durch die Nacht fuhr, ließ ich mir durch den Kopf gehen, was passiert war. Sobald wir zu Hause angekommen waren, hatte ich mich für eine Planänderung entschieden. Ich hatte Hannah angerufen und sie wissen lassen, dass wir bereits heute Abend nach Somerset aufbrechen würden. Sie schien überrascht darüber, aber hatte gesagt, dass sie sich freute, uns bereits früher empfangen zu dürfen und dass sie die Tür offen lassen würde, damit wir ins Anwesen kommen würden.

Brynne zu überzeugen, war schwieriger gewesen. Zum einen fühlte sie sich nicht gut und dann machte sie sich wegen der Bombendrohung auch noch Sorgen um die Gemälde. Bisher hatte es noch keine Explosion gegeben, aber der ganze Scheiß lief bei den Nachrichtensendern rauf und runter und wurde bereits als Terrorakt klassifiziert. Vorsichtshalber würde ich meine Leute die Bombendrohung investigieren lassen. Was mir allerdings viel mehr Sorgen bereitete, waren die Nachrichten, die heute Abend auf ihrem Handy aufgetaucht waren. Wer auch immer sie gesendet hatte, war in der Nähe gewesen. Nah genug, um zu sehen, dass ich hinter der Galerie geraucht hatte. Und wenn er dafür nah genug gewesen war, dann war er auch meinem Mädchen viel zu nah gekommen. Auch konnte ich nicht viel aus den Nachrichten herauslesen – aus den Textzeilen des Liedes, in denen Brynnes Name integriert worden war. Wieder bekam ich eine Gänsehaut. Allerdings hatten mir diese

Nachrichten auch meine Entscheidung abgenommen, wann ich sie aus der Stadt bringen würde. So schnell wie möglich war die einzige Möglichkeit gewesen.

Ich warf einen kurzen Blick auf ihre schlafende Form. Sie saß auf dem Beifahrersitz, ihr Kopf auf dem Kissen, das sie mitgenommen hatte. Wir hatten uns beeilt, aus der Stadt zu kommen, und ich wusste, dass ich ihr dafür später eine Erklärung schuldig wäre. Gott sei Dank war sie nicht in der Stimmung gewesen, Einwände zu erheben und war einfach meinen Anordnungen gefolgt. Wir hatten uns noch umgezogen, raus aus der Abendkleidung, unsere bereits gepackten Taschen geschnappt und waren dann direkt auf die M-4 gefahren, um die dreistündige Fahrt Richtung Küste anzutreten.

Zwei Stunden später wurde sie langsam wach und sie wartete nicht lange, um ihre Fragen loszuwerden. „Wirst du mir irgendwann erzählen, warum du mich heute Abend noch ins Auto gezerrt hast, obwohl wir schon vor Wochen geplant haben, dass wir erst den Morgen danach losfahren würden?"

„Ich will es dir nicht sagen, weil es dir nicht gefallen wird und du dich sowieso schon nicht gut fühlst." Ich nahm ihre Hand in meine. „Können wir das morgen besprechen?"

Sie schüttelte ihren Kopf. „Nein."

„Baby, bitte, du bist erschöpft und –"

„Erinnere dich an unsere Abmachung, Ethan", unterbrach sie mich. „Ich muss alles wissen, sonst kann ich dir nicht vertrauen."

Ihre Stimme war von einer Härte durchzogen und machte mir wirklich Angst. Oh ja, ich erinnerte mich an unsere Abmachung, aber ich hasste, was ich wusste.

Allerdings wusste ich auch, mit was ich mich einverstanden erklärt hatte. Und wenn es bedeutete, dass ich uns zerstörte, wenn ich ihr eine Information vorenthielt, dann war klar, was ich zu tun hatte. Ich wollte nicht ihr Vertrauen verlieren. Das wäre mir die Sache nicht wert.

„Ja, ich erinnere mich an unsere Abmachung." Ich schob die Hand in meine Tasche und holte ihr Handy raus. „Als ich draußen eine geraucht habe, kam eine Nachricht. Deswegen wusste ich auch nicht, wo du warst. Ich bin rausgegangen und die Bombendrohung ist ungefähr zur gleichen Zeit passiert, als die Nachricht auf dem Handy ankam."

Sie streckte eine zitternde Hand aus und nahm es mir ab. „Ethan? Was werde ich darauf finden?"

„Ein Musikvideo und dann noch eine Nachricht von jemandem, der sich ArmyOps17 nennt." Ich legte meine Hand auf ihren Arm. „Du musst dir das nicht anhören. Das musst du wirklich nicht."

Ihr Gesicht war von schrecklicher Angst gezeichnet, aber sie stellte die Frage trotzdem. „Ist es das Video, in dem i-ich zu sehen bin?"

„Nein! Es ist nur das Nine Inch Nails Lied mit dem dazugehörigen Musikvideo. Hör zu, Brynne, du musst das wirklich nicht tun."

„Doch, das muss ich! Die Nachricht war für mich gedacht, oder nicht?"

Ich nickte.

„Und wenn wir nicht zusammen wären, dann wäre es trotzdem an mich geschickt worden, richtig?"

„Ich schätze schon. Aber wir sind zusammen und ich will nicht, dass du dir wegen solchen Dingen den Kopf zerbrichst. Das bringt mich um, Brynne. Es bringt mich verdammt nochmal um, dich so zu sehen!"

Sie fing an zu weinen. Es war die leise Art des Weinens. So wie sie es oft tat. Die Stille der Tränen schien sich im Auto zwischen uns wie ein Schreien auszubreiten.

„Das ist ein Grund, warum ich dich liebe, Ethan", schniefte sie. „Du willst mich beschützen, weil du dir Sorgen um mich machst."

„Das will ich, Baby. Ich liebe dich so sehr. Ich will nicht, dass du dir diese Scheiße –"

Sie presste *Play*. Der Song ertönte und das Video wurde abgespielt. Ich beobachtete sie und hielt meinen Atem an.

Brynne behielt die Fassung, sah es sich bis zum bitteren Ende an, mit all den wissenschaftlich ausgerichteten Fetischthemen. Ich konnte ihr nicht ansehen, was sie fühlte. Jedenfalls zeigte sie es nicht.

Allerdings wusste ich, was *ich* fühlte, während ich sie beobachtete: vollkommen hilflos.

Dann sah sie sich die Nachricht an.

„Er ist dort gewesen? Hat dich beim Rauchen beobachtet?! Mein Gott!" Sie presste ihre Handfläche gegen den Mund und würgte. „Fahr an die Seite!"

Scheiße! Ich trotzte den Gesetzen der Physik und den Verkehrsregeln und schaffte es, uns von der Straße zu bringen. Sie sprang aus dem Auto und beugte sich über den nächstgelegenen Busch. Ich hielt ihre Haare zurück und rieb ihr über den Rücken. *Konnte dieser Abend noch schlimmer werden?*

„Was ist nur mit mir los?", keuchte sie. „Kannst du mir ein Taschentuch geben?"

Ich holte ein paar Handtücher und eine Wasserflasche

aus dem Handschuhfach, damit sie ihren Mund ausspülen konnte. Ich sagte nichts. Allerdings fühlte es sich so an, als hätte mein Geist, meinen Körper verlassen. Das konnte einfach alles nicht wahr sein.

„Ich fühle mich besser", sagte sie. „Was auch immer das war, es scheint vorbei zu sein." Sie richtete sich langsam auf und hob ihren Kopf gen Nachthimmel. „Gott!"

„Es tut mir so leid, Baby. Es geht dir nicht gut und ich zerre dich mitten in der Nacht auf diesen Roadtrip. Die ganze Situation ist so abgefuckt."

„Aber du bist bei mir", platzte es ihr heraus, „und du wirst mir bei dieser Sache helfen, egal was das auf dem Handy auch zu bedeuten hat, richtig?" Sie starrte mich an, ihre Augen noch immer mit Tränen gefüllt, ihre Brust hob und senkte sich von der Erschöpfung, und trotzdem war sie in meinen Augen einfach unglaublich. So umwerfend und mutig.

„Das werde ich, Brynne." Ich überwand die wenigen Schritte zwischen uns und zog sie in meine Arme. Sie kuschelte sich an mich und legte ihren Kopf an meine Brust. „Ich werde immer für dich da sein und dich beschützen. Noch nie war ich mir einer Sache so sicher. Alles oder nichts. *All-in*, erinnerst du dich?"

Sie nickte. „Ich bin auch *All-in*, Ethan."

„Sehr gut. Alles wird wieder gut, Baby." Ich rieb ihr über den Rücken und spürte, wie sie sich allmählich beruhigte.

„Jetzt fühle ich mich wieder besser, auch wenn ich nach Kotze rieche", sagte sie. „Tut mir echt leid."

„Ich bin froh, dass es dir besser geht. Und du riechst nur ein wenig nach Kotze." Ich küsste sie auf den Kopf und umarmte sie etwas fester. „Aber wir müssen weiterfahren. Es ist nicht mehr weit und ich will dich ins Bett stecken, damit du dich ausruhen kannst. Freddy ist Arzt. Er kann dich morgen untersuchen, wenn du ausgeschlafen hast."

„Okay. Was für ein Abend, huh?"

„Ja, das Date mit dir werde ich so schnell nicht vergessen, Miss Bennett." Ich half ihr in den Sitz zurück. „Aber ich denke, ich bevorzuge unsere Dates, wenn wir sie zu Hause verbringen." Ich küsste sie auf die Stirn, bevor ich die Tür zumachte.

Sie lachte und ich war froh, dass ich sie noch immer zum Lachen bringen konnte, auch nach diesem verrückten Abend.

„Kannst du das Meer schon riechen?", fragte ich, nachdem wir etwas gefahren waren.

„Ja. Erinnert mich an mein Zuhause. Ich bin mit dem Duft des Meeres vor der Tür aufgewachsen." Sie sah aus dem Fenster. „Erzähl mir von Hannah und ihrer Familie."

Ich fragte mich, ob es sie traurig machte, dass ich sie gerade an ihre alte Heimat erinnert hatte, aber ich entschied mich dazu, nicht nachzuhaken. Das wäre ein Thema für einen anderen Tag.

„Also Hannah ist fünf Jahre älter als ich und verdammt rechthaberisch, aber sie liebt ihren kleinen Bruder. Wir sind uns sehr nah... wahrscheinlich weil unsere Mutter gestorben ist, als wir noch sehr jung waren. Nachdem wir sie verloren hatten, haben wir viel Zeit zusammen verbracht. Unser Dad, Hannah und ich."

„Das klingt nett, Ethan. Zu hören, dass ihr euch so gut versteht."

„Ich kann es gar nicht abwarten, dass du sie alle

kennenlernst. Freddy ist ein guter Kerl. Wie ich schon erwähnt habe, ist er ein Arzt, und er hat eine Praxis in Kilve. Ihr Anwesen heißt Hallborough, ein altes Grundstück, das bereits seit vielen Jahrzehnten im Besitz von Freddys Familie ist – den Greymonts. Es ist schwer, diese historischen Häuser zu verwalten. Deswegen haben sie daraus ein Bed & Breakfast gemacht. Hannah leitete es, während sie drei wundervolle Kinder erzieht."

„Wie heißen die Kinder und wie alt sind sie?"

„Colin wird im November dreizehn. Jordan ist gerade erst elf geworden und meine Märchenprinzessin, die kleine Zara, hat alle überrauscht, als sie in diesem Monat vor fünf Jahren das Licht der Welt erblickt hat." Ich konnte nicht anders, ich musste immer grinsen, sobald ich an Zara dachte. Dieses kleine Mädchen gehörte zu meinen Schwächen. „Sie ist etwas Besonderes, das kann ich dir schon jetzt verraten. Die kleine Dame hat ihre Brüder fest im Griff."

„Ich freue mich schon jetzt, Zara kennenzulernen. Es ist gut, eine Frau zu sehen, die weiß, wie sie mit den Männern in ihrem Leben umzugehen hat, und das auch noch in dem Alter."

„Na ja, morgen früh wirst du deine Chance bekommen, denn wir sind da."

Ich bog auf die Kieselsteineinfahrt ein, die im Halbkreis zu dem hellen Steinhaus im georgianischen Stil führte. In den letzten Jahrhunderten hatten mehrere Stile Einfluss genommen, immer wenn das Haus umgestaltet worden war. Die gotischen Fenster und Bögen fügten das gewisse Etwas hinzu, wenn man es historisch mochte. Trotz allem blieb es ein wunderschönes Haus an der Küste; gar nicht schlecht für eine alte Hütte am Strand.

Das amüsierte mich jedes Mal. Nach dem, was mir Freddy erzählt hatte, hatte Hallborough vor zweihundert Jahren als Sommerhaus für die Familie gedient, ein Rückzugsort, wenn sie der Stadt entkommen wollten. Wenn das bereits ein Landhaus war, was machte für diese Leute dann ein richtiges Haus aus?

„Gott, Ethan, das ist einfach unglaublich." Sie hob den Blick und studierte die Fassade, und sie schien wirklich beeindruckt. „Es ist einfach wunderschön. Ich kann es kaum abwarten, herumgeführt zu werden."

„Morgen." Ich holte unsere Taschen aus dem Kofferraum und schloss das Auto ab. „Es wird Zeit, dass wir dich ins Bett packen. Du brauchst Schlaf."

Sie folgte mir die Stufen hoch und zum Nebeneingang, der unverschlossen war, genau wie es Hannah versprochen hatte.

„Was ich brauche, ist eine Dusche", murmelte sie hinter mir.

„Du kannst auch ein Bad nehmen, wenn du magst. Die Zimmer sind gut ausgestattet", flüsterte ich, als ich sie die riesige Haupttreppe hinaufführte. Ich hatte genau gewusst, welche Suite ich haben wollte, als ich Hannah angerufen und gefragt hatte, ob wir kommen könnten. Die blaue Suite im Westflügel, mit dem Meeresblick, von der man sogar bis zur Küste von Wales sehen konnte.

Brynne war begeistert, als ich die Tür öffnete und sie in unsere Suite führte. Das konnte ich von ihrem Gesichtsausdruck ablesen. Sie war sprachlos, als sie ihre Augen durch das Zimmer schweifen ließ.

„Ethan! Das ist einfach umwerfend." Sie sah mich mit einem breiten Lächeln auf den Lippen an und schien wirklich glücklich zu sein. „Danke, dass du mich hergebracht hast." Aber dann senkte sie ihren Blick und schüttelte kaum merklich ihren Kopf. „Es tut mir leid, dass der Abend so chaotisch war."

„Komm her, Baby." Ich breitete meine Arme aus und wartete darauf, dass sie sich bewegte.

Sie sprang förmlich in meine Arme und ich hob sie hoch, erlaubte ihr, dass sie ihre Beine um mich legte, und ich liebte es, wenn sie das tat. Ich versuchte, sie auf die Lippen zu küssen, aber sie drehte ihren Kopf weg und bot mir stattdessen ihren Hals an.

„Ich muss ganz dringend duschen und meine Zähne putzen, bevor wir irgendetwas in dieser Art machen", flüsterte sie in mein Ohr.

„Wir werden gar nichts machen. Wenn du fertig geduscht oder gebadet hast, wirst du schlafen."

„Hey!" Sie hob ihren Kopf und sah mich mit zusammengekniffenen Augenbrauen an. „Verweigerst du mir etwa deinen Körper, Mr. Blackstone?"

Mit dieser Frage hätte ich niemals gerechnet. „Ähm…also…äh…nein, Miss Bennett. So etwas überaus Dämliches würde ich niemals tun. Dir meinen Körper zu verweigern, wenn du dich doch so sehr danach sehnst."

„Gut, denn ich fühle mich schon viel besser. Sehr viel besser…" Sie hielt mein Gesicht in ihren Händen und schenkte mir ein bezauberndes Lächeln.

„Ahhh, das kann ich fühlen."

Sie rieb sich an meinem Schwanz und presste sich mit den Beinen um meine Hüften noch enger an meinen Körper.

„Und ich kann fühlen, dass dir meine Idee mehr als zusagt, Mr. Blackstone."

Natürlich ist das der Fall, wenn deine Beine um meinen Arsch gewickelt sind und mein Schwanz gegen diesen wirklich netten Teil von dir gepresst ist.

Mit ihr in meinen Armen lief ich ins Badezimmer und setzte sie vorsichtig ab. Ich fand den Lichtschalter und genoss das zweite Keuchen, als ihre Augen auf die Badewanne und den Ausblick fielen.

„Ist das der Ozean? Oh, mein Gott! Es ist so wunderschön hier, dass ich es kaum ertragen kann."

Ich lachte. „Jetzt bin ich mir nicht sicher, was dich mehr interessiert: Die Badewanne oder die Aussicht darauf, mit mir Sex zu haben."

„Multitasking gehört auch zu meinen Stärken, Baby", sagte sie, zog sich ihren Kapuzenpullover über den Kopf und ließ ihn auf den Boden fallen.

„Habe ich dir schon mal gesagt, wie sehr ich es liebe, wenn du mich *Baby* nennst?"

Ihre Strip-Show war so verdammt heiß, dass ich bereits fühlte, wie mein Körper vor Erregung summte.

„Vielleich ein oder zwei Mal."

Dann folgte ihr T-Shirt, und in dem Moment sah ich es.

„Du trägst den Anhänger."

Sie nickte, als sie in einem blauen Spitzen-BH und dem Herzanhänger vor mir stand, den ich ihr zu Beginn unseres furchtbaren Abends geschenkt hatte.

„Als wir uns umgezogen haben, wollte ich ihn nicht abnehmen." Sie fand meinen Blick, sah mir tief in die Augen und berührte das Herz mit ihren Fingerspitzen.

„Wieso nicht?", fragte ich.

„Weil du es mir geschenkt hast und du mir gesagt hast, wie sehr du mich liebst –"

„Ich will nicht, dass du die Kette abnimmst",

unterbrach ich sie, als die Worte aus mir herausplatzten.

„– und dass du es ernst mit mir meinst."

„Das tue ich. Mit dir, Brynne, meine ich es mehr als ernst, und das seit unserem ersten Kennenlernen."

Das meinte ich auch so. Jedes Wort. Ich wusste, was ich wollte. Ich verstand es klar und deutlich. Für uns würde es kein Zurück mehr geben.

Alles oder nichts. All-in bedeutet, dass ich eine Zukunft mit dir möchte, Baby…

Als ich die Hände nach meinem Mädchen ausstreckte, um ihr zu zeigen und zu sagen, wie sehr ich sie brauchte, kam mir ein Gedanke: Mein größtes Risiko war ich nicht eingegangen, als ich noch Poker gespielt hatte, sondern als ich an diesem einen Abend in London ein wunderschönes Mädchen aus Amerika angesprochen hatte, die in der Dunkelheit nach Hause laufen wollte. In dem Moment hatte ich die wichtigste Hand meines Lebens gespielt, und ich hatte mich dazu entschieden, dass ich für sie einfach alles riskieren würde.

In den Worten von Simba
Von: FP

Da ist er wieder. Der Kerl, der mit Fischen redet, ist endlich zu Hause. Ich würde meine Flossen vor meinem Brustkorb verschränken, wenn ich das könnte. Aber wie du dir vielleicht schon denken konntest... nicht möglich, wenn du wie ich ein Fisch bist. Stattdessen tue ich, was ich am besten kann: Ich schwimme durch den Ozean. Ein Ozean, der Wände aus Glas hat, durch die ich etwas sehen kann. Auf jeden Fall besser als die Plastiktüte, in der er mich hergebracht hat. In eine Wohnung, die keinen einsameren Eindruck machen könnte, selbst wenn er es versuchen würde. Sogar mein unechter Ozean sieht bequemer aus. Aber wahrscheinlich denkt er, dass ich den Unterschied nicht kennen würde. Aber das kann ich natürlich; ich bin super intelligent.

Als Ethan Blackstone, oh ja, BlackSTONE in den Raum kommt und ich näher an die Wand aus Glas schwimme, frage ich mich, ob er mit meinem Lieblingsstein verwandt ist. Es gibt viele Steine, aber jeder Fisch hier drin, braucht seinen eigenen Stein. Ist ja wohl logisch. Genau wie dieser Mensch anscheinend jetzt eine Zigarette braucht.

Ich flattere mit meinen Flossen und wundere mich, warum er noch nichts zu mir gesagt hat. Normalerweise bekomme ich wenigstens ein „Hallo, Kumpel" oder „Wie war dein Tag, Simba?".

Es wäre wirklich toll, wenn ich meine Augen rollen könnte. Mir ist bewusst, dass er meinen Namen aus *König der Löwen* hat. Aber wenn ihr denkt, dass er mir auch gleich eine passende Nala in den unechten Ozean schmeißt, habt ihr falsch gedacht.

Jetzt habe ich den Faden verloren. Wo war ich? Ah ja. Ich habe ihn beobachtet, in seinem Stuhl, an diesem riesigen Schreibtisch, bis ich ihn schließlich sagen höre: „Ich bin so im Arsch, Simba. Ich habe ein Mädchen kennengelernt, und du kannst mir glauben, wenn ich dir sage, dass mir niemand mehr helfen kann."

Im Arsch? Er? Also wer lebt denn bitte in einem Ozean mit Wänden? Richtig geraten, der Rotfeuerfisch. Das wäre dann ich, nur so nebenbei. Ich würde ja mit einem Finger auf mich zeigen, aber wie schon erwähnt: Ich bin ein Fisch. Und jetzt muss ich auch noch Ethan beobachten, wie er sich in seinem Stuhl zurücklehnt, die Augen gen Decke richtet und immer wieder murmelt, dass er ein großes Problem hat. Er macht es sich bequem, Schuhe auf den Schreibtisch, und in dem Moment wird mir klar, dass auch ich einen Schreibtisch brauche. Dann könnte ich meine Zeit sinnvoll nutzen. Ich könnte für alle Fische hier Listen anfertigen, damit sie wissen, welche Aufgaben sie zu erledigen haben. Der Fisch dort drüben braucht das auf jeden Fall. Der linke. LINKS. Du hast gerade nach rechts geguckt. Was bist du denn? Eine Frau?

Apropos Frau…

Ein paar Tage später kommt eine Frau ins Büro. Eine richtige, echte Frau. Wow. Das ist zuvor noch nie passiert. HILFE!! HILFE!! Sie will mich bestimmt essen; ich weiß es genau. Sie sieht hungrig aus, ich schwöre es. Ich kann es in ihren Augen sehen. Schließlich habe ich Dokus über Haie gesehen, also muss ich es ja wissen, richtig?

In der Hoffnung sie abzuschrecken, flattere ich mit meinen farbenfrohen Flossen, während ich innerlich noch immer S.O.S. schreie. Ich weiß, es ist echt Scheiße, wenn man ein Fisch ist. Ich kann noch nicht mal ein Handy benutzen und Neil herbeirufen. Ich versuche, nicht meine Fassung zu verlieren. Aber dann öffnet sie unerwartet ihren Mund, und sagt: „Na, mein Schöner." SCHÖNER. Einen Moment zuvor wäre ich beinahe von einem Herzinfarkt dahingerafft worden und jetzt konnte man - und ich bin mir sicher, dass sie die sehen konnte -, Herzen in meinen Fischäuglein sehen. Jetzt nutzte ich mein ganzes Talent, um sie mit meinem anmutigen Geflatter anzulocken. Ich weiß einfach, dass sie meine Nala sein muss.

Ein paar Minuten, Stunden, Tage, Wochen später – erwarte nicht, dass ich sowas als Fisch weiß – muss ich erkennen, dass ich die wunderschöne Lady schon lange nicht mehr gesehen habe. Ihre Augenfarbe hat mich an mein Zuhause erinnert. Farbenfroh. Natürlich abhängig vom Lichteinfall. Immer und immer wieder schwimme ich von einer Ecke meines Ozeans zu der anderen, während ich darauf warte, dass sie ins Büro kommt. Aber…vergeblich.

Und dann…endlich…öffnet sich wieder die Tür zum Büro. Aufgeregt flattere ich mit meinen Flossen und zeige, was ich gelernt habe, als ich noch ein kleiner Babyfisch war und bevor ich dazu gezwungen wurde, Nemo zu spielen. Gott sei Dank bin ich nicht bei einem Zahnarzt gelandet! Wer will schon den ganzen Tag Zahnarztgeräuschen ausgesetzt sein? Innerlich erschauere ich, und ich kann dir versichern, dass dieses Erschauern keinen Spaß zur Folge hatte. Aber ich sollte mich wirklich wieder auf die Tür konzentrieren.

Ich bin so aufgeregt, dass ich es kaum ertrage, und herein kommt... Ethan. Meine Flossen senken sich auf eine mitleidserregende Weise, als wäre ich ein Kind, das kein Eis haben darf. Als ich Ethan beobachte, wie er auf den Schreibtisch zugeht, bemerke ich, dass er nicht nur entschlossen, sondern auch traurig aussieht. Er darf nicht traurig sein. Ich mag es nicht, wenn er traurig ist. Er ist doch Ethan Blackstone und mit meinem Lieblingsstein verwandt. Was ist verfischt nochmal passiert, dass ihn so verloren aussehen lässt. Ganz so, als würde er Krill brauchen.

Lecker... Krill.

Noch immer beobachte ich ihn. Ich versuche, seine Aufmerksamkeit auf mich zu ziehen und ihn zum Reden zu bringen. Ethan mag es, sich mit mir zu unterhalten, und ich mag es, ihm zuzuhören (meistens). Natürlich wäre es besser, wenn ich ihm auch antworten könnte, aber es hat sich ja nichts an der Tatsache geändert, dass ich immer noch ein Fisch bin. Ein gut aussehender Fisch, und ich frage mich, ob ein Fisch rot werden kann, als ich an die wunderschöne Lady denke, die mich „mein Schöner" genannt hat. Oh ja. Ich muss sie einfach wiedersehen. Eine andere Option gab es nicht. Nemos Vater, Mister Clownfisch, wird im Vergleich zu mir wie ein Amateur aussehen. Ich werde eine viel größere Mission angehen. Menscheit, nimm dich in Acht vor The Simba! Ich will nicht die Welt beherrschen…noch nicht. Nein. Das kann doch jeder schaffen. Ich habe mir höhere Ziele gesteckt. Ich werde –

KRILL!! Heiliger Neptun, Ethan liebt mich!

Als ich das perfekt geformte Leckerli genieße und für einen Moment vorgebe, ein Hai zu sein… Ich hätte wirklich als Hai auf die Welt kommen sollen. Stell dir das mal vor! Der Simba als Hai! Ich wäre furchterregend und könnte all die anderen Fische hier drin erschrecken. Okaaaay, natürlich würde ich nicht mehr in diesen kleinen Ozean mit dem besten Wasser aller Zeiten passen. Ich könnte der Peter Pan der Haie sein. Ich würde niemals erwachsen werden. Ich habe es euch ja gesagt: Ich bin der intelligenteste Fisch der Welt. Ich schwöre es. Ich habe eine Umfrage gemacht und der eine Fisch, den ich befragt habe, stimmt mir zu. Freud hätte so viel Spaß mit mir.

Ich schluckte meinen Snack und muss erkennen, dass Ethan mich beobachtet, und natürlich sehe ich immer noch nicht die wunderschöne Lady.

Warum denn nicht?

Ich würde sie niemals aus den Augen lassen, wenn ich er wäre. Sie ist etwas Besonderes, das kann ich in meinen Flossen spüren. Aber dann unterbricht Ethan meine Gedanken, als er spricht: „Sie liebt dich, Simba." Mein Herz hat gerade aufgehört zu schlagen.

War das sein ernst? Sie liebt mich? Wow. Ich drehte mich herum, als ich einen Blubb von den anderen Fischen hörte, der klang wie: *In deinen Träumen vielleicht.*

Das muss ich mir eingebildet haben. Ich nickte, mit meinem gesamten Fischkörper, da ich genau weiß, dass ich dafür anatomisch nicht ausgestattet bin.

Gute Idee, Blackstone. Sag ihr, was du willst und bring sie zu mir…ähm…uns zurück.

ES dauert nicht lange, bis ich endlich wieder ihre wunderschöne Stimme höre. Sie ist zurück! Gut. Zombie-Ethan hat bereits rumgenervt. Jedes Mal wenn er an meinem Ozean vorbeigelaufen ist, habe ich darauf gewartet, dass Michael Jacksons Thriller im Hintergrund abgespielt wird. Das sollte wirklich sein Titellied sein:

It's close to mignight and something evil's
(Es ist kurz vor Mitternacht)
Lurking in the dark
(Und etwas Böses lauert im Dunkeln)
Under the moonlight, you see a sight that
(Unter dem Mondlicht siehst du etwas)
Almost stops your heart
(Und dieser Anblick führt fast dazu, dass dein Herz aufhört zu
schlagen)
You try to scream but terror takes the sound
(Du versuchst zu schreien)
Before you make it
(Stattdessen)
You start to freeze as horror looks you right
(erstarrst du vor Angst, als dir das Grauen)
Between the eyes
(genau in die Augen starrt)
You're paralyzed
(Du bist wie gelähmt)

Wie gelähmt. Ich habe so ein Gefühl, dass auch ich bald starr vor Angst sein werde.

Mitten in der Nacht, wenn die artigen Fischlein versuchen zu schlafen, muss Ethan natürlich telefonieren. Manchmal frage ich mich wirklich, warum ich im Büro einquartiert wurde. Okay, ja, ist schon nett hier. Ich sehe und höre einfach ALLES! Aber schließlich brauche ich meinen Schönheitsschlaf. Frechheit. Man erreicht nicht diesen Level an Schönheit, ohne etwas dafür tun zu müssen. Schließlich heiße ich ja nicht Brynne, richtig? Sie ist wunderschön! Aber natürlich ist das Ethan auch aufgefallen.

Das Leben ist so unfair. Er kann so lange dort draußen umherschwimmen, wie er will und ich muss hier drin bleiben. Und die Menschen fragen sich, warum Pinky und Brain die Welt erobern wollen. Halloo, eingesperrtes Tier. Wenn man seine Freiheit genießen kann, hat man solche Gedanken nicht, richtig? Richtig.

Seufzend beobachtete ich eine Luftblase, die an die Wasseroberfläche glitt, als ich näher ans Glas schwamm, um mich auf Mr. Blackstone zu konzentrieren. Ich würde ihn nicht als Feind haben wollen. Ein Grund: Nie wieder Krill. Dann würde ich sterben! Sterben! Ich bin mir ziemlich sicher, dass Neptun das nicht für mich vorgesehen hat. Ich bin viel zu schön, um zu sterben... Brynnes Worte, nicht meine.

Mit flatternden Flossen erinnere ich mich an den Moment, als sie mich angelächelt hat, oh ja... Ich kann verstehen, warum Ethan alles tun würde, um sie zu behalten, und das bedeutet, dass ich meine Pläne ändern –

Was hab ich da gerade gehört? Was meint Ethan damit, dass er Brynne beschützen wird? Ist meine Brynne etwa in Gefahr? Ein Killerwal ist hinter ihr her, oder? Die sind wirklich super gefährlich. Frag nur die Robben; also die, die es überlebt haben!

Augenblick! Was bitte? Ethan liebt Brynne auch? Wow, ich brauche ganz dringend einen Fehdehandschuh, den ich ihm dann vor die Füße werfen kann. Warum habe ich bitte keine Hände? Dann wäre das alles viel einfacher.

Meine Augen sind noch immer weit geöffnet, als sich die Dunkelheit wie ein Schleier über meine Welt legt. Verfischte Hölle, er schafft es doch jedes Mal, dass ich schläfrig werde, sobald er die Sonne in meinem Ozean ausmacht. Warte nur, bis ich auch so einen Knopf habe. Dann werde ich nicht zögern... und meine Augen schließen sich.

Ein neuer Tag, ein neuer Anfang. Okay, anscheinend ist wieder viel Zeit vergangen und heute ist die Wohnung vollgestopft mit Leuten. Ethan zeigt ihnen eine PowerPoint-Präsentation und bla bla... erzählt irgendetwas, das mir nicht viel sagt. Und rate mal? Ich habe gerade Gaby kennengelernt. Ihre Haare! Wir passen so gut zusammen! Ich werde ganz panisch, als sie mich schon wieder verlassen will. Nein, geh nicht!

In den letzten Tagen habe ich festgestellt, dass Brynne auch in Ethan verliebt ist. Und ich habe mal gehört, dass, wenn du jemanden liebst, du die Person gehen lassen musst.

Seufzend lasse ich meine Flossen hängen. Oh ja, ich bin enttäuscht. Aber wenigstens habe ich jetzt Gaby. Nenn mich Don Juan, aber ich werde Gaby für mich gewinnen. Ich wäre sogar bereit, meinen Lieblingsstein mit ihr zu teilen, und die Leckerlis, die Ethan mir zuwirft. Wir könnten ein super glückliches und erfülltes Leben haben und viele Abenteuer erleben.

Vor ein paar Tagen habe ich einen neuen Ort in meinem Reich gefunden. Na gut, das habe ich nicht. Es hat nur so gewirkt, weil ein Fisch renoviert hat. Sie hat alles umgestaltet. Unfassbar, oder? Manchmal kommt es mir so vor, als würde ich in einer schlechten Fernsehserie feststecken. Ich schwimme im Kreis, nur um sicherzugehen, dass hier nirgendwo Kameras sind, die meine Bewegungen verfolgen. Ich bin doch gar nicht berühmt genug, um bereits bei Punk'd aufzutreten. *Noch nicht.*

Wieder habe ich nicht mitbekommen, wie viele Tage vergangen sind. Es ist dunkel, als ich höre, dass die Bürotür geöffnet wird. Ich fühle genau, tief im Inneren, dass das weder Ethan noch Brynne ist, und auch kein anderer mir bekannter Mensch. Jetzt bin ich wirklich starr vor Angst. Bitte lass es bloß nichts sein, das in einem der fünfhundert Teile von Paranormal Activity vorkam.

ÜBER DIE AUTORIN

Raine hat schon im zarten Alter von dreizehn, Liebesromane gelesen. Das erste Buch, an das sie sich erinnert, war *The Flame is Love* von Barbara Cartland aus dem Jahr 1975. Man kann wohl mit Sicherheit sagen, dass sie auch niemals aufhören wird, Liebesromane zu lesen; schließlich schreibt sie jetzt auch selbst. Aber wahrscheinlich sind Raines Geschichten auf eine Art und Weise geschrieben, bei der sich Frau Cartland im Grab umdrehen würde. Allerdings weiß Raine auch, dass ein großgewachsener, dunkelhaariger und gutaussehender Held wohl nie aus der Mode kommen wird.

Noch vor ein paar Jahren hat Raine als Lehrerin gearbeitet. Jetzt verbringt sie ihre Tage als Vollzeitautorin, um euch rund um die Uhr mit sexy Geschichten zu versorgen. Raine verehrt ihren Mann. Die beiden haben zwei brillante Söhne. Und zusammen schaffen sie es, Raine wieder in die Wirklichkeit zu holen, wenn sie sich in ihren eigenen Geschichten verliert. Ihre Söhne wissen, dass sie schreibt. Aber sie haben niemals danach gefragt, eines ihrer Bücher zu lesen (Gott sei Dank). Sie liebt es, sich mit ihren Lesern auszutauschen und über die Charaktere in ihren Büchern zu chatten.

Wenn dir dieses Buch gefallen hat, dann wird es dich freuen, zu hören, dass der 3. Teil bald folgen wird. Auf den nächsten Seiten findest du das 1. Kapitel aus *Ich sehe dich*, Die Affäre Blackstone - Band 3, in dem die Geschichte von Brynne und Ethan fortgesetzt wird, und zwar mit viel Liebe, Leidenschaft, Überraschungen und natürlich ganz vielen Momenten zum Dahinschmelzen.

Finde Raine hier:

www.RaineMiller.com

Facebook: @rainemillerdeutsch

Twitter: @Raine_Miller

Instagram: @raine.miller2

VORSCHAU

Ich sehe dich
DIE AFFÄRE BLACKSTONE, BAND 3

KAPITEL 1

Ethans Augen bohrten sich in meine, als er meinen Körper beherrschte. Mit seinen Händen an meinen Hüften, füllte er mich mit seinem Schwanz. Er bewegte sich in mir. Sein Mund erkundete mich und seine Zähnen knabberten an mir.

All diese Gesten kamen von dem Mann, der meine Mauern, die ich vor langer Zeit errichtet hatte, zum Bröckeln gebracht und mich eingefangen hatte. Seine Berührungen definierten sich durch Zärtlichkeiten und Lust, um unsere Verbindung in Stein zu meißeln und mich in seiner Nähe zu wissen. Das war seine Art. Aber er musste sich keine Sorgen machen.

Ich gehörte ihm.

Obwohl der Abend im Chaos geendet hatte, lag ich unter ihm und in seinen Armen, während seine kommandierende Persönlichkeit die Kontrolle an sich riss, so wie das bereits von Anfang an zwischen uns der Fall gewesen war. Er sorgte dafür, dass ich mich sicher fühlte.

Die Nacht, als wir uns in London kennengelernt hatten, war erst der Anfang gewesen. Es war mir einfach nicht möglich gewesen, ihn zu ignorieren. Erst hatte er mir keine andere Wahl gelassen, als in sein Auto zu steigen und später hatte er mich mit Anrufen bombardiert, um mich kleinzukriegen. Ethan Blackstone hatte eine komplexe Persönlichkeit, die ich zu dieser Zeit nicht hätte greifen können.

Ich würde nirgendwo hingehen. Ich hatte mich in ihn verliebt.

„Ich will meinen Schwanz die ganze Nacht in dir behalten", keuchte er, als er sich über mir bewegte und meinen Körper kontrollierte. Seine blauen Augen loderten vor Lust und das hereinfallende Mondlicht erhellte sein Gesicht. Hände, Mund, Schwanz, Zunge, Zähne, Finger – alles kam zum Einsatz.

Wenn wir Sex hatten, redete Ethan immer auf diese bestimmte Art und Weise mit mir. Er sagte schmutzige Dinge, die mich so wahnsinnig erregten, mein Selbstvertrauen nährten und mir zeigten, wie sehr er mich wollte. Und das war genau, was ich brauchte. Ethan war meine Antwort auf alles. Er wusste genau, nach was ich mich sehnte. Ich wusste nicht, warum er mich so gut verstand, aber das tat er. Daran gab es keinen Zweifel. Der heutige Abend hatte dies bestätigt. Ich konnte endlich zugeben, dass ich eine andere Person brauchte, um glücklich zu sein.

Und diese Person war Ethan.

Ich hatte jemanden reingelassen. Die harte Schale um mein Herz hatte Risse bekommen, und zwar sehr viele. Nur Ethan war das bisher gelungen. Er hatte mich bearbeitet, mich unter Druck gesetzt und nach meiner

Aufmerksamkeit verlangt. Er hatte niemals aufgegeben und liebte mich, obwohl ich mit einer Wagenladung an Problemen kam. Ethan hatte all das für mich getan. Und jetzt konnte ich mich in dem Gefühl sonnen, dass ich von einem Mann geliebt wurde, dessen Liebe ich erwiderte.

„Sieh mich an, Baby", befahl er. „Du weißt doch, wie sehr es mir danach verlangt, deine Augen auf mir zu haben, wenn ich komme!" Seine Hand war nach oben gewandert, um eine Handvoll meiner Haare zu packen. Er tat mir nie weh, wenn er wie jetzt daran zog. Ethan wusste genau, wie viel Druck er ausüben könnte; genauso wie er wusste, dass ich dadurch hart kommen würde. Natürlich wusste ich um sein Bedürfnis, meinen Blick mit seinem verschmolzen zu wissen. Deshalb folgte ich seiner Anweisung und sah ihm in seine lustgetränkten, blauen Augen.

Allerdings wusste Ethan mehr über mich als ich über ihn.

„Aber du wirst zuerst kommen!", presste er zwischen zusammengepressten Zähnen heraus, als er sich immer und immer wieder tief in mir vergrub, über diesen einen bestimmten Punkt in mir rieb, um dieses Ziel zu erreichen.

Als ich fühlte, dass ich mich dem Orgasmus näherte, erlaubte ich mir, mich der Ekstase hinzugeben. Ich spürte Ethans Körper über meinem. Sein Schwanz war in mir vergraben und seine Augen nur wenige Zentimeter von meinem entfernt. Er senkte seine Lippen auf meine, als ich explodierte und füllte auch meinen Mund mit einem Teil von sich. Ich akzeptierte alles von ihm, als sich nicht nur unsere Körper vereinten, sondern auch unsere Seelen.

Sein Höhepunkt folgte meinem. Ich wusste immer, wenn er kurz davor stand, denn er schwoll in mir an, bis er sich schließlich in mir ergoss. Dieser Moment war einfach nicht von dieser Welt und bestärkte mich in meinen Gefühlen. Dass ich es schaffte, ihm eine derartige Reaktion zu entlocken und diese Empfindungen in einer anderen Person auslöste, bewirkte etwas in mir. Es führte dazu, dass ich heilte. Jedes Mal ein wenig mehr. Durch Ethan heilte mein Verstand, durch ihn und die Art und Weise, in der er mir seine Liebe zeigte. Ich hatte wieder Hoffnung, mein Glück zu finden und ein normales Leben zu führen.

Das hatte ich Ethan zu verdanken.

„Sag es, Baby!", sagte er in einem harschen Flüstern, aber ich konnte die Verletzlichkeit in seiner Stimme hören, die von seiner verwegenen Art begleitet wurde. Auch Ethan kannte sich mit Unsicherheiten aus; auch er war nur ein Mensch, genau wie der Rest von uns.

„Ich bin dein!" Ich meinte diese Worte aus vollem Herzen, als ich fühlte, wie er sich in mir ergoss.

Als ich meine Augen einige Momente später wieder öffnete, musste ich erkennen, dass ich eingeschlafen sein musste. Ethan hatte uns beide auf die Seite gedreht, und wir waren noch immer miteinander verbunden. Er mochte es, nach dem Sex noch eine Weile in mir vergraben zu bleiben, und mich störte es nicht, weil es etwas war, das er begehrte. Ich liebte es, ihn zufriedenzustellen.

Ich wünschte einfach nur, dass er mir mehr über die Dunkelheit erzählen würde, die er in sich trug. Er hatte Angst, diesen Teil von sich mit mir zu teilen, und obwohl mich das enttäuschte, verstand ich ihn sehr gut. Ich fragte mich oft, ob sein Bedürfnis, mich immer berühren zu müssen und mir während und nach dem Sex deutlich zu machen, dass ich ihm gehörte, etwas mit seiner

Vergangenheit zu tun haben könnte. *Sie haben ihn gefoltert.*

Ich ließ meine Fingerspitzen über seine Schulter gleiten. Ich stellte mir die Engelsflügel seines Tattoos vor und die Worte, die darunter zu finden waren. Ich hatte die Narben gefühlt. Ethan öffnete seine Augen und umklammerte mich fester.

„Der Abend hätte mich heute fast umgebracht", flüsterte er.

„Was meinst du damit?"

„Als ich dich nicht finden konnte, nachdem ich die Nachricht auf deinem Handy gefunden habe." Er streichelte über meine Wange und zeichnete mit seinen Fingern meine Lippen nach, eine zarte Berührung, die einen Schauer durch meinen Körper jagte.

„Na ja, du hast mich aber gefunden, und ich gebe dir nicht die Erlaubnis, zu sterben, Mister. Das würde wirklich den Moment ruinieren." Ich versuchte, ihn zu necken und seine Stimmung aufzuhellen, aber ich war mir sicher, dass es nichts brachte. Ethan war oft in seinem Kopf gefangen.

„Ich bin froh, dass es dir wieder besser geht", sagte er, nur um sich mit einer neuerwachten Erektion in mir zu bewegen, „denn ich habe das wirklich gebraucht... mit dir, Baby."

„Ich bin hier und ich gehöre dir", hauchte ich gegen seine Lippen, als er erneut die Kontrolle an sich riss, um noch mehr Lust zwischen uns zu entfachen. Eine Runde war ihm nie genug.

Durch Ethan fühlte ich mich begehrt. Durch ihn fühlte ich mich wunderschön und sexy; durch die Worte, die über seine Lippen traten bis zu den Berührungen und den Empfindungen, die er in mir auslöste, wenn er Liebe mit mir machte. Und danach, wenn er mich in seine Arme zog, als würde er mich nie wieder gehen lassen wollen.

Jemand wollte mich, obwohl er von meiner Vergangenheit wusste. Jemand war bereit, für mich zu kämpfen. Ich war jemandem wichtig. Ethan bedeutete ich etwas.

Am Anfang war das ein intensives Gefühl gewesen, das ich erst hatte akzeptieren müssen. Aber es tat mir gut. Ethan tat mir gut. Er konnte mir zeigen, wie sehr er mich wollte, und zum ersten Mal hatte ich die Hoffnung, dass wir eine Zukunft haben könnten. Wir waren es nicht langsam angegangen, wie wir das am Anfang abgesprochen hatten. Aber ich bezweifelte, dass ich jetzt in Somerset nackt mit ihm im Bett liegen und er mich einem weiteren Orgasmus entgegenficken würde, wenn wir das getan hätten. Dann wäre ich jetzt nicht in einem englischen Anwesen, das seiner Schwester gehörte und eines Königs würdig wäre.

Es dauerte etwas länger, bis ich nach der zweiten Runde Matratzensport wieder zur Besinnung kam. Ethan war immer bereit, mir intensive Lust zu bereiten. Aber irgendwann schaffte ich es, mich aus seinen verspielten Krallen zu befreien, um zum Badezimmer zu kommen und mich fürs Bett fertigzumachen. Ich füllte ein Glas mit Wasser und nahm die Pille, die mir Dr. Roswell gegen meine Nachtangst verschrieben hatte. Ich folgte einer Routine. Verhütungsmittel und Vitamine am Morgen, Schlafmittel am Abend. Mein Blick war auf den eleganten Badezimmerspiegel gerichtet, der aussah, als wäre er aus dem Buckingham Palace entwendet worden. In dem Moment realisierte ich schmunzelnd, dass die Worte *Bett* und *Schlaf* bei Ethan nicht als Synonyme zu verstehen waren. Wir verbrachten sehr viel Zeit im Bett, ohne auch nur ans Schlafen zu denken. Aber ich beschwerte mich nicht.

Ich hätte erwartet, ihn schlafend vorzufinden, als ich aus dem Badezimmer zurückkam, aber er war hellwach und beobachtete jede meiner Bewegungen, als ich es mir wieder im Bett bequem machte. Er streckte seine Arme nach mir aus und hielt mein Gesicht zwischen den Händen. Etwas, das er oft tat, wenn wir uns so nah waren. „Wieso bist du denn noch wach, Baby? Du musst von der Fahrt doch völlig erschöpft sein." Ich warf eine dramatische Pause ein, bevor ich sagte: „Und dem Wahnsinns Sex –"

„Ich liebe dich und ich will dich nie wieder loslassen", unterbrach er mich.

„Dann lass mich auch nicht mehr los." Ich sah ihm in seine blauen Augen, die mich in dem schwachen Licht der Nacht brandmarkten. „Ich liebe dich auch und ich werde nirgendwo hingehen." Ich lehnte mich vor und küsste ihn auf die Lippen, das Kratzen seiner Bartstoppeln eine mir vertraute Empfindung. Er erwiderte den Kuss, aber ich konnte fühlen, dass er noch mehr zu sagen hatte. Die Anspannung in ihm überraschte mich, da er schließlich gerade erst mehrere Orgasmen aus mir herausgelockt hatte.

„Ich brauche mehr von dir. Ich will, dass du immer an meiner Seite bist, damit ich dich beschützen kann und wir Tag und Nacht zusammen sein können."

Ich fühlte, dass sich mein Puls beschleunigte, mich die Panik überwältigte. Gerade als ich mich in unserer Beziehung wohlfühlte, musste Ethan mich unter Druck setzen. *Schon seit unserem ersten Kennenlernen läuft es zwischen uns auf diese Weise ab.* „Aber wir verbringen doch bereits

Tag und Nacht miteinander", teilte ich ihm mit.

Er kniff die Augen etwas zusammen. „Das ist nicht genug, Brynne. Nicht nach dem, was heute passiert ist und dieser verdammten Nachricht auf deinem Handy. Ich brauche etwas Offizielleres, damit die Welt versteht, dass du mir gehörst. Ich will das alle verstehen, dass sie nicht so leicht an dich herankommen können; was auch immer sie für dich geplant haben mögen."

Ich schluckte schwer, als seine Daumen über meinen Kiefer streichelten. Ich versuchte, mir vorzustellen, in welche Richtung dieses Gespräch gehen sollte. „Was genau meinst du denn mit: *Offizieller*? Wie offiziell willst du es denn?" Mein Gott, meine Stimme klang schwach und ich hatte das Gefühl, dass mir mein Herz gleich aus der Brust springen würde.

Er lächelte mich an und lehnte sich vor, um mir einen kleinen Kuss zu geben, der mich wahrscheinlich beruhigen sollte. Ethan hatte es schon immer geschafft, meine Nerven zu beruhigen. Wenn ich panisch wurde oder Angst bekam, wusste er genau, was er machen musste, um mich zu trösten und mich zu besänftigen. „Ethan?", fragte ich, als er sich von dem Kuss zurückzog.

„Schon okay, Baby", sagte er in einem sanften Tonfall, „alles wird gut und ich werde mich um dich kümmern. Aber ich weiß genau, was wir tun sollten – was passieren muss."

„Wirklich?"

„Oh ja." Er rollte mich auf den Rücken und schob sich über mich, stützte sich mit den Ellbogen über mir ab und hielt mich auf diese Weise unter seiner muskulösen Form gefangen, sein harter Körper an meinen weichen gepresst. „Ich bin mir sogar sicher." Seine Lippen senkte er auf meinen Hals ab. Er verteilte Küsse bis er zu meinem Ohr kam, nur um sich dann zu meinem Kiefer vorzuarbeiten, über meine Kehle und zurück zu meinem Ohr. „Mehr als sicher", flüsterte er, während er kleine Küsschen auf meiner empfindlichen Haut verteilte. „Das ist mir bewusst geworden, als wir heute Abend hier angekommen sind und ich gesehen habe, dass du das hier noch immer um deinen Hals hast." Über dem Amethyst-Anhänger, den er mir geschenkt hatte, platzierte er einen kleinen Kuss; genau an der Stelle, an der sein Geschenk seinen Platz gefunden hatte.

„Bei was bist du dir sicher?" Meine Stimme war kaum hörbar, aber jedes einzelne Wort ertönte laut und deutlich, wie eine Kirchenglocke in der Ferne, als hätte ich die Frage geschrien.

„Vertraust du mir, Brynne?"

„Ja."

„Liebst du mich?"

„Ja, natürlich liebe ich dich. Das weißt du doch, Ethan."

Er lächelte auf mich herab. „Dann steht es fest."

„Was steht fest?", hakte ich nach, als ich ihm in sein wunderschönes Gesicht sah, das mich von Anfang an in den Bann gezogen hatte. Eine Seite seines sinnlichen Mundes formte sich zu einem selbstbewussten Lächeln, als ich mich unter ihm in Sicherheit wiegte.

„Du wirst mich heiraten."

BÜCHER VON RAINE MILLER
Auf DEUTSCH erhältlich:

CHERRY GIRL – Das Mädchen mit dem kirschroten Haar –

VERDAMMT REICH – Die Blackstone Dynastie

PRICELESS – Ich habe dich gefunden

Historische Liebesromane

DARIUS – Unbändiges Verlangen

Die Affäre Blackstone

NACKT – Band 1

ALLES ODER NICHTS – Band 2

ICH SEHE DICH – Band 3

BRYNNES LIEBE – Band 4